U0584602

世界华文文学书系
The World Chinese Literature Series

天　赐

[西] 张琴 ◎ 著

Blessed by Heaven

中国华侨出版社
·北京·

图书在版编目（CIP）数据

天赐 / (西) 张琴著. -- 北京 ： 中国华侨出版社，
2025. 1. -- ISBN 978-7-5113-9261-9

Ⅰ. I551.45

中国国家版本馆CIP数据核字第2024SG7702号

天　赐

著　　者：[西]张　琴

出 版 人：杨伯勋

策划编辑：肖贵平

责任编辑：罗路晗

封面设计：瞬美文化

版式设计：浪波湾图文工作室

经　　销：新华书店

开　　本：880毫米×1230毫米　1/32开　　印张：10　　字数：203千字

印　　刷：河北朗祥印刷有限公司

版　　次：2025年1月第1版

印　　次：2025年1月第1次印刷

书　　号：ISBN 978-7-5113-9261-9

定　　价：59.80元

中国华侨出版社　　　北京市朝阳区西坝河东里77号楼底商5号　　　邮编：100028

发行部：（010）64443051　　传　真：（010）64439708

如发现印装质量问题，影响阅读，请与印刷厂联系调换。

序　言

　　多年前，我就听说西班牙马德里有一位华文女作家张琴，很有才气，在水一方，通过自己的辛勤笔耕，写出了不少文学作品，包括中短篇小说、散文、诗歌、评论等，如今已是洋洋洒洒，集腋成裘。前些日子她将部分文稿传给我分享，读之感慨良多。她的文字朴实而婉约，叙事流畅而翔实，笔下的人物都是她在异国他乡所见、所闻、所亲历，其中一些与她自己有着生死契阔之交，点点滴滴都诉诸笔端，形成文字，娓娓道来，那种川妹子特有的表意风格，率真而又洒脱，令我读起来总有一种暌违已久的亲和感。

　　2023 年 7 月盛夏，张琴来到温哥华，出席了在 UBC 大学校园里举办的第二届世界华文作家笔会暨欧美影视学会的论坛。其间她的一部纪录片《诗忆米格尔·张》被评为优秀创作奖之一。她在颁奖晚会上登台领奖并致感谢词，谦恭而又优雅，犹如伊比利亚半岛飘来的一股夏日清风，令我刮目相看。张琴是四川泸州人，与笔者算是乡党，因为我的童年也在长江边上的南溪度过了几年时光，南溪在上游，与下游泸州的水路不远，旧时乘江轮顺江而下，不过半晌时辰。摆起四川龙门阵，他乡遇故人，总有着聊不完的共同话题。

张琴说起她自己的身世，便打开了话匣子。她出生在一个大家庭，兄弟姊妹众多，有七人，她排行老四。那年月与绝大多数中国家庭的经济状况相似，物质极为匮乏，生活困顿，自小吃不饱饭，又是女孩子，便被送回河南老家寄养，后又被辗转送到青海亲戚家，在那黄土高原上度过了艰辛的童年时光。这让我不由得想起陈忠实《白鹿原》里古朴苍凉、面朝黄土背朝天的故事场景。那时的张琴喜好读书，学习用功，高中毕业后进入西北新闻学院学习，后在四川大学为《四川日报》开办的培训班进修，系统学习新闻理论与业务知识。这样的特殊求学经历虽然曲折，不同寻常，但为她后来从事新闻工作打下了坚实的基础。随着改革开放的浪潮，张琴到了海南做记者、编辑，在那座美丽的海滨城市，其创作灵感得到了激发与释放，从此与文学写作结下不解之缘。

20 世纪 90 年代初，张琴踏上了出国之路，落脚在西班牙，在那里她开拓了自己的第二次人生。与那个年代跨出国门的人一样，大多没有国内的任何援助。她在陌生的异邦举目无亲，居无定所，时常搬家，只有靠自己打拼为生。她说自己曾摆过地摊，在酒吧当过侍应生，也教过中文。1999 年张琴获得了海外华文作家西班牙征文首奖。为了尽早融入西方社会，她读过语言学校，也就是在那一阶段接触并认识了许多华人。她找到了自己的"用武之地"，用笔记录下了他们在西班牙的生活境遇作为文学素材，在此基础上写出了她的处女作——纪实文学作品《地中海的梦》，2000年出版后深得读者青睐，多有佳评。当年她写的中西双语《田园牧歌》馈赠西班牙王室引起王室关注，并得到西班牙王室及时回应，馈赠新老国王夫妇签名合影，在西班牙的华文作家群体中是第一位得到此殊荣的华人女作家。从那以后，张琴的文学创作便开始滥觞，一发不可收，佳作不断。这里受篇幅所限，仅对她近期传来的，即将编入小说集的几个中短篇小说简单谈谈读后感。

在《来自天国的孩子》这部中篇小说里，张琴讲述了一个十分悲伤的异国恋情故事。娇是小说里的主角，或称女主人翁，出生在中国。20世纪90年代，她怀揣着到外面去看看精彩世界的美好愿景，跨越大洋，到了欧洲，在那里邂逅了一个名叫Angel的白人青年，不久双方便坠入爱河，没想到娇很快便有了身孕，并生下一个男婴。在当时的情况下，没有举办正式婚礼，Angel的父母完全不能接纳娇，娇的国内家人也拒绝接受这样一个令人心酸的事实，由此成为一桩"孽债"，中西方的文化冲突在小说里得到充分的展现。作者描写到，作为年轻母亲的娇，心情一落千丈，几乎痛不欲生。在没有稳定的生活来源的情况下，娇不得不放弃亲生骨肉的抚养权。而她自己作为亲生母亲，也必须为此"果实"付出代价，在未来的异国谋生岁月中忍受长期骨肉分离的痛苦与思念。不久，Angel明媒正娶了劳拉，一位白人女子。多年以后，娇终于如愿以偿见到了自己的儿子，没有想到的是，孩子永远也回不到自己身边，母子双方的"身份认同"从此搁浅，这是一个理想破灭的悲剧，发人深省。

这篇小说还有一个衍生出的故事，在结尾的章节里由劳拉展开。劳拉去了一趟中国，并从中国领养了一个弃婴，中国弃婴的"身份认同"得到了法律保护。由此看来，围绕着 Angel 有两个孩子，一个是与娇所生，第二个是妻子劳拉领养来的，作者用"来自天国的孩子"寓意他们的客观存在，但都不属于她，他们有各自的人生，作为戏剧冲突，我们看到了娇的形单影只、孤苦伶仃、无援无助的身影，强烈的对比，令人读之为她的宿命嗟叹不已。其实这样的人生故事，并非只有娇才能演绎。从 20 世纪 80 年代国门打开以后，走出中国大陆的年轻女性，与其有着相似经历的可谓屡见不鲜，凄美而又悲壮，是因为她们的愿景都太过于理想，现实又太过于残酷，远远超出这些不谙人事、天真女孩的想象力。

在海外华人社会，这样的悲情例子不胜枚举。记得大作家托尔斯泰曾说过："幸福的婚姻大多相似，不幸的婚姻则各不相同。"言之凿凿，蕴含着丰富的哲理。对于出国寻找爱情的中国女孩来说，异国恋爱是一场豪赌，不是每个人都能收获幸福与圆满的。想要遇到真爱，确实不是一件容易的事。以张琴的这篇小说作为观照，我留意到作者的笔触所及，不单描写了娇作为个体女性所承受的身心痛苦，并通过其故事的演绎，"生命移植"过程中的酸甜苦辣，表达了对人生价值的思考，以及对出国开拓第二人生的反思，或可带给读者一种较为强烈的文化冲突体验。

张琴笔下的《天国阶梯》写得很空灵，文采斐然，立意深刻，字里行间飘散着后现代主义的味道。这篇小说从头至尾讲述了两个女主人翁，中国女人琳达和劳坞兹与西班牙画家曼巴索的友谊，在琳达和劳坞兹的眼里，曼巴索有着父亲般的形象，因而得到了她们的尊重。这父爱、友爱双重的情谊，一直滋养着她们的精神世界。尤其是曼巴索那洒脱的人生信念，对艺术的执着追求，强烈地感染和影响了她们的价值观。书中的琳达，在劳坞兹的帮助下，到西班牙著名画家家里做家庭工，可大画家并没有半点歧视中国人。原本他们应该有一个很好的结局，可这个结局并不是像大家所想象的那样，他们需要彼此心灵上美好的厮守。由于中西文化的差异、语言的障碍，最终割断了两个忘年之交纯洁的友情。

与前述的《来自天国的孩子》中篇小说内容不同的是，《天国阶梯》不再把笔触聚焦中国人到海外"淘生活"这样一个当代命题，而是转向了伊比利亚半岛的艺术天地，以及那里的人文故事。细读这篇小说，让我留意到作者对笔下的女主人翁琳达非常熟悉，不然怎么会写得这样栩栩如生？她频频参加马德里的一些艺术沙龙聚会，与当地的美术家交流，尤其是与画家曼巴索的交往，把这篇小说的艺术氛围渲染得活色生香。张琴为这篇小说取名《天国阶梯》，寓意深刻，让我感受到了：地球上的人作为一个生命个体，原本都该有一个绮丽的人生，但出生的国度不同，人生宿命也大相径庭。对小说里的两个中国女人来说，西班牙对她们是敞开大门的，但是通往爱情、知识、财富的通道犹如天梯，高不可攀。

张琴笔下的故事题材颇为广泛，展现了她观察周围世界的眼光细致而又敏锐，她还写到了生灵的故事，这在海外作家群体里是不多见的。在《人与猫的未了情》这篇小说里，作者讲述了人与动物都是上帝所造的命题，他们虽然各自生活在不同的空间，也能在大自然里共存，让我们看到一个和谐自然的天地。书中的小猫姬姬在13年不短的岁月里，伴随了三个女主人共同生活，它和人类共同演绎了美好亲善的生活片段。姬姬直到送走前面两位女主人，自己也离开了这个世界，同时给活着的人留下了难忘的追忆。作为一位海外华文女作家，能将猫与人类的故事写得饶有趣味，并赋予了诸多的人文关怀，增加了这篇小说的可读性，不能不说是作者创作的一大亮点。

在《死神赦免》中，张琴为我们讲述了一个充满哲理的故事。书中女主人翁阿豫，经历了无数次死亡，上帝都赦免了她，可见日后所遇到的风风雨雨、艰辛漫长的人生旅程，还有什么过不了的河，迈不过的坎儿？可恰恰过不去的坎儿却是令人难以处置的亲情。我们的女主人翁正是被这种割不断、理还乱的亲情，一次又一次毁灭了她对亲子寄托的希望。作为母亲，她仍将一如既往地去付出，展现了一位中国母亲的大爱。我以为这正是作者张琴的人生理念，是对她自己几十年来人生轨迹的写照，借小说的文学叙事，得以表露无余。我在她写下的文字里读到这样的字句，知道这是她信奉的箴言："如果说精神死亡，而物质还活着，这生命仅仅是余下的枯萎躯体。物质对那些向往崇高的追求者来说，他们更需要的是精神存活，当这种满足得不到时，那才是最痛苦的人生。"其实死神已经赦免了她过往的一切，为她的未来文学创作卸下了不可承受之重。辑录于此，为作者顶赞。

张琴除文学写作之外，还曾经兼任西班牙《世界公报》中西文栏目编辑、《欧洲时报》驻马德里特约记者，她还是西班牙艺术家协会首位华人会员。在故国四川成都近郊的龙泉驿洛带镇宝胜村，由当地政府部门免费提供场地，她还建立了中西电影艺术馆，将国际电影人、已故夫君米格尔·张（Miguel Zhang）留下的不少人文电影艺术资料保存在那里，供游人参观，借以回馈故里，提升乡村文化业态，打造民俗文化村落。我由衷地祝福她心想事成。

桑宜川

2023 年 7 月 8 日初稿于加拿大温哥枫树岭

目 录
Contents

来自天国的孩子

第一章

一

我们都来自天国，最终还得回到天国去。

一个来自远方的声音使娇从噩梦中醒来，她瞧着自己身穿一件绿色睡衣，这是西班牙医院里病人常穿的。眼前一片白色，白色的墙，白色的床，脑子也是一片空白，等她回过神来，才肯定自己确实躺在一间病房里。

"这是什么地方，我怎么会在这里呢？"她挪了挪身子，把手放在了被子外边，感觉到房间里非常暖和。她望着白色的天花板，两只眼睛不停地环视着房间，只见墙上挂着一幅圣母玛利亚怀里抱着婴儿耶稣的画，画面显得十分恬静。

窗外，夕阳淡淡地把教堂抹上了一层橘红色，这是一座哥特式的建筑，几只鸽子绕着塔尖飞来飞去。

娇翻了翻身子，下意识用手摸了摸腹部，曾是隆起的肚子已变得扁扁的。她突然想起了什么，"哇"的一声哭喊大叫着：

"我的孩子，我的孩子，孩子在哪里？"

娇似乎还在做梦，听见有人对她说："孩子是无辜的，不要伤害这幼小的生命，上帝会帮助你的。"可她醒来，身体似乎发生了巨大的变化，可她一时根本记不起来昨天究竟发生了什么事，自己却躺在异国他乡的医院里。

护士听见喊叫声，立即丢下手里的工作，跑到病房里，和蔼地安慰道："你总算醒过来了，孩子早产，在暖箱里看护，你放心休息吧。"其实，娇听不懂几句西班牙词，自然不知护士在说些什么。

"医生，我的孩子？我怎么会在这里？"娇挪挪身子想坐起来，由于体力没有恢复，即使勉强起来她仍然动不了。

"这是修道院。要喝点水吗？"护士连忙递过一杯水。

"请你告诉我，这是怎么回事？"娇口渴得非常厉害。不得不把身子稍微立起，护士赶快帮助她。她接过护士手上的杯子，就像浇灌干枯的秧苗，喝了个杯底朝天，又让护士再给她倒了一杯。

娇重新躺下，护士为她掖好被子说道："三天前，救护车把你送到这里，当时你大出血。好险，差点见了上帝！这下好了，你终于醒过来，孩子、大人都没事了。"

娇疑惑地望着护士，又试着在自己肚子上摸了摸，的确证明自己好好的。

"谢谢。多少钱？"娇下意识想到 Angel 父亲留下的钱，看现在穿的衣服不是原来自己的。

"你放心，这里不收一分钱。我叫劳拉。你叫什么名字？

是哪里人？这里有家吗？你先生……为什么不见他来这里？"

"娇，中国的。Casa？"叫劳拉的护士一连串的问号，娇却难以对答。她尽管不能完全听懂劳拉的话，但对家庭这个单词是听懂了的。只不过，她没有直接应答，只是一个劲伤心地哭了起来。劳拉多年的护士经验，还没有遇到过这样的产妇，一个来自中国在这里生产的女子。

眼前对娇来说，生活就是这样奇怪，在你接受了爱的同时，也就接纳了痛苦。此刻，劳拉看见娇那般悲痛的模样，自个儿也控制不住转过身去。语言障碍使她们之间无法再深入交流下去，劳拉只好在茶几餐巾盒里抽出几张纸递给娇，然后悄悄地退出病房，掩门而去。

突然，远处传来一阵清脆嘹亮的钟声，窗外的房顶上一群鸽子扑扑飞走了。钟铃悦耳动听的摇摆声，敲打在修道院病房娇的心扉上，同时，也淹没了她的哭声。

二

娇，这时才回忆起几天前的一个休息日，Angel，是她的男朋友，一个地道的西班牙小伙子，一所大学新闻视听系二年级的学生，他就读的学校坐落在娇打工的餐馆附近。他的家人却在另一座城市。他们准备到西班牙东北部的莱里达一家离闹市偏远一点的酒吧，去见预先约好的 Angel 父母。

数月以来，娇一直穿着一件不合身的外套，除非上班，否则她是不会脱下来的。即使脏了要洗，也是夜间洗后放在窗外让风吹干，第二天又接着穿。她自从有了身孕，外衣是一天都没有离过身，即便这样，仍旧遮不住隆起的腹部。今天日子不同，她要见男朋友的双亲，她不得不换了件平时少有机会穿的浅紫色长裙，外套一件褐色宽松的外套，面部也稍微淡淡地修饰了一下，对着 Angel 说道："看我这丑样子，你父母会喜欢我吗？对了，亲爱的，要不要给两位老人买点礼物？"

Angel 朝着她做了个怪样："亲爱的，一向自信的你，今天怎么啦？不用买，这里不像你们中国有那么多的礼节。"

Angel 的父母担心儿子的学业，他们也没有足够的经济来源支撑儿子组建新的家庭，再说，在西方一旦结婚通常不会与父母一块居住。他们知道儿子带娇去见他们仅是对他们的尊敬，毕竟这个中国女人与自己儿子有了关系。可儿子寄予着父母的认同，或许看见娇会改变主意。

女人有了爱情，总以为就得到了幸福，娇突然羞涩地看了看自己的肚子，似乎有些难为情："我好怕！"娇心里尽管一直盼望着能早日见到 Angel 的家人，但心里始终还是不踏实。交往两年多来，她还没有机会去见男朋友的双亲。

"娇，已经和父母约好了时间，我们总不能抱着孩子去见他们吧？"其实，Angel 事先已把娇怀上自己孩子的事告诉了家人。

娇拿起镜子似乎自信起来，俊俏的脸蛋和黑亮的披肩发无疑为她增添了勇气。说起这长发，她早先一直留着学生式样的短发，但自从到了国外，就没有剪过头发。不是没时间，而是舍不得花上千西币去理发店。这样，她每月至少还能省下几个子儿，在外赚钱真不容易啊！

Angel 的父亲是一个大度的男子，在说服妻子既然儿子把人带来了，多少得给儿子一个面子，还是见一下好。母亲似乎也好奇，要看看儿子究竟给他们带回来一个什么模样的准儿媳。尽管他们难以接受眼前事实，但好奇心让他们不得不作出让步。

娇虽没有那种无懈可击的美，但也不是西方人眼里典型的东方面貌。她略高的颧骨，赋予她一种独特的美。一头乌亮的长发披在双肩，眼睛不大不小，鼻梁挺直，厚厚的嘴唇，看起来充满性感。父母不解的是，儿子身边有那么多漂亮的本国女孩，为什么就偏偏看上了一个中国女子。谁不知道，西班牙女郎是世界上出了名的美人。

车内，娇时而随意扫描着窗外，时而含笑侧身看一眼左边的 Angel，这个时候，Angel 都会温和地给娇一个轻轻的吻。

……

西班牙酒吧是聚会的好地方，相当于四川成都的茶馆。这是一家不大但很温馨的酒吧，吧台上坐了不少西班牙人，电视机里现场直播着著名吉卜赛歌星 Lola Flores 的演唱实况。Angel 父母早已到了酒吧，各自要了自己喜欢喝的饮料，坐在那儿等着儿子和那陌生的女子。

"你好吗？"娇和 Angel 从外面进来，她礼节地与两位老人打了招呼，没有通常西方人初次见面时的接吻。

"好！你们好！"Angel 的父亲和蔼地问候了他们。母亲没有吱声，冷漠、傲慢地看了一眼儿子带来的中国女子，随即起身和自己的儿子礼节性接吻，让儿子坐在了自己身边。

男朋友母亲的举动，娇全看在眼里。她似乎有些委屈，但心情很快就平静下来。她坐到 Angel 母亲的对面，侍者送来两杯卡布奇诺。一时的沉默，娇有点紧张，手脚不知往哪里放，只好端起杯子放在嘴边，适当地遮掩一些心里的不安。

她还来不及正眼看一下男友的父母，就听见 Angel 的母亲说道："Angel 时常在我们面前提起你，说你是一个很不错的中国女孩，只是他还在念书，希望你理解。"

Angel 母亲的话使在场的人感到惊讶，没想到西方人的直率竟然在初次会面就表现得如此明显。也难怪，西方人似乎没有含蓄之词。在当时，许多西班牙家庭仍旧接受不了未婚先孕的事实。既然结不了婚，这种不明不白的关系，意味着娇不被这个家庭所承认，更不可能成为这个家庭的一员。

娇不能完全听懂 Angel 母亲的话，但从对方脸上看出是一副严厉和不接纳她的样子。眼前的场面令她万分尴尬，真希望脚下能裂开一条缝让她钻进去。这时，她不得不把嘴唇咬得紧紧的，控制住自己的情绪，不让泪水流出来。

Angel 把援助的目光投向父亲，随即朝着母亲说道："对不起，妈妈，你听我说……"儿子的话还没有说完，就被母亲打断。"你还在读书，你的女人谁来养？孩子又由谁来养？"母亲闭上了痛苦的眼睛。

Angel 的父亲比起母亲来要宽容和蔼些，他也没有想到，太太初次见面就会单刀直入谈起儿子的婚姻来。为了缓解眼前的僵局，他首先妥协。

"Angel 和你的孩子，出世以后我们会帮助你们，但 Angel

还要继续上学，不要因为孩子而影响了他的前途。"

娇大致理解了 Angel 父亲的话，意识到 Angel 带她来见他的父母之前，一定向他父母提起过婚姻和身孕的事，否则，他们不会开门见山谈到这事。

再看看 Angel，刚才进酒吧时还高高兴兴，转眼的工夫面色晴转阴，甚至与母亲争执起来。他们的对话是那么快速和激动，这种情绪并没有影响到酒吧里的其他人，本身就跟他们没有任何干系。娇望着这一家人，虽然心里痛苦无救，但始终不让自己有一丝软弱的表现。看来，Angel 的父母并没有打算接受眼前的事实，暂且不说她还没有学会用他们的语言去争辩，就算她会又能怎样？这是发生在两个不同国度、不同文化背景下的情缘孽债，一时怎能让男方的父母坦然接受呢？

西方人是不爱管闲事的，坐在酒吧桌椅和吧台高凳上的西班牙人根本没有去注意眼前发生了什么事。Lola Flores 嘹亮的歌声和激情奔放的舞姿继续从酒吧的电视机播出，早已把这个民族煽动得忘乎所以。

Angel 从座位上站起："妈妈，我会读好书，周末去打份工来养活孩子。今天来，是要告诉你和爸爸，我们已决定结婚。你不能这样，妈妈！"

"你要结婚，可你们住在哪里？你要上学，孩子又怎么办？你说呢，娇？" Angel 母亲的眼睛直逼娇的视线。

娇看看 Angel，又向他父亲看了一眼。

"娇，你的孩子，我和 Angel 母亲会帮助照看，你放心好了。" Angel 父亲一直很少开口说话，这是一个知书达理的男人。

不过她知道 Angel 没有办法让这个家庭接纳自己。话又说回来，Angel 母亲的话不是没有道理，儿子还没有念完大学。而且娇总不能拖着孩子去找工作，即使有工作也没有钱请人带孩子。

这时的娇，被 Angel 母亲泼了一身冷水，待她完全清醒过来，才知道要走进这个家庭已经没有希望了。她颓丧地捏紧双手，胸口已是窒息得喘不过来气，泪水在眼眶里打转，最终还是流了出来。

Angel 母亲起身准备走出酒吧，Angel 似乎还想说服母亲，让母亲接受娇。他追上母亲到了门口，又重新折回对娇说："亲爱的，你不要离开，我一会儿就回来。"

这时 Angel 的父亲从吧台上付完账重新回到娇的身边，在皮夹里掏出一叠西币放在桌上："娇，对不起。把孩子交给我们，你还要生存下去。"

"孩子，孩子，你们眼里只有孩子。"娇趴在桌上放声哭起来。Angel 的父亲疼爱地在她头上抚摩了一下，摇了摇头起身走出酒吧。

突然，娇竟然失态地当着酒吧那么多人吼着："孩子我不要了，我什么都不要了。"她又对着吧台喊："请来两杯白兰地！"

酒吧所有人这时才把目光聚焦在眼前这个中国女子身上，她疯一样地用酒精来麻醉自己，也不知道刚才离去的先生和太太对她说了些什么，他们的视线投去一丝关心但很快又消失了，他们是不会出面来管别人闲事的。娇喝完丢下酒钱并起身抓起 Angel 父亲留在桌子上的钞票，发疯式地哭着跑出酒吧。

酒吧闲坐的人自然不懂这个中国女人怎么了，只是你看看我，我看看你，继而目送着她的背影远去。

娇来到大街上不知该去哪里？但她至少明白应该尽快离开这座城市，离得越远越好。爱情对她来说只是一杯鸡尾酒，五彩缤纷已经消失不见了，仅剩苦涩的余味。她尽管爱着 Angel，可现实告诉她，Angel 既然说服不了他的父母，结不了婚，总不至于让她一人来承担这份责任吧。她脑子里突然冒出要去医院做流产，否则，即使孩子来到这个世界也不会幸福。

就在她跑得筋疲力尽再也跑不动时，眼前出现一片树林，黑压压的一片，这是一座公园，秋末的风吹得树叶哗哗直响，有不少落叶掉在地上，娇感到无助。此刻，先前灌下的两杯烈酒已经发作，她感到面部炙热，咽喉干渴得要命。她朝着四周看了看，转身朝人多的地方走去。她先是想打听火车站在哪里，可眼前最要紧的是去找一家医院，因为在这里谁也不知道她曾有过身孕，自己将要残忍地去结束一个无辜的小生命，所做的这一切都必须天衣无缝，然后再去马德里找份工作，不再回到原来打工的地方，避免离 Angel 太近。

娇的肚子越来越大，婴儿已经七个多月了，她没法再待在餐馆里做工了，如果让自己的同胞察觉到，时间长了一定会传到她的父母耳朵里。前些日子，她每天穿着宽松的衣服，企图将渐渐隆起的身体遮掩起来，有一次她表姊看到她又没有换工作服，当着大伙的面嚷嚷："娇，你为什么不换掉身上的衣服？"娇无理狡辩，只得乖乖去了更衣间。

眼前，她慌慌张张与街上正面走来的一位上年纪的妇人撞了个满怀，她这时才清醒过来，连忙向对方打听："太太，请问哪里有医院？"

西班牙老妇人还没有回过神来，也听不懂眼前女子的问话。娇拼命向对方解释，越着急越表达不清楚，干脆抛下老妇人离去。老妇人望着远去的娇耸耸双肩摇了摇头，两手做了一个不可领会的姿势。

"我们尽管带着罪恶来到这个世界，可你不要伤害孩子，孩子终归是无辜的。"娇似乎听见来自天国的声音。天啊，可我该怎么办啊？！早知今日，又何必当初。娇不是没有想过把孩子生下来，可孩子一经出世，不要说没有时间，即使有时间如果没有工作，哪来的钱养活孩子？Angel 的母亲容忍不了自己，眼前又没有别的路可走，果真把孩子生下来却不能好好去抚养照顾，那才是自己的罪孽。眼下，她对自己早先的行为有些后悔起来。刚开始她有身孕时，就告诉 Angel 要去做流产，Angel 听了吓了一跳："亲爱的，你疯了。那可是我们的骨肉，你这样做是犯法的，这在西方社会和家庭都是不能容忍的。"

"那孩子生出来，我们该怎么办呢？"

"亲爱的，面包会有的，牛奶会有的。"西方人的幽默和简单，的确忽略了现实生活的复杂性。

眼前的娇，终于对爱产生了怀疑。爱对她来说来得太突然太容易，也许当初的爱，纯粹是一男一女的情窦初开，瞬间的狂喜和迷惑——片刻的结合，强烈的亲近感，脆弱得甚至稍一眨眼或斜睨就会失去理性，冲垮感情的堤岸。这话好像是哪本书上讲的，她记不起来了，心被恐惧折磨着，不知如何决定孩子的命运。

天空，突然间下起雨来，冰凉的雨点打到脸上，使她不能再犹豫，决定要去医院做人流，不然今后的日子会是什么样，她越想越后怕。

西班牙法律有明文规定，没有特殊原因，私自做人工流产是犯法的，遗弃孩子也要进监狱。可眼前，她已经管不了那么多了。

倒在地上的娇身边渐渐围过来些好心人，有人拿出手机拨通了紧急救护电话，不一会儿远处传来长鸣的汽笛声，救护人员迅速将她抬上车子，鸣着长笛消失在茫茫的夜幕中……

当 Angel 重新回到酒吧时，却已不见娇的影子，他连忙叫了一辆的士急赶火车站，找遍了车站也没有见到娇的影子。他颓丧地坐在火车站外边的椅子上，漠然地望着夜幕下人流在灯光里晃来晃去。他真不知道，娇拖着一个大肚子去了哪里？他似乎又想起了什么，慌张地朝着电话亭跑去，脚下带起的雨水湿了裤脚，他顾不了那么多，投入一枚硬币直拨娇打工的餐馆，上气不接下气对着话筒道："喂，我是 Angel。娇在吗？我要找娇。"

"娇不是和你在一块的吗？没见她回来。"餐馆里的人回答。

无奈，Angel 只好挂断电话，一时不知如何是好，脑海中一片迷茫。

三

春天的浪漫总会给生命带来无限的遐想，坠入爱河的人也因此忘乎所以。

在一所大学附近，新开了一家中国餐馆，一些大学生不时到餐馆用餐。当学校早课的最后一节结束后，Angel 和两个同班同学走进餐馆，在靠窗的一张桌子旁坐下，不一会儿，一个穿着湖色中国大襟织锦短褂、黑绸长裙的中国女侍者出现在他们眼前，那张秀丽的脸上，浮着淡淡的微笑，嘴角处有一对甜甜的小酒窝，还有一双会说话的眼睛，无论男人还是女人遇上她，都会多看上两眼。

"先生们要点菜还是要套餐？"女侍者带着微笑递上菜单。

"来个套餐好了"，"等等。"其中一个接话，"有春卷、蛋炒饭和咕咾肉的套餐吗？"

"当然有，这是客人经常点的菜！"女侍者俏皮地笑了笑，心中暗忖着这些外国人除了这几道菜，什么菜都不会点。当初西方人对中餐的了解大多停留在这肤浅的认知上，所以他们携带家人就餐，常点的菜就是这些。

"你好，我叫 Angel，你叫什么名字？"青年学生向女侍者搭讪道。

"娇。"她礼貌地回答着，这几句简单的西语娇回答起来没有问题。

"Angel，就是天使的意思。"同学在旁边补充道，并发出愉快的笑声。

吃完饭大家 AA 制付完账，来到餐馆外面，有同学和Angel 开着玩笑："你什么时候又对中国女人产生兴趣？难道将来你要娶一个中国妻子吗？"

是同学的起哄，还是 Angel 自己动了真情，总之那天从餐馆出来以后，娇的影子就时常不间断地浮现在他眼前。

一个星期之后，Angel 一个人特意又来到餐馆。娇礼貌地问道："你好！今天就你一个人？要吃点什么？"

娇把 Angel 安置在一张空桌子前坐下，很快送来他要的一瓶不带气的啤酒，还有沙拉和一盘炒粉，紧急着忙去了。Angel 看着娇像一只轻快的燕子不断地穿梭在其他客人间服务，他的心开始显得有点局促不安起来。Angel 吃完饭在结账时，还是把早已准备好写在纸上的电话号码递给了娇，向她微笑着说道："你真美，我们交个朋友好吗？"

"……"娇接过那张小纸条，内心有些忐忑不安，生怕同事看见，待她还没有反应过来。

"下次见！"Angel 向娇撇下一个微笑走出餐馆。

娇的西班牙语水平有限，也没有理由给 Angel 打电话。她与平常一样该上班就上班，该下班就下班，整日打发着枯燥无味机械般的日子。

不过，娇心里也时常琢磨着，Angel 好长时间没有来餐馆吃饭了。

这是一个周末的下午，娇下班走在回家的路上，正巧碰上 Angel。那天他显得特别兴奋："娇，你去哪里？有时间吗，我请你去酒吧喝一杯？"

对这突然的邀请，娇没有拒绝，两个人就近来到一家酒吧，Angel 要了一小瓶 SAN MIGUEL 无酒精啤酒，向他钟情的女子打开话匣："SAN MIGUEL 原先是西班牙在菲律宾开的啤酒厂，听说在远东很有名，20 世纪 30 年代便在上海出现，你要不要也来一瓶？"

"哦，谢谢！我不太习惯喝啤酒，我来一杯鲜橙汁好吗？"

"好！西班牙是橙子王国，销往全欧各国。"Angel 尽量寻找话题，使彼此间的初次约会气氛尽量轻松些。

娇第一次见到 Angel 时，仅仅把他和其他客人一样看待。今天在路上邂逅他，也没有多想，就自然而然跟他进到酒吧。

尽管她到西班牙有一年多了，但还从来没有一个人坐过酒吧，不是手上没有钱，就是没有那份心情。工作期间接触到的都是顾客，自是没有机会去结交朋友，何况就连学习西班牙语的时间都挤不出来。今天和 Angel 在一起，多少日子没有这样自由开心过了，可她面对一个陌生的西方男子也不知道该说什么是好。她一知半解地听着 Angel 独自在那滔滔不绝讲个不停，偶尔才能插上一两个熟悉的短句。

"娇，你要不要学西班牙语，我来教你好吗？"

"……"娇一时答复不了对方。Angel 见娇没有明确反应，还以为她不愿意。

他放下手中的啤酒杯子，深情地注视着眼前的娇："你有什么困难尽管说，我可以帮助你。"

"谢谢！我想学，可我没有那么多的时间。"娇大脑里的西语词汇太少，她不能跟 Angel 正常交流，只好接过 Angel 递上的笔，拿起酒吧里印有"SAN MIGUEL"字样的餐巾纸画着图来表达自己的意思，再不然就用手势加补充几句半生不熟的西语和 Angel 沟通。人们常说，爱是不需要语言的，彼此只要有真诚的心就够了。正是这样，在这个常变而毫无安全感的世界，人与人之间才缩短了距离。

"娇，难道你就没有休息时间？"Angel 执着地想说服眼前这位中国女孩。

"每周有一天休息，可我……"娇把到嘴边的话又咽回肚里。

"一天就够了，你来安排一下，我来教你学习西班牙语，好吗？"Angel 固执起来，语言似乎已成了征服对方的武器。

其实，娇哪有不愿意的道理，只是她不好意思告诉他目前自己的处境。娇出国前，在西班牙开饭店的亲戚明明答应每月给她 4 万西币薪水，可至今却没有拿到分文，她日用所需时，亲戚偶尔才给一点零用钱打发她。

"你们不是说好要给我工钱？为什么说话不算数？"娇终于忍不住，质问起亲戚来。

"我们花那么多的心血把你办出来，就白帮吗？"

"那我什么时候可以离开这里？"疼痛撕裂着娇的心，只要有一个确切时间离开这里，哪怕再苦她都会忍受过去。至少，她可以看见一丝希望，可眼前的一团黑，什么也理不清。

"走？哼！要么还钱，要么做满三年。"亲戚终于凶相毕露。

娇一下听傻了，他们想把自己当人质留在这里长期做苦力，她后悔当初不听父亲的劝告，拼死拼活要出国。娇也曾听别人说过，从国内申请一个人出来，至少也要花上十万元人民币，所以她不知道什么时候才能还清这笔抵押。她在这里打工半年以来，每周只能休息一天，休息时又让她打扫房间，洗桌布餐巾，亲戚总是没事找事让她做，她所做的工作比一般人要繁重得多。在国外是没有什么亲情可言，这点是娇没有预料到的，她自己选择的生活方式只好自己走下去，又不敢对家人说真话。鉴于这个情形，她想过跳槽走人可身不由己，真是哑巴吃黄连有苦说不出来。听见Angel要帮助她学语言，自然是没有不接受的道理，可她整天就像机器一样地做工、吃饭、睡觉，过着三点一线的生活，哪有闲情去学语言。

中国人圈子里复杂的事，就连中国人自己都搞不懂，一个西班牙人当然更不能了解这些了。

"娇，你在想什么？"Angel看着眼前神情恍惚、有些忧郁的中国女子，一时却不知道该说什么是好。

"喔，没什么。对不起，我该走了。"娇站起来离开座位。

Angel看着娇要离去，便不再说什么，起身埋了单后随娇出了酒吧。

他们从酒吧里出来，娇说："时间不早了，我要回去上班。谢谢你。"

Angel送娇来到餐馆，还没有人来开门。临别时他在娇的脸颊上轻轻吻了一下，说声再见消失在夕阳下。一路上，Angel很兴奋，这是他第一次与中国女孩子交往，似乎对这异国的恋爱有着特殊的感受。突然，从不远处的学校足球场里飞来一只足球，他快速把它一脚踢了过去。

娇突然回望了一下Angel远去的背影，思忖着许久以来，没有人来关心她，自己也没有条件和心情去交异性朋友。与西方男孩交往，就像一个神话，也从未接受过西方男子的亲吻，她心里一时热乎乎的，也有了些奇异的感觉。想想，这是她来到西班牙，过得最开心的半天。

四

时针指向 20：00 时，街上行人提着大包小包，匆匆忙忙寻着各自回家的路线。Angel 意识到，今晚是找不到娇了，他只好回到家里，向父母打了声招呼，便把自己关在房间里，一个晚上再也没有出来。

第二天早晨，母亲已做好了早餐，他洗漱完毕陪着父母吃完早餐，背着书包正要出门回学校去，母亲似乎看出儿子的苦闷和不悦，一改早先完全拒绝的语气："娇去哪里了？孩子生出来我们会帮助她的，但我们真的无法接受……"母亲希望儿子能理解她。

"妈妈，这孩子是我和娇两个人的，我有责任去抚养。"Angel 略抬高了嗓门。

"你是有责任，但你怎样去养？养得活吗？我们给你照顾孩子，难道还要再让我们去养你的女人？"做母亲的虽是为自己儿子考虑，却不能摒弃成见。

"那你们就不用管了，这是我和娇之间的事。"Angel 说完打开房门，甩下母亲走了。这个家，自从出现了娇，就没有平静过。之前，Angel 从未顶撞过母亲。他现在认为是母亲割断了他和娇的恋情，以致给他带来痛苦。

他坐上火车回到读书的城市，没有直接去学校，而是直奔娇打工的餐馆，这时看见几个中国人从不远处走了过来，在他们中间没有看到娇。与娇一块做跑堂的女同胞对他说："昨晚娇没有回来，也没有打电话，我们一直以为她和你在一起。"

这时，Angel 才感到事态有些严重，只好先赶回学校去上课。刚走进学校大门，正好遇到同班的 David 从大门外的酒吧出来。

"昨天下午，娇打电话来找不到你，让我告诉你不要再找她，她已经辞工去了另外一座城市。"

"什么地方？" Angel 迫切想知道娇的去向，有些失态。

"她没有说，就把电话挂断了。"

一整天，Angel 没有心思再看书，他干脆把自己关在房间里，开始抽烟麻痹身心以解烦恼，不知不觉娇的情影又浮现眼前。

"Angel，你为什么喜欢我们中国女孩子？都说你们西班牙女孩子是全世界最热情、最漂亮的，你说呀？"娇和 Angel 在一起，心里总有问不完的为什么。

"娇，爱情的奇妙，是说不清道不明的，问题不在于中国或西班牙女孩，有了情，也就没了国界的划分。" Angel 圆满的答复一次又一次冲破了娇的心理防线。

"你骗我，我才不相信你们的谎言。在我们东方人看来，西方人对爱情就像吃饭穿衣那样随便。"

"娇，你的成见未免太广泛了吧？我就不是你所说的那种花花公子，再说西班牙家庭仍然保持着传统的一面。"早在佛朗哥执政时期，西班牙与西方其他国家相比的确比较保守，尽管社会发展到了一定的阶段，但是西班牙不少家庭仍旧保持着传统的一面。

"怎么让我相信你呢？我们毕竟来自不同的国度，在文化上也有差异啊！"

"没有认识你以前，我可是道地的单身贵族，谁让我第一次碰见你就爱上你了，被爱情俘虏，难道你不高兴吗？"在真正的爱情面前，想必没有人能抗拒得了。

即使在课堂上，Angel 也时常心不在焉地遐想。

"Angel，你怎么了？近段时间上课老是无精打采地走神？"邻桌女生关切地问。

"是吗？没，没有什么。"Angel 回避对方的问题。

甚至于老师也观察到他的学习状态不太正常，严肃提醒他："你的成绩下降，这是从来都没有过的，究竟发生了什么事？"

"孩子，不是我们冷酷残忍，目前最重要的是以学业为重，这些年来我和你父亲一直以你为荣……"Angel 耳朵里传来母亲的声音。最后变成娇的声音："你说你爱我，我才不信……"娇撒娇地倒在 Angel 的怀里，感到无限温馨。两个异国男女交往后，无时不陶醉其中，爱情竟然使人魂魄失落。

一连串类似电影的画面把 Angel 搅得在昏沉中睡去……

在现实生活中，大多数人对爱的了解并不比对危险、恐惧和嫉妒的理解更深，沉浸于一时的喜悦幸福感，让他们绝少去深思事态发展究竟会带来什么样的结果。

五

两天过去了，娇躺在医院里，一直没有见到孩子。不过，她身体恢复得不错，能上下床走动，食欲也增加不少，只是心里空空洞洞的，并有些局促不安，独自待在病床上不断揣摩着孩子是什么模样。

这天下午，护士劳拉检查病房来到娇的身边，握着娇的手说："怎么样，好些了吗？"

"谢谢你，劳拉。我什么时候可以看到孩子？是谁送我到这里来的？"

劳拉注视着面前的中国女子，其实劳拉的年龄比娇还小一岁。她也不知道怎样来安慰这个没有丈夫在身边的女子，告诉她三天前的一个傍晚，她是被一辆救护车从火车站送到这所修道院来的。孩子不足月就早产了，多亏抢救及时，并告诉她孩子要观察几天稍微强健些才能送过来。让她好好养身体，不要过度悲伤。

劳拉的话又引起娇一阵伤心，她目送着劳拉走出病房，想起孩子出世没了父亲，今后的生活还不知道是什么样子。眼前又浮现出 Angel，他会着急吗？他现在在哪里？不由想起当初他的一见钟情，自己又是如何坠入不能自拔情感的旋涡……

"Angel，请你不要这样，我好怕！"娇想起第一次和 Angel 亲密地在一起，心里是那么恐慌。

"亲爱的，我是真心爱你的。"Angel 对眼前的中国女子是动了真情。那男女之间的爱情一经升华就难以控制。

谁知没有几次鱼水之欢，爱情萌芽竟结出果实来，这造物主也真的好伟大，轻易间在一个男人和女人之间孕育出新的生命来。

"我们把孩子生出来，每天有个小天使围在身边转来转去该多好！"Angel 冲动着要说服娇。

"不，我好怕。"娇终究有着中国一般传统女孩的娇羞，但最终还是屈服在 Angel 爱的世界里。

娇满脑子回味着与 Angel 的缠绵，似乎也非常乐意如今拥有这个宝贵的爱情结晶。这时她悄悄下床，出门不远处便来到婴儿室，透过玻璃窗看到几个小床在光线充足的房间里，旁边果真有一个保暖箱。她看不清儿子的模样，于是轻手轻脚进入婴儿室，走近儿子身边，看见孩子特别瘦小，根本分不清长得像谁。保暖箱上挂着孩子的出生年月日：1995 年 11 月 28 日，性别：男，国籍：被一个 × 代替了。其他写的是什么她也看不懂。

她看着可怜的孩子，身体是那么屠弱，母子俩出了修道院的大门，去哪里生活？哪个老板能留下一个带着孩子的女人打工？想着想着眼泪又不由自主地流了下来。

远处似乎有人走来，她急忙转身回到自己的病房，重新躺在床上，想着刚刚与死神擦肩而过，如果她和孩子一块离开这个世界，日后就不会有那么多的烦恼。可她又想着孩子是无辜的，Angel 为了找到她，现在不知急得什么模样，心中不免自责起来。不管怎样，Angel 没有放弃自己，娇似乎对生活又寄予了一丝希望。她想到这里心情比先前好多了，只见她从钱夹里掏出和 Angel 的合照，视线里却出现了另一个年轻人的影子。

第二章

一

20 世纪 90 年代初期，娇高中毕业那年没有考上大学，那时她已经有了男朋友，男朋友考上了浙江一所纺织专科学院。

那段时间娇的情绪一直比较低落，但又不好过分在男朋友面前表现更多的自卑。尽管他们快快乐乐相处一起，娇的悲观情绪多少也会不经意流露出来。男朋友安慰她说："娇，今年没有考上，再复习一年，争取明年考上省城的大学，无论考上哪所学校，我都在那等你。"

"好，我们明年在省城见。"娇确信爱情在等着她，对第二年的高考就有了更多的自信。

暑假过后新学期一到，娇送走了男朋友，就把自己关在家里，整天看书做题，对未来寄托了无限希望。

生活中往往就是有很多预料不到的事情发生，一经出现有可能瞬间改变一个人的生活走向，或许决定终身命运。

有一天傍晚，她家里突然来了一位远房亲戚，那是许多年前，娇就听父母说过，在西班牙有个本村的远房亲戚，可是他们平时不常来往。这人在万里之外，怎么说来就来了，看来无论什么事，只要有心再远也挡不住。

"娇，快出来看看，你阿菊奶奶家的媳妇来了，叫什么来着……"娇的母亲似乎高兴得不知怎样称呼眼前的女人，手脚忙乱倒水去了。主人话还没讲完，已见她一屁股坐在板凳上了。这是一个三十来岁的女人，穿一身深色的衣服，脚上却穿了一双时髦艳丽的皮鞋。在海外生活多年，欧洲人的衣着打扮，乃至文化对她来说并没有多大影响。

娇听见母亲在外面叫，只好放下功课，迎着客人道："婶，是哪股风把你给吹来啦？"

"她婶，请喝水。"娇母亲放下开水杯随即进了厨房。

被称为婶的女人，突然看见娇水汪汪的一双大眼，高挑的个头儿站在自己的面前，对着母女俩喊道："几年不见的工夫，真乃女大十八变，是越来越好看。你看，一朵鲜花插在牛粪上了，留在乡下太可惜了。"眼前的女人连考虑都没有考虑，就把话说出来了。其实，早些年他们两口子就想打娇的主意，只是因为娇年龄小未敢提起。当年的黄毛丫头，如今却变得亭亭玉立，即刻想到果真能去西班牙，将对他们的小饭店增色不少。人的欲望往往是自私自利，女人敲打着自己的小算盘。常言说得好，"无事不登三宝殿"。女人突然造访，娇一家子可没有料到，本来好端端的一个家，打那以后一失平静，他们更没有想到，这门远房亲戚日后会给他们带来诸多的烦恼。

……

"嫂子，我不在这里吃饭，聊一会儿就走。"女人看着娇的母亲开始摆碗端菜上桌，口头上这样说，屁股粘着凳子并没有站起来的意思。

"我们先吃，就不等他们父子俩了。这么多年不见哪有走的理，来吃点家常便饭。"

"只好客随主便啦。"女人毕竟是见过世面的，也就不再推让。

　　饭桌上，女人的目光几乎没有离开过娇的视线，似乎有意挑逗眼前这个没有出过远门的女孩子："西班牙风情万缕，一个令人向往的太阳帝国，多少人为她心醉……"

　　"婶，你都快成为文人了。"娇往嘴里扒了口米饭，不屑看了一眼突然闯进家门的陌生女人。

　　"这辈子文人是做不成，开家餐馆还是没有问题，当个老板就行了。"女人不失时机在母女面前卖弄起来。

　　沿海中国人移民仅有百年的历史，到娇这一代，有不少人在异国已经走出了原始积累，手上有钱开个小餐馆什么的，维系着一家人温饱是没有多大问题。但是要发展还得苦干，甚至靠剥削工人的剩余价值才可以赚到更多的利润。眼前女人正是怀抱着这样的心态找上门来的，能赚用一个劳动力就可获得一笔财富。

　　"不说西方有多自由，至少赚钱的机会比这穷山沟要来得快。不然，咋那么多人急疯似的跑出去。"

　　"出国哪那么容易，不要说到国外了，就是到省城走一趟也需要一定的时间，你快不要在这逗乐了。"娇还是不以为然。

　　女人似乎不服气："你太小看你婶了，问问你母亲她让不让去，果真让你去，这次回去就帮你申请，怎么样？"女人又反过来问娇的母亲："嫂子，你舍得吗？"娇的母亲压根就没有想到自己的女儿要去国外，年轻时嫁给她的父亲，就没有听说过这个家族里有海外关系。眼前有人愿意帮助他们，这真是天上掉下来的馅儿饼，心中自然涌出一股兴奋，但又不便过分表露出来。

"这事要等娇的父亲回来商量才知道，不过娇还在准备明年考大学。是出国还是上大学，我一个农家妇女也说不准，你说呢，娇？"

娇离桌收拾着碗筷："我还是先考大学，出国的事等以后再说吧。"当然她没有讲男朋友还在省城等她。

吃过晚饭，娇的父亲和哥哥从外面回到家，娇的母亲接过丈夫手上的工具："都去哪里了，等你们回来吃饭久不见人，我们就先吃了。留的饭菜在厨房里。"

"朋友有事帮忙去了，我们已在外边吃过。"

正要起身往外走的远房亲戚又不走了，屁股又重新落回板凳上："林子哥，你回来了，有件事正想和你商量，我们打算在西班牙北部一座小城开家餐馆，人手不够，娇没有考上大学，就让她去那里帮忙一下好了，等过几年赚点钱，我们也可以帮她开个店什么的。你说呢？"

"喔。你是为了这事才来家的？我们可没有那笔巨款。"

"这个嘛，自家人好说，就不要谈钱的事了。"

"这事太突然了，一家人得坐下来好好掂量掂量。再说娇正在复习明年要考大学，缓缓再说吧，啊？！"

女人吃了闭门羹自讨没趣，识相地离开了娇的家。

二

几天过去了，一家人没有谁再提起出国的事。可是娇私下揣摩了好久，心不再像以前那样安宁。对自己明年能不能考上大学根本没有把握，倒不如到国外去闯闯，多长点见识。就这样，她早先的理念一瞬间被出国的欲望搅浑了。这天在饭桌上，她再也沉不住气："爸，我看还是不要复习了，明年再考不上大学，又耽误了一年，怎么办？再说，趁年轻出国去赚点钱没有什么不好。"

娇为父亲盛上一碗饭，父亲夹了菜看着女儿："年轻人多读点书总没错，我们这一代人都是文盲。"

"她爸，就让孩子去吧，你看村里年轻人都走光了。人家说好了又不要咱们掏一分钱，隔壁家小旺出国还花了十几万元人民币呢！"娇的母亲生怕女儿失去眼前出国的机会，打断丈夫的话。

"出国，出国，难道国外的钱就那么好赚？国内人都留得住，就留不住你的女儿？"娇的父亲是一个憨厚朴实的农民。

只见他往嘴里扒了一口饭，接着又说："村里不少年轻人奔走他乡赚钱去了，有海外关系的都远走高飞了，眼看着村里的土地被荒废，这个社会真是要变了！"

"你着什么急？你管得了自家的孩子，还能管得了别人家的事！"娇的母亲白了一眼自己的男人。

"眼下，村里一块长大的孩子中专或大学毕业，嫌钱少都不愿意回来教书。可他们宁肯花上十来万元出国，就是不愿意待在这面朝黄土背朝天的地方。城里毕业的学生就更不愿意来农村了。"娇为母亲打着圆场，不给父亲一个喘气的空隙。

"爸，妹妹要考大学，就让我去吧，女孩子出远门多少使人不放心。"娇的哥哥也心动了，在一旁凑热闹。

娇狠狠瞪着哥哥，又望了眼父亲，一想到大学考不上日后的日子好难熬啊，难道和自己的父母一样做一辈子农民？她内心真的后怕起来。

"他爸，让儿子去也行。你看小旺出去后不仅还清了债务，家里又盖了几间房子，前几天还听他妈说，开春家里还要买一辆货车，用来跑运输赚大钱。"娇的母亲想尽量说服丈夫，心想着能让儿子出去也不错。

"你怎么不说说强？强他父母省吃俭用，把家里该卖的都卖了，凑足十来万元人民币，让他们的宝贝儿子出国了吧？怎么样？到国外不学好，钱没赚到，人倒落下了一身病，现在没脸回来。你怎么不说说？"丈夫望着老婆气得一双眼睛都红了。

这餐饭一家人谁也没有吃好，就急忙撤了。从白天到晚上，一家人被出国的事搅得昏天黑地，各自想着各自的心事早早上床睡了。

一个星期以后的早晨，从西班牙回来的女人手上提着厚礼进得门来，娇一家人正围着餐桌吃早饭。

"进来坐吧。"母亲起身让座。

"谢谢大嫂！过几天我就要回西班牙了。出国的事林子哥你们考虑好了吗？这也不是什么坏事。"女人搁下东西，虽然没有死心，但不再好意思久坐。

"孩子他婶，娇明年要考大学，还是让儿子跟你去吧！"娇的母亲觉得儿子在外挣钱终归比女儿容易些，能出去一个总比一个都不出去要好。

"妈……"娇听见母亲的话，眼泪都要流下来了。

"妹妹，就让我去吧。"娇的哥哥先抢了话题。

"妈，婶说好让我去的！再说我哥年底要结婚。"眼下，娇不想失去已经到手的机会。

"这……"女人没有想到，几天的工夫，这家人来了个调包计，一时还真不知道如何回答。

"结婚的事可提前，也可以推迟。妹妹你让我先出去看看，如果好的话，等哥赚了钱再帮助你出去。"娇的哥也不想放弃这个机会。

"你们就那么想出国？要走都走，家是留不下你们了！"娇的父亲一直没有搭理他们。这门亲戚是吃了秤砣铁了心要带走女儿，看来是不到黄河心不死。只见他起身把碗重重地摔在桌上，从包里掏出一支廉价的纸烟坐在门槛上点燃，嘴里吐着一长串烟圈，脸黑沉沉的不再说一句话。

整个房内气氛压抑得让人喘不过气来，最后还是那个从西班牙回来的女人先开了腔："大侄子，男人只能在厨房里洗洗盘子，工资也不高。娇年轻又漂亮，可以在外面做跑堂，相比工资要高一些。另外，小费也相当可观！"女人打的如意算盘是看中了娇的容貌。世界上没有做不到的事，只要有了欲望，有了心去努力准成。

……

接下来，出国终于取代了娇上学的梦，那一年娇果真没有考上大学，从此，这个家庭失去了温馨，不再有以往的宁静。再后来，娇的父亲最终作了让步，把儿子留下，一年以后让女儿走了。

三

娇的身体已经全部恢复，她打定主意把孩子暂时留在修道院，一个人先去赚钱，等赚了钱稳定下来再回来接孩子。

劳拉随修道院嬷嬷进到病房，嬷嬷一见到娇："亲爱的孩子，你完全可以出去了，不过，孩子还要在这里观察一段时间。我们安排你去政府所办的未婚母亲救济中心，那里免费供应吃住，离这里也不远，你随时可以来看望孩子。其实，等孩子健康状况好些，也可以领孩子去同住。不过目前，还是将孩子留在这里比较好，因为这样我们比较放心。"

"天冷了，这是几个护士给你买的替换衣服，我送你去，孩子留在这你就放心好了。"劳拉把手上的一个袋子递给娇。

"谢谢你们的好心，我暂时把孩子留下，救济中心不去了，我要去马德里找一份工作。"

嬷嬷迟疑了一会儿，看了一眼劳拉，转身对娇说："这样也好，等你找到工作安置好一切再回来接孩子，我们尊重你目前的选择。"

提起中国人，总会不由自主地想到这个民族与西方人在文化上的种种差异。尽管中国人的生存环境非常艰辛，但他们只要没有残废是不会上街乞讨的，通常也不会到救济中心去白吃白喝的。这点和其他发达国家比起来，还是值得骄傲的。

娇开始收拾床头柜上的日用品，想着人生就是那么奇妙，在什么都不明白的情况下，顷刻间就做了母亲，而眼前又将与亲生骨肉分离，便情不自禁抹起泪来。当下，她不得不尽快离开这里，再容不得半点犹豫。只见她打开包，拿出几天前Angel父亲留给她的钱递给劳拉："这点钱替我为孩子买些衣物和急需品，早晚我会回来带走孩子的。"她再三谢过劳拉和嬷嬷，走出修道院大门，脚刚迈出大门，突然又想折回抱走孩子，结果还是一狠心头也不回地迈出修道院。

突然，劳拉追出去对娇说道："娇，难道你真的要离开这里，不再考虑考虑吗？孩子需要你。"经过这几天的相处，劳拉对娇十分同情，想用孩子来留住她。

"劳拉，非常感谢你，在这里认识你是我的运气，还请你费心多多关照我的孩子，工作安顿好我会尽快来接孩子的。"娇痛苦地哭出了声，劳拉上前紧紧拥抱着她起伏而战栗的身体。

娇在西班牙发生的一切，她没有勇气告诉家人，如果父母知道不把他们气死才怪呢！眼前酿下的苦酒只能自己咽进肚里。

四

"对不起，Angel，我们的确不知道娇去了哪里。她究竟怎么了？起码，她会打电话来。"餐馆里的中国人放下电话，又忙活去了。

Angel没有放弃过找娇，他也不再回家去。母亲到学校来找他，他总是在回避，一个人躲得远远的，直到母亲失望走出校门，他才回到教室或寝室里。他算着娇临产期已到了，再一次来到餐馆，遇上娇的老板娘正要开门，他希望从这个女人嘴里知道一点关于娇的消息。

"Angel，我们真的不知道娇去了哪里，她留下的一些衣服还在这儿。不过，你放心好了，娇是一个很倔强的女子，她不会做出什么愚蠢的事来。"

"可你知道不知道，娇马上就要临产了，她身边连一个亲人都没有，万一出了差错怎么办？"

"Angel，你说什么？你再说一遍。娇要生孩子了，是谁的孩子？"这个女人近似疯了一样，用一双气势逼人的眼睛看着Angel。难怪这些日子，Angel对娇过分的关注和着急。

Angel似乎意识到自己刚才说漏了嘴，中国人对未婚的男女养了孩子是很忌讳的。他一时不知再说什么好，赶忙离开了餐馆，离开了眼前这个女人。

虽然Angel的背影在远处消失，女人仍然呆若木鸡地站在餐馆门口，心里多少有些不安起来。但她担心更多的是娇欠她的钱还没有还清，一个月过去了，竟然连个招呼都没有打。过了一会儿，这个女人才有些紧张起来，娇万一有个三长两短，怎么向她父母交代。

女人的丈夫手上提着两大袋刚从菜场买来的食物，看见餐馆大门还关着："你发什么愣，还不开门？"

"她有了孩子，还没嫁人就有了孩子！"

"你在说谁？谁没有结婚就有了孩子？一天到晚自己的事都操心不过来，还去管别人的闲事。"丈夫接过钥匙开了餐馆大门走了进去，他回过头来看见自己的女人没有跟着进来，却朝着街边的电话亭走去，他大声吆喝着："店里不是可以打电话吗，干吗要在街上打？"

　　女人没有搭理，拿起话筒投入三百比塞塔硬币，拨通了国际长途，仅仅说了几句话……

　　当 Angel 来到学校大门口，David 正搂着女朋友朝他走来："Angel，找到娇了吗？今晚，要不要和我们一块去蹦迪呀？"

　　"你们去吧，我不去了，我要等娇的电话。"Angel 径自进了学校，总想着娇有一天会打电话或者到学校来找他。

　　原来 Angel 和 David 居住一室，白天 David 很少待在宿舍里，只是晚上回来睡觉。这样也为 Angel 提供了一个爱的窝巢，娇每次休息时都会去学校看 Angel，并为他送去可口的中国餐。碰巧 Angel 没课，他就会带着娇去博物馆、公园、商场等地方逛逛，有时也会去看场电影。娇自从和 Angel 交往后，感到万分幸福，似乎这个世界、这个宇宙都属于他们。爱情真是魔鬼，即使入地狱也在所不惜。

　　西方人从不去管别人的私生活，但他们对性的认识也比较透彻，对性的追求也较有分寸，不至于像洪水那样泛滥成灾。正像希腊神话里所说的那样：希腊人绝对不承认肉体万恶，所以他们绝不抑制情欲。他们赞美肉体，爱女子美艳，男子勇猛。他们追求享乐，努力于享乐的满足。希腊人是理想的人，理想的英雄，所以他们有充沛的精神和体力。当然，他们也不会把性生活和婚姻扯到一块，西方人对性没有罪恶感，东方人往往不是这样。东方多数女子一经委身男方，就希望有一张契约，与之结合建立一个家庭，而忽略了日后的不幸。

　　Angel 应该算是一个负责的男人，他至少没有亵渎自己的信仰。他这时躺在床上，嘴里的烟是一支接着一支，娇没有离开之前他是不会吸烟的，现在一个人也时常坐在酒吧喝闷酒。娇离开他整整两个月了，几乎找遍了他认为娇该去的地方，可毫无踪迹。

"娇，我真的好想拥有你！你难道是冷血动物？"Angel热烈地吻着心爱的女人。

"Angel，在我们家乡女孩子婚前，不允许与男人发生关系的。"起先，娇始终把持着自己，不敢跨出最后一步。可人性的弱点，在爱面前很难保持理性。

"亲爱的，嫁给 Angel 做太太好了？"

"你学业不要了，再说我目前连一个正式的工作都没有，这可不行。"

"我们这样太累了。"Angel 再糊涂还不至于完全放弃学业。只是当男女双方情感已达到顶峰的时候，会失去理智不顾一切做出超越常规的事来。尤其是两人相守时间久了，情感已升华到极限，彼此都希望灵魂与肉体融为一体进入更高的境界。娇和 Angel 两人毕竟是俗人，他们只要有机会，便忘乎礼仪沉湎于爱河，享受着人生最美好销魂的一瞬。

"Angel，我们相爱的事，你父母会同意吗？他们能接受中国女孩子做儿媳妇吗？你什么时候带我去见他们？"Angel 耳朵里灌满了娇的不安和疑问。

"亲爱的，你放心好了。我们自己的幸福自己把握，当然尊重父母是应该的。"事到如今，他对娇的许诺成了泡沫，一江春水向东流，他再次陷入了深深的苦恼。

"娇，等我大学毕业，我们一块去中国，去你的故乡。"Angel 脑际里浮现着娇的影子，还想着他们曾共同商酌的未来。可是学业尚未完成，中国还没有去，他们却先有了孩子。如今大人和孩子都不知是死是活，不由自主埋怨起自己当初一时感情冲动，给娇带来的不幸。他叫天不应叫地不灵，被剪不断的忧思和痛苦折磨着，终夜不能成眠。

五

眼看中国春节快到了，虽然这和西方人没有直接关系，可在异国的中国人总想给自己营造出节日的氛围，看看中国超市的对联，还有进进出出的热闹劲，就知道他们在置办年货，迎接这个传统佳节。

娇离开修道院没有回到原先打工的餐馆，也没有去马德里。她在生产孩子附近小镇的一家中国餐馆找到了工作，其原因是不愿离 Angel 和孩子太远。假如有朝一日，想要见见她在海外唯一亲人的话也方便些。可是，她的内心矛盾极了，在目前一切尚无定局、没有充分积蓄之前，暂且还是不去见孩子。

"娇，你这么年轻漂亮，为什么不去马德里找工作，那里机会也许要多些，对个人的发展前途有利。你总不能在这偏僻的小镇待上一辈子吧？"一个上点岁数与娇在餐馆做工，又是同屋的中国女人劝她离开。

"是啊，我也这样想过，不过目前我暂时还不想离开，谢谢！"娇一直隐藏着自己的内心世界，没有对任何人表明。

半年多时间过去了，娇没有跟外界打电话联系，也没有去那座修道院领回自己的孩子。她除了在餐馆上班，也不愿意出去透透气，每天两点一线，从餐馆到住家，住家到餐馆的生活已使她麻木不仁。每周休息一天的时间，她清扫与别人合住的房间，洗洗衣服，随便做点什么吃的，然后把自己关在屋里，躺在床上看书，书看不下去就满脑子地胡想。

娇在工作生活刚稳定下来时，曾想过把孩子领到身边来，可打工的地方又怎能接受一个带着孩子的母亲？自己在外租房子住，房租高租不起，就是租得起，孩子放在家里能放心吗？请人带每月赚那点钱咋够？她想来想去还是拿不定一个主意，心病一直折磨着她。

由于整日思子心切，有一天再也控制不住自己的感情，她趁着休息去了修道院那座小城。当她来到修道院，只见大门紧闭，那一刻，她还犹豫不定。"我这是怎么了？带着孩子去哪里？真后怕领走孩子会发生什么？"她不得不忍痛割爱，最终还是离开修道院回到了住处。

她也想过去找 Angel，可他上学总不至于让他背着孩子去读书吧？她也曾想过把孩子送回中国去，让自己的母亲带，可父母能接受女儿的私生子吗？有好几次她拨通了哥哥家里的电话，嘴巴还没张开，便把想说的话咽进肚里挂断了电话。她也没有理由再和中国男朋友保持联系，再过些日子，学校就要放暑假了，男朋友一定会到家里打听她的消息。

"娇，你非要出国吗？难道只有出国才是你的出路吗？"娇把出国的事告诉了男朋友，娇认为这是她自己的事，她有权利来决定去和留。

"我明年如果再考不上，我继续闲在家里会发疯的，如果当初根本就没有出国的意念，也许就不会想到要出国，命运既然把我推到这一步，我只好听天由命了。"男朋友连夜从省城赶回来，动之以情想劝住她，"娇，你是知道的，我真心爱你。你即便没有考上大学，我也同样爱你，请你不要离去。你先跟我到省城去找一份工作，出国的事暂时缓缓，你看这样行不行？"

娇没有跟男朋友去省城找工作，最后还是选择了出国。那年春节过完，娇的男朋友又要回省城念书去了，临走两个人为出国的事闹得很不愉快。从上海上飞机时，她也没有通知她的男朋友，是娇的哥哥送她登机。

刚到西班牙时，娇每月都往中国杭州写信，起初男朋友接受不了她的离去，自然没有回信给她。可随着时间拉长，娇的影子不仅没有消逝在他的生活中，反而堆积得越来越多。他只好把虚幻的爱情寄予在后来的书信来往上。自从娇离开北部餐馆以后，再没有给杭州去过信。她知道自己负了对方，爱上了另外一个男人，竟然还和他生下了孩子。所以，娇不愿意去马德里打工，因为怕在那里看到熟人或遇见老乡。一年过去了，她打工的餐馆也换了几处，心里还是放不下孩子。女人只要有了孩子，她的身心就会被割断一大半，爱情似乎也不那么重要了。

西方的圣诞节，是孩子们的天堂。离圣诞节还有二十来天，大街小巷已是灯火辉煌、热闹非凡，橱窗里摆满了各种各样的玩具。大人带着孩子们来餐馆吃饭，娇看在眼里，痛心地想着扔在修道院的孩子。修道院的嬷嬷和劳拉，一定还盼望着她早些领走孩子。目前孩子究竟怎么样了？多少日子以来，她为孩子的事烦恼得神情恍惚，左思右想最后还是做出了一个大胆的选择。

娇凌晨一点多从餐馆下班后就直奔车站，赶夜班车去 Angel 父母居住的城市。火车一到她就拼命往修道院跑，可此时天还没有完全放亮，离开门的时间还早，她只好先到附近酒吧吃点东西，然后抵达修道院按响门铃，开门的嬷嬷手上抱着一大叠洁白的床单。她激动得连话都说不出来，许久才开口："对不起，我一直没法来看孩子，今天我来是想带走孩子，孩子还好吗？"

嬷嬷把娇带到办公室，递给她一杯水："我们一直在等你回来，这一年多你去了哪里？孩子已被劳拉领走了。"

"孩子被领走了？去了哪里？"娇急得"哇"一声哭了起来。

"我们修道院不可能收养孩子，一般情形下没有父母的孩子，会被送进孤儿院。"

"她什么话都没有留下？"娇急得催问着。

"你究竟发生了什么事？怎么这个时候才来？难道忘了孩子？"

"我也是没有办法，她走时没有留下联系电话吗？"娇面对嬷嬷几个为什么，心难受得早已哭成了泪人。大家尽管相信劳拉不会发生什么事情，但孩子毕竟不在修道院，眼下去哪儿找？

"半年前，劳拉突然对我说她要领走你的孩子，还问孩子如何领养？她说要去马德里工作，把孩子一块带走。我以为她疯了，一个没有结婚的女孩子带走孩子？而且要上班。她竟然安慰我放心好了，会照顾好孩子和自己的。我也对她说，如果娇回来怎么办？按理说修道院是不会长时间收养孩子的，但我们考虑到你和孩子的实际情况，也就同意孩子暂时放在修道院。我担心她年轻没有经验，她告诉我会尽心照顾孩子。最终，她非常固执地带走了孩子。"

嬷嬷委婉地告诉娇："我对她说到了马德里，随时与修道院保持联系，要是你有一天回来要孩子，我们也知道在哪儿。你看这是她领走孩子时签下的名字。"她在书桌抽屉里翻了一会儿，终于找到一张纸片递给娇，并继续讲道："劳拉和孩子走了以后，也没有给我们打过电话，这么长时间，你也没有来，我们也就把这事暂时搁在一边了。"

其实，嬷嬷的解释娇根本听不进去，她只知道孩子已经不在修道院，仅仅看着劳拉带走孩子签下的名字，还有一张孩子存档的照片发呆。这是一个非常漂亮的小男孩，只见孩子睁着一双圆圆的大眼睛，似乎看着娇："妈妈，你去哪里了？为什么不把我领回家？还有爸爸，他在哪里？"

"孩子，我的孩子，都是妈妈造的孽啊！"娇捧着照片，蹲在地上又放声大哭起来。

"孩子，你不要这样。我们大家来想想办法。"上点岁数的嬷嬷也触景生情，扶起娇让她坐在走廊的椅子上。

娇自己也不知道是怎样离开修道院和嬷嬷的。只见她拿着孩子的照片昏沉沉朝着车站方向走去，这个时候她才知道母亲失子的真正痛苦和悲伤。这座城市有 Angel 和他父母居住的家，她却不知道他们住在哪里？孩子没有了，就是找到他们又怎么样？她突然想起曾去过的酒吧，在那里见过 Angel 的父母。于是她来到那家酒吧，在门口张望了一下，没有看见她要找的人，就离开了。她也不记得自己是如何回到住处的，等她醒来已是第二天中午上班的时间。

这天下午，娇从餐馆下班出来，在街上的电话亭，终于鼓起勇气拨通了哥哥的电话。

"你在哪里？父母为你每天操碎了心。那女人把你生孩子的事传得沸沸扬扬，说你在外面生了孩子，跟人跑了。你结婚了？孩子的父亲是谁？咱们家是前辈子造了孽啊！"

娇心里狠狠地骂着把自己拐骗出国的女人，对着电话筒那一端的亲人，一时又不知道说什么是好："哥哥，父母还好？"

"别提了，父母听说你生了一个孩子，竟然是老外的，左邻右舍的门也不敢串了。你男朋友到家来找过你，我们告诉他很久没有你的消息了。"

"哥哥，你告诉他不要再来找我，我已经是别人的老婆了。"娇不再提起孩子和其他与家庭没有关系的话题，就匆匆放下了电话。至少让家人放心，她还活在这个世界上。

人是带着罪恶来到这个世界的，良知者总会内疚不安。可有些人并不是这样，他们不懂得去忏悔。

第三章

一

许久以来，Angel 始终没有放弃寻找娇，他相信有一天这个中国小女子会奇迹般地出现在他眼前。

一转眼的工夫，大学三年就要过去了，目前他正忙于写论文，成天在图书馆和档案馆里查资料。不过，他已经放弃了回到父母住的那座城市去工作，尽管已为他安排好子继父业。他还是决定要去马德里，也许在那里会遇到他的娇。

"Angel，我亲爱的儿子，你回到我们身边工作吧，那是你出生的地方，那里有你的童年、你和父母曾编织的梦，请你不要离开我们。如果找到娇，我和你父亲已经同意你们结婚，这还不够吗？" Angel 的母亲再一次来到学校，恳求儿子不要去马德里找工作，还是回到他们的身边。

"对不起，妈妈，这已经迟了。" Angel 没有被母亲的恳求打动，最终还是选择了离去，一个人到了马德里。

爱情不是筹码。相信世界上看重爱情的人，不会因为主观需求而放弃爱情，尤其像 Angel 这样的男子。他一人来到马德里，就像疯了一样，希望尽快找到一份工作，什么工作都可以，只要不露宿在大街上。每次走在街上遇到一个中国人，他就打听人家是否认识娇，每次的答案都令他失望。

有一天 Angel 从电话公司应试出来，天突然下起了雨，他看见一个中国女孩子，手里撑着一把伞从他身边走过，待他反应过来以为是自己要找的人，连忙赶上去："娇，我是 Angel，你不认识我了吗？"

那个女孩子突然回头发现被一个西班牙男子拦住："先生，对不起，我不是你要找的女孩。再见！"

"对不起，我认错人了。"Angel一看不是娇，呆呆地站在那里，看着女孩子的背影，直到一个莽撞的少年把他撞了一下，他才回过神来，急急忙忙下了地铁。

第二天上午，Angel没有心情再去找工作，干脆来到中国驻西班牙的大使馆门口，那里早已排着长队，不少中国人都看着他。好不容易轮到他，只听窗口里面传来："先生，你要办什么？"

Angel对着使馆工作人员说："我要找一个叫娇的中国女子，你们可以帮我找到吗？"

使馆工作人员一听："很抱歉，仅仅一个名字是没有办法找到的。即使找到名字，可这大千世界，又怎能找到本人。"

"……"

这时，后边有人幽默答道："我们中国人的名字与你们西班牙人的名字Carlos、Jose一样，到处都是娟啊、秀啊，还有花什么的。"人群里紧接着是善意的笑声。

大使馆的人告诉他："对不起，请你把对方的姓问清楚再来，也许我们会帮助你的。请下一个。"

Angel不得不离开大使馆，此刻，他整个心已是空空的，被娇掏走了。这个世界唯有爱情才使人失去理智，再聪明的人都会成为它的俘虏。

他迷迷糊糊下了地铁，没有乘回家的那条线，而是转到相

反的地铁。他从包里掏出前两天从报刊亭买来的一份西班牙报
纸 *SEGUNDAMANO*，按照地址找上门去，他想在报纸上打广
告，也许娇看到报纸上的寻人启事会来找她。

"小伙子，以后你只需要买份报纸，把你需要的信息填上
去，剪下来通过邮寄就行了。无须自己大老远跑来，因为报纸上
的广告是免费的，之所以是免费，是因为买报人很需要这上面的
信息。"

Angel 谢过工作人员进了电梯思忖着，一份报纸 150 西
币，买了报纸广告才登得出来，自己还没有找到工作，得哪一
天才能找到人？尽管这样，他仍然试图把所有的希望都寄托在
这份报纸上。在马德里时间长了，他偶尔也去中国餐馆吃饭，
所以他请中国人帮助，免费在中国报纸上登了一则寻人广告。
一年很快又过去了，他却连一点消息都没有得到。

二

其实，娇早就在报纸上看到了 Angel 寻她的消息。那是马
德里唯一一份用电脑复制出的中文报纸，生活在国外的中国人
都很寂寞，精神上更是饥饿得疯狂，无论抓到什么中文报纸或
书，就像沙漠中的旅行者突然发现泉水似的兴奋。

孩子都没有了，还要爱情有什么用？那天晚上下班回到住
家，娇坐在床上翻看着白天餐馆捡来的报纸，还没有看完就被
同屋的女同胞抢走拿去看了。

女同胞好奇地指着报纸上的寻人启事，还给她开玩笑：
"娇，是不是找你的？你什么时候勾上了老外？"

"同名同姓多的是，怎么会是找我的。"娇看似平静其实内心一阵惬意。Angel 人就在马德里，她当初来到这座城市，看来没有错。

同胞想想也是，那个叫 Angel 的西班牙小伙子要找的肯定不是我们眼前的娇。她们关掉灯躺下，各自想着各自的心事。

梦中情人正和一个西方女子在曾经属于自己的窝巢欢愉。那女子一副满足地对娇说道："现在，Angel 是我的，请你不要来打扰我们。谢谢！"

"妈妈，我是你的儿子 Angelito 啊！我在劳拉妈妈这里，你和爸爸为什么不来接我？"

娇从梦中惊讶地叫起来："Angelito，你真是我的儿子吗？你在哪里？快告诉妈妈。"待她惊醒过来，回忆着刚才的梦，Angel 已成为她的过去，自己没有理由去痴心妄想。想着儿子的喊叫，她泪水浸湿了枕头。

临床的女同胞也被娇的哭声惊醒："娇，你在梦里喊叫什么 Angelito，我的儿子，你真把我搞糊涂了。这究竟怎么回事？"

"没有什么，刚才做了个噩梦，快睡吧。"娇起身去了卫生间，又到厨房里喝了一杯水，重新躺在床上，疑惑着刚才做的梦，一切都像真的一样浮现在她的眼前。她算算孩子已快满两周岁了，至今还不知道他在哪儿，动物都能保护幼子存活下来，而她却没有能耐去养活自己的骨肉，翻来覆去就再也睡不着，被痛苦一直折磨到天亮。

"你在外面竟然生了一个杂种，不要回来了，我们做父母的脸也让你丢尽了。当初，不要你出国，你却拼死拼活要出去，这下好了，看你还有脸回来？"

父母的面孔还没有消失，男朋友又出现了。

"娇，回来吧，我已经有了一份像样的工作，我不要你再出去为钱辛苦劳累了。我们执手偕老，共同走完人生。"整个夜里，娇脑子里浮现出儿子、父母、在中国的男朋友，一会儿又是 Angel 的影子。

没有认识 Angel 以前，娇盼望着以苦力抵完债，自己赚到钱让男朋友大学毕业后也出来，但想想不花上十几万元人民币是没办法实现这个愿望的，就有些心灰意冷。男朋友与自己的家庭一样，祖祖辈辈都是农民，这些年男朋友上大学家里已经花了不少钱，他怎忍心再为难他的家人？可眼前奴役般的生活已让她完全失去了耐性，有时甚至绝望。

春天的乡村，万物齐放，实在是太美了。娇和阿杰不上学时，他们从不放过欣赏大自然的机会。

"我朗诵一首诗给你听，好吗？"娇高中时在学校唱歌、跳舞、吟诗样样在行。惹得那些男生心里痒痒的，有事没事都和她套近乎。

"哇！诗意又大发了？那快快唱来"。每当这时，阿杰总是想着自己先把校花摘走，心里就会情不自禁地偷乐。

"本是一只癞蛤蟆／却想要吃天鹅肉……"诗还没读完，娇已经笑得前仰后合。阿杰听是在作弄自己，抱着恋人一边狂吻一边戏言：癞蛤蟆就是要吃你这只天鹅肉，你让不让我吃？两人黏附滚在了草地上。

还是现实打破了娇甜蜜的回忆。哪知一次选择一次错过，在这个节骨眼儿上她和 Angel 邂逅，情爱让人疯狂没了理性。她满以为既成事实，Angel 的父母会接纳她的，都说西方人最有人性，可往往最理性。当她的情感被完全拒绝，才知道罪孽仅仅发生在一瞬间，可痛苦是长久的。

半年前，娇已经有了合法身份，就像中国人所说的拿到了绿卡。按理说，娇完全可以回家了，男朋友还等着她，可见到他又怎样去解释呢？他即使知道自己负心却不计前嫌，可一个未婚女子却先有了孩子，这在中国农村一般人是无法接受的。又如何去面对父母，给他们一个交代。走时是大姑娘，回来却不明不白为人母。这让父母的老脸往哪里搁？不可能！父母绝对受不了的，自己会被双亲赶出家门。娇的父母是老实巴交的农民，他们哪里见过外面的世界，又怎能承受得了这份打击，还有邻居的指指点点。

三

劳拉之所以擅自领走娇的孩子，一是久不见孩子的母亲来修道院把孩子接走，二得从她自小失去了父母成为孤儿说起。她需要给孩子一个家，虽然她知道没有男人的家不算家，但没有孩子的家更不像家。劳拉为使自己有一个全新的家，她才决定带着 Angelito 离开那座城市，开始新的生活。自从劳拉领走娇的儿子来到马德里，一直没有结婚，身边也没有男朋友。她白天在 DOCE DE OCTUBRE 医院里上班，就把孩子送到临近的幼稚园里，下午五点多钟才把孩子接回来。劳拉给孩子起的名字 Angelito，意思是小天使，一来 Angelito 是在修道院出生的，是上帝救了娇，让她生了一个小天使；二来 Angelito 凑巧是他父亲 Angel 的昵称。其实，劳拉根本不知道这个小天使的父亲叫什么名字。

劳拉并没有想占有别人的孩子，只是想到自己出世以来，没有见过亲生父母，那没有父母爱的滋味，每每想起心里就难受，所以她想领养娇的儿子，等有一天娇找到她时，再把孩子还给娇。看着孩子一天天长大，白净的脸蛋上长着一双大而美丽的眼睛，可爱极了，这使劳拉心里十分矛盾，真担心有一天，娇有了自立能力，上门来领走 Angelito 时怎么办？所以她一直没有跟修道院联系，告诉她们自己的下落。

一天晚上，小 Angelito 睡着了，劳拉一个人坐在沙发上，翻看着在修道院时她每个月为孩子记的成长笔记。

Angelito，1995 年 11 月 28 日出生 ××× 修道院医院，体重 2.2 公斤，不足月，属于早产儿。母亲娇，中国人，目前不知去向，父亲不详。Angelito 在保暖箱里待了 20 多天，才与正常婴儿一样在修道院里生活。

Angelito 跟自己一样，被父母抛弃了，真可怜！我再不想看到这个孩子与自己一样成为孤儿。Angelito 是上帝送给我的礼物，我一定要带好这个孩子，当她把想法告诉修道院的嬷嬷时，起初嬷嬷不太愿意，后来她还是同意了，并说这也是一桩善事。就这样，劳拉暂时做起了 Angelito 的临时母亲。

养个小动物还会产生感情，何况身边是一个活泼可爱的孩子，劳拉每每想起如果 Angelito 有一天不在身边，永远不再属于自己，一种忧虑便袭上心头，往往不敢再去想这个问题。这个时候，她就会把 Angelito 紧紧抱在怀里："亲爱的 Angelito，你不会离开劳拉妈妈，是吗？"

孩子还小，听不懂大人在说什么，只是好奇地望着："劳拉妈妈，我为什么要离开你呢？是不是娇妈妈要带我走？那我让她带走我们两个好吗？"

看着天真可爱的 Angelito，劳拉眼里流出了泪，拼命在孩子的小脸蛋上亲吻着："亲爱的孩子，我们不会分开，永远也不会分开。"劳拉时常在孩子面前提起娇，时间长了孩子总会问起娇是谁？劳拉并没有回避这个敏感的话题。

圣诞节快要到了，大街小巷挂着各式各样文字的霓虹灯，橱窗里摆满了孩子们的玩具。劳拉买回一株大圣诞树，还有诸多星星、月亮、太阳、彩球等。劳拉把圣诞树装扮好放在客厅的一角，怕 Angelito 不小心撞上去跌了跤。总之，房间里只要有硬的物品，她统统把它搁在角落里，尽量为孩子提供一个宽大的空间玩耍。

"劳拉妈妈，你看这颗星星是我，月亮是劳拉妈妈，那个彩球是娇妈妈。爸爸呢？别的孩子都有爸爸，我为什么没有爸爸？幼稚园的小朋友，每天都有爸爸来接他们回家，我的爸爸怎么不来接我，跟我们在一块？"

社会细胞是由家庭组成的，一个完整的家庭应该是一个男人和女人共同建造的，没有孩子的家庭是不完美的，更何况没有男人的家庭就更不正常了。劳拉看着一天天长大懂事的小孩，心想着是应该为他找一个爸爸："亲爱的 Angelito，爸爸在很远的地方工作，现在还不能回家。不过，很快就会来的，我的孩子就要看到爸爸了。"劳拉抱起孩子，在他脸上亲吻着，泪水又流了出来。

孩子看着："妈妈，你为什么哭？我不要爸爸好吗？"劳拉再也忍不住放声大哭起来。

孩子毕竟是孩子，他哪懂得大人的心思，又怎能去体谅劳拉妈妈心中的烦恼。Angelito 在劳拉怀里渐渐睡去，她放好孩子回到自己的房间，思忖着日后的路究竟该怎样去走，是否真的需要一个男人，哪个男人能接受孩子？她自己也觉得茫然。

其实劳拉年龄还不算大，只有 24 岁，在西方这个年龄的男男女女，没有结婚的多的是。即使结婚的家庭没有孩子也有的是，越来越多的年轻人尽管有了异性朋友，但真正要去组建家庭，那又是另一回事了。

劳拉长得非常漂亮，早期在修道院时，吃住全封闭在里面，身上整天穿的是一色的衣服，如今可不一样，她每天都把自己打扮得漂漂亮亮。在她周围追求的男人很多，但劳拉都没有轻易允诺对方，Angelito 给她带来的爱已经把她的情感世界塞得满满够她享受了。不过，劳拉并没有放弃组建一个真正的家，那就是有一个男人的家，孩子有爸爸的家。

圣诞节前夜，劳拉把礼品放在了小 Angelito 的床头，想明天给孩子一个惊喜。西方人常说这天夜里有三个东方圣人，不远万里来到孩子身边，当他们第二天早晨醒来，就会看到三位圣人送的礼物。其实，那些礼物都是父母在孩子睡着以后准备好的。可在孩子幼小的心灵中，没有人敢去戳穿这一谎言，有时善意的谎言也是美丽的。

第二天刚好是星期天，小 Angelito 看到礼物，高兴地在房间里欢蹦乱跳，还对着劳拉的脸亲吻了两下喊着："妈妈，你瞧！三王给我送来了好多心爱的礼物！"劳拉看见孩子快乐，也打心眼里高兴。

马德里的天空永远是张着笑脸的，外面这么好的阳光关在家里，着实对不起苍天。劳拉带着 Angelito 来到马德里璜·卡洛斯公园玩耍，孩子兴奋地在地上跑啊，跳啊！一会儿又爬上滑梯，从上面滑下来。劳拉在地面接着他，他下来又爬到一个木马背上，木马头朝天仰望着。

这时，站在不远的地方，一个青年人朝着孩子走过来，并对着走来的劳拉说："我可以和你们一块玩吗？"

"当然。"劳拉拿起脚边一个彩旗球递给对方，看着 Angelito 下马两人玩球去了。

"妈妈，你跟我们一块玩！"Angelito 喊着劳拉。

"当然，亲爱的 Angelito。"劳拉说着走过去。

只听见那个年轻人笑出了声："真有趣，孩子的名字与我一样。"

"你也叫 Angelito？"劳拉也笑弯了腰，说着把孩子抱了起来。

"是啊，我叫 Angel，小时候大家都叫我 Angelito，这个世界太小了，那么多人同名同姓。"时针跑得很快，就要到进午餐的时间，年轻人谢过劳拉母子离去，只听见后边传来劳拉的声音："谢谢你，今天让孩子有了父亲。"

年轻人一下被蒙住了，不明白对方在说什么，也没有在意，只是对着他们挥挥手，他的身影也很快消失在人群里。

四

Angel 已经在邮电局找到一份薪水不错的工作，不过，周一到周五都在外面跑业务拉客户。他与同事共租了一套房子，住家就在璜·卡洛斯公园高速公路对面的地方。有空或趁天气好的时候，他总会到这来，因为离市区较远，到这里玩的人不是很多，挺安静的。公园占地面积好几万平方米，站在公园的最高点往下看视野宽阔极了。

他回到那个临时的家，开门的瞬间，还想着刚才那个叫Angelito 的孩子，竟然与自己同样的名字，他觉得很奇妙，想着想着不禁笑出了声。他这个时候又想到，那个叫 Angelito 的孩子，与娇和他生的孩子一般大，便不由自主地把两个孩子在心中作了个比较。

Angel 和衣躺在床上，拿着报纸上登的寻人启事，又翻开看了一遍，就是看不到娇的踪影，他干脆把报纸盖在脸上睡着了。

"Angel，这是我们的孩子，你这当爸爸的真不够格。"娇抱着儿子来到他的身边，孩子陌生地望着他，正当他想去拥抱母子二人时，他们突然又消失了。Angel 在惊喜中睁开眼睛，原来是一场梦。

马太福音篇章里记载着：有人带着孩子来见耶稣，企求耶稣给他们祷告，门徒就责备那些人。耶稣说："让孩子到我这里来，不要禁止他们，因为在天国的，正是这样的人。"Angel

对梦中的一切记忆犹新。耶稣普照天下人，他却放弃了自己的亲骨肉，心里不由自主开始对着上帝忏悔起来。

娇和他好了一场，怀了他的孩子，可他至今手上连一张娇的照片都没有留下，他想着心里又懊悔起来，真是荒唐至极！

平常，为了打发业余时间，Angel 总找些事把自己的生活填得满满的。周五下午他去一家私人电视台做义工，一方面，自己学的视听专业没有荒废；另一方面，可减少对娇的思恋，还有那日夜思念没见过面的孩子。

五

春天到来，万物洋溢着生命的朝气。娇来到马德里打工，心情比起以前好了许多。虽然她暂时找不到孩子，但有劳拉养着多少可以放心，不再像起初那样悲伤忧郁。她想开始一种全新的生活，在餐馆做工每周休息一天，休息日的下午，她就到一家中国货行老板家去，给孩子们辅导中文一个半小时，其余时间也常到外面去转转，使自己的生活过得轻松愉快起来。

有一天给孩子上完课正打算离去，孩子母亲对她说："娇，还没有男朋友吧，要不要给你介绍一个？还是大学毕业的啦！"

"谢谢你，我已经有了男朋友。"

"咋从没有见过？在国内？"

"……"娇谢绝了对方的好意。打那以后，娇也没有把孩子母亲的话放在心上，照常按时到家给孩子上课。

就在这一年的夏天，暑假快要到了，货行老板娘告诉娇：

"学校放假孩子整天丢在家里不放心，你干脆住到家里来，照顾照顾孩子，另外帮助家里打扫一下卫生。家中就这几口人，买买菜做做饭，菜场离这也不远。至于薪水，你放心，不会少于餐馆，每周照样休息一天。"

这突如其来的变化，娇还没有思想准备，但想想在哪里打工还不是一个样。当下，有人急需帮助，而自己又没有其他紧急的事情，她也就不再犹豫答应下来。

孩子的父母整天忙着做生意，白天都不在家里，三顿饭都很少和孩子们一起吃。晚上孩子的父母回到家，她和孩子们早已进入了梦乡，这样的日子挺顺心自由的。

时间过得真快，9月中旬马德里所有的小学开学了，两个孩子回到学校上课。娇留在了货行上班，孩子的中文课仅在周末进行。

有一天上午，一辆货车开到店门口，从车上跳下来一个年轻人，搬着货进了大门。娇眼前一亮，但马上打消了这个念头，这根本是不可能的事，眼前的男子竟然与自己国内的男朋友长相一个样，她会心地笑了起来。

"阿杰，你这大学生，怎么干起搬运活来？"一个认识阿杰的老乡打趣道。"在国外，还有什么大学生不大学生的，赚钱生存才是最主要的。"

老板看着年轻人搬货进了仓库，阿杰根本没有看到站在不远处的娇。这时，只听见老板在喊："娇，拿两瓶水来，给送货的解解渴。"

杰从仓库里出来，听到娇的名字，他认为这个世界同名的多的是，也没有在意。当他抹着脸上湿黏黏的汗水，从娇手上接过一瓶矿泉水时，却惊讶地喊起来："娇，你怎么在这里？！"

"……"娇没有回应对方，立刻转身离去。

大家都在忙活，也就没有注意到这两个人脸上的表情。可细心的老板娘却看出名堂，于是问道："娇，你们认识？"

"不！"娇很干脆地回答着。

"我还以为你们早就认识啦。他叫阿杰，刚从中国出来不久。听说在找他的女朋友。"老板娘的话转向年轻人："阿杰，告诉她你的女朋友叫什么名字，娇也算老欧洲了，也许还帮得上忙。"

阿杰当时非常局促尴尬，但是他没有当面戳穿，娇之所以装着不认识他，一定有她的难处。

"阿杰，快点！警察来了！"司机在外喊道，汽车已开始发动。

阿杰目光还在寻觅娇的影子，可娇早已不知躲哪里去了，他只好慌忙跑出店跳上已慢慢移动的货车。

"你先走一步！"阿杰又突然打开车门跳了下去，险些倒在后面行驶的车头上。

"CHINA，你疯了？"还好，司机无奈看了看眼前车外的中国人没事，用右手狠狠拍打了几下方向盘，最终便把车开走了。

满街的人看着这个不怕死的中国人，有人紧张得汗都出来了。阿杰没有立即折回店里去找娇，而是进了店斜对面一家酒吧，他要了一杯啤酒，眼睛不断朝外看着，希望娇从店内出来。

"娇，今天中午你一人守着店，打电话让送一份外卖来，有朋友请我们吃饭。"老板夫妇把钱柜里的钱清点完放进手包，又清了下硬币才出门去。

娇做梦都没有想到会在这里遇到阿杰，她惊诧得心一直怦怦跳。

对面酒吧里的阿杰看到老板夫妇离开店，急忙从酒吧里出来，一下又出现在娇的眼前。"娇，你还好吗？这半年多来，我逢人就问，见人就打听你的名字。有一天，我来送货，看见老板娘一个人在这里忙活，我问她老板呢？她说去中国进货去了。老板娘还给我开玩笑，说要给我介绍一个女朋友，目前在他家里教孩子学中文，但没有说叫什么名字。我告诉她女朋友已经在这里了，她正要问叫什么名字，我却被司机喊走了。想不到你也在这里工作。"

"我也是刚到店里不久。"娇答着话，但脸始终没有抬起来，心慌手乱更不敢正视对方。

这时，又有人进来买东西。娇也没有多的话跟阿杰说，又怕一会儿老板夫妇突然折回店里。"阿杰，对不起，我在上班你还是离开的好。"

阿杰想司机早已回到公司了，时间久了回去老板又要不高兴："那好，改天我休息再来找你。"娇面对阿杰的突然出现，不知是喜还是忧。

晚上下班回到家里，吃饭时老板娘问起："娇，今天来店里送货的阿杰，人也蛮不错的，介绍给你怎么样？"

老板在一边答道："人家阿杰已经有女朋友了，你凑什么热闹！""他的女朋友在哪里？找了半年都没见到影子，恐怕早已成了别人的老婆。"娇听着两口子为他人的事斗嘴，不便插话，匆忙搁下碗筷进了厨房。外面传来老板娘的声音："娇，你洗什么碗，我们还在吃。"

娇擦着手走了出来，叫着两个孩子想教他们学习中文。

"妈妈，我现在不要学中文，不是说好周末才学习中文吗？"

"好吧，儿子玩去。娇，孩子你不要管了。"娇被刚才的事搅昏了，忘记今天并不是周末。

娇一个人待在房间里，就算今天躲过了阿杰，以后怎么办？重新再去找一份工作，还是去面对现实呢？她一时不知该怎么办？看得出来，阿杰对她的感情还是和从前一样，没有变化。只是人比以前瘦了许多，颧骨也高出不少，这些年让他操心了。

怪吧，天下就有这么巧的事。

第四章

一

娇自从在店里见到阿杰后，就一再告诫自己千万不要捅出什么事来，尤其是孩子的事情，如果让身边这帮人知道，那还得了。所以她每天小心行事，除了工作总是没有多余的话。

突然店里的电话响起来。

“娇，你的电话。”老板娘喊道。

“你好。有什么事吗？”娇已经听出对方是谁了。

“娇，我是阿杰。你什么时间休息，我想见你。”

“这……”娇看了一眼老板娘，不知道怎样答复对方。心里犹如揣着一只小兔，跳个不停。

“明天上午 10 时我在太阳门地铁站等你，我们不见不散。”电话里传来嘟嘟被挂断的声音。

“娇，谁打来的电话？”老板娘边收钱边打听着。

“一个朋友，问我明天休不休息，有点事找我。”

“不会是相好的吧？”

“看你说的……”娇忙着理货去了。

“明天没什么事，那你就去吧。”

“谢谢！”娇也没有想到老板娘竟然那么爽快就答应了。

第二天早晨起来，娇刻意把自己打扮了一番，穿了一条黑色的裙子，上身是一件粉红色的毛衣，外加一件红色便装。从来不化妆的她也在脸上涂了一点脂粉。

“娇，从来没有看见你这样打扮过，这一打扮人就更俊了，是不是会男朋友？”老板也俏皮地笑了起来。

“一个老乡找我有点事。休息时总要收拾一下。再见！”娇开门走了。

娇从三号线太阳门地铁站出来，就看见阿杰站在不远的地方等着她。阿杰今天也特意换了衣服，一条半新半旧的牛仔裤，上身穿了一件白色的 T 恤，外面罩了一件棕色的外套，脚上是一双黑色的皮鞋。看上去比前几天帅气多了。

娇刚一出现，阿杰就迎了上来。

"你就那么自信？还没有等我答复就把电话挂了。"

"……"阿杰笑了笑没回答，就随娇穿过繁花似锦的街道朝着中央广场走去。

"娇，你为什么要回避我，这么多年我一直在等你，并且放弃了国内还算不错的工作，你难道还不相信我？"

"阿杰，我不是在回避你……"她的眼睛却一直在躲着对方。

"为什么，难道？"

"几年的时间已经过去了，以为你会忘记我，没想到我们会在马德里遇到。"其实，娇在感情上并没有完全拒绝阿杰，只是阿杰根本不了解眼前的女人已经不是以前的娇了。

"娇，这些年还好吗？能告诉我你是怎样过来的吗？"既然阿杰是为了娇出国，自然想知道她目前的生活，无论结果是什么。至少没有被拒绝，她今天能答应来到这里，就是最好的证明。他想起时常送货到店里，老板娘跟他开玩笑，要介绍一个女孩给他，难道就是娇？

来到皇宫附近，阿杰和娇过马路进了一家酒吧坐下："请来两杯咖啡加牛奶，四根油条。"娇接过阿杰递来的早餐，对阿杰说了一声谢谢，两人边吃边聊起来。

"阿杰，你是什么时候到西班牙的？国内那么好的工作不要了吗？"

"出来快一年了，国内有许多大学生停薪留职下海了。其实，我出国不是为了赚钱……"

"那你为什么？"娇在明知故问。

"为什么，你还不知道吗？"阿杰的双眼直直地盯着娇。

"……"娇吃完两根油条，端起咖啡放在嘴边，问阿杰还要油条吗？

"不要了。"阿杰抢先付完账，吧台对他们说了声谢谢，两人便来到街上。

"你喜欢这里的生活了？"

"感觉还不错。"他们来到皇宫的后花园，这是皇室早先的私家林苑，他们坐在椅子上，享受着阳光的温暖。

身后就是西班牙 16 世纪的皇宫，在阳光照耀下金碧辉煌、气势非凡。门下有几位骑兵坐在高大的马匹上，煞是威风！

"娇，你听我说，我们一切重新开始，等我们赚了钱，开个店什么的，到那时我们再结婚。"阿杰兴奋地扳着娇的双肩。娇没有想到对方那么直截了当地道出心语。她没有迎上去，反而推开了阿杰。

"对不起，我不想结婚。"

"为什么？"阿杰放开娇，傻乎乎地望着眼前这个让他深爱的女人。

"阿杰，你听我说，我已经不是几年前的娇。我不值得你爱，希望你遇上一个比我更好的女人。"

"再好的女人我也不要，我就要你。"

"我已经告诉你，我们不可能再走到一起。"

"难道你身边真的有……"阿杰把到嘴边的话打住了，不敢往下想，更不希望这是真的。

"我已经结婚了。"娇不想连累早先爱过至今还爱着自己的男人。

"你在骗我，他，他是谁？"

"这跟你没有什么关系，你不要问了。"娇说着站了起来。

"今天，你不告诉我他是谁，你就别想离开！"阿杰死了心不让她走。

"我已经和别的男人生了儿子，那孩子的父亲是一个西班牙人。"娇将事实抖了出来，希望阿杰不要再纠缠下去。

"天哪！你在骗我，你为什么要编故事来骗我，我不信！"阿杰吼着。园内的游人用惊诧的目光看着这一对中国男女。

"信不信由你。孩子暂时被一个叫劳拉的护士领养走了，这些年来我一直在找他们，至今也得不到他们的一点消息。"娇一口气说完，心里似乎轻松了许多。这么多年来，一个未婚女子生了孩子，不敢对任何人吐露，第一个听到她倾吐的，竟然是相爱多年、抛弃一切来到这里寻找自己的恋人。

阿杰就像泄了气的皮球，一时反应不过来该怎样去面对眼前发生的一切，他踌躇着站也不是坐也不是，娇看着他走也不是留也不是，最终还是离开了。不过，她并不后悔刚才对阿杰说出憋在心里多年的话。即使阿杰还在爱着她，也需要给他一些时间考虑。

她走了，阿杰也没有追上来。爱一个人是那么难，放弃一个人也是那么难，但这个世界上，如果没有爱，又将会怎样呢？

二

诗人们总是说：冬天到了，春天还会远吗？尽管残冬留下不少枯萎的迹象，但人们总是把希望寄予给春天。

每年这个时候，花粉过敏的人很多，劳拉原来在修道院时，并没有染上这种症状，来到马德里才出现的。身上起了许多小红点，白天晚上痒得让人难受。她只好暂时请假在家里休息，Angelito 处于学前教育阶段，去不去幼儿园也没有多大关系，这样她会有很多时间和孩子在一起，倒也自得其乐。看着孩子一天天长大，是越来越讨人爱，她真实感受到做母亲的幸福。

"妈妈，你和我一块玩，好吗？你看我搭的小房子多好！"Angelito 跑进劳拉的卧室牵着她的手，嘴上不再叫劳拉妈妈，而是直呼妈妈了，劳拉心中自是喜悦无比。

劳拉跟着孩子来到他的房间，两个人一块蹲在那里搭积木，Angelito 玩一会儿又转到别处玩其他的玩具去了。劳拉重新回到自己的房间，从大衣柜的抽屉里，拿出一个蓝色笔记本，这是她专门为 Angelito 成长作记录用的。她翻开从头看起，提起笔又写下不少文字。

日记本上详细记录着，Angelito 已来到这个世界两年半时间了，身体发育良好，5 个月躺在床上可以随着音乐转动视线，7 个月已经坐起，10 个月已经能依靠东西站起。

身体方面，Angelito 非常健康，与正常儿童标准相差不了多少，现体重 17 公斤，身高 70 厘米。从修道院出来以后，从未患任何病症。

语言方面，Angelito 已能说些简单的话来，例如："妈妈，你瞧！""妈妈，我要水喝。"等等。目前，他在电视上看到动画片，会去重复模仿电视上简单的词汇，如"你好""再见"，同时他已能用表情和手势来表达其心里所想所要的，用小手投出飞吻或说"谢谢"。

当初到马德里时，Angelito因肌肉无力时常跌跤。经求助医生在食疗上进行配合，再加上持续的体能训练，现在他能走能跑，还可以自己上楼梯了，但下楼梯还有些胆怯。对新事物他都表现出浓厚的好奇心，并且想探个究竟。

Angelito尽管不是劳拉所亲生，可打孩子出世到现在她就没有离开过孩子，甚至一天的时间都没有离开过。

天气稍微暖和一些的时候，劳拉带上Angelito去超市买些日常用品。那时在西班牙很少有人领养中国孩子，没人知道一个西班牙单身女子带着一个混血人种的孩子生活。偶尔碰上熟人和邻居，他们走上来逗逗Angelito，劳拉非常自然没有半点拘谨不安，她早已把这个孩子看成自己所生。

一个星期天，劳拉不知从哪弄来一只折叠的彩色风筝，她把孩子吃喝用的东西装进包里，带上风筝线，抱着Angelito，挎着提包锁上门下楼去。

这一次，劳拉带着孩子没有坐地铁和公车，而是自己开车去了璜·卡洛斯公园。Angelito一来到这里，好像对上次来过的地方有些记忆，劳拉把他从车上抱下来，一个人就欢快地跑去玩了。

劳拉拿出包里的风筝和线，并把它们接在一起，对着天空放开了。

Angelito看着天上的风筝拖着一条长长的尾巴，高兴地拍手跳了起来：“妈妈你看，飞得好高，我也要飞！”

"亲爱的孩子，你还没有长大，等你长大就会飞了，但那时就不依赖妈妈了。"劳拉蹲下身来，在孩子脸蛋上亲了两下，连忙把手上的线绕在 Angelito 的小手上。哪知孩子好奇摆弄，线在他手上滑落，只见风筝脱离地面的重心，一个劲地在空中乱窜，劳拉赶忙去抓地上滚动的线，当她站起来线已从另外一个人的手递到她的手上。

"你好，在这里又见到你们母子俩。"劳拉回过神来，原来是早先和孩子骑木马的那个青年。

"你好，你也来了。"就这样他们从认识到一块放风筝，劳拉干脆把线交给了这个叫 Angel 的年轻人，她独自坐在草地上，看着他和孩子跑来跑去玩得那么开心，劳拉心里就像那灿烂的阳光暖洋洋的。

"妈妈，快来呀。看风筝飞得好高啊！"远处孩子的呼唤，牵走母亲的心，劳拉起身朝着大人和孩子跑去。

三

娇离开阿杰没有回到住处，她看了看表时间还早，一个人走在街上顺便逛逛，成天待在店里，也难得出来散散心。就算跟恩怨过不去，也不要跟这阳光怄气。

当她路过一座著名的天主教大教堂时，脚步停都没停直接走了进去。她原本不信天主教，只是出国以后，曾读过《圣经》。"你们信奉主就像信奉自己一样。"西班牙家庭每天傍晚或是周末都去教堂，周日大部分年轻人也去，她自是受到影响，有空偶尔也去。

她进去后，一下就跪在圣母像前，自言自语祈祷着："上帝啊，我是一个有罪的女人，请您饶恕我的罪孽。能告诉我孩子在哪里吗？我是多么地思念他。"

此时的娇，已是泪流满面，眼前什么都看不清楚，身子骨也软绵绵的，一时昏昏沉沉地站不起来。

人非圣贤，孰能无过？是人都有罪，发自心灵的忏悔，良知就会得到上帝宽恕的。娇不知道上帝是否已经原谅了她，孩子能听到她的呼唤吗？这个时候正是大家进教堂的时间，她已经感觉到身边有不少人坐了下来。等她完全清醒过来，教堂做礼拜的人也差不多走光了。她起身来到大门口，夕阳的余晖已洒满了天际，那乞讨的西班牙人手上端着钵还候在那里，她丢下几枚西币急忙朝着地铁站走去。

她回到那个临时居住的家，看到两个孩子在房间里玩耍。

"你们饿了吧，阿姨做饭给你们吃，好吗？"

"阿姨，我早就饿了，哥哥拿好多饼干给我吃，我要吃蛋炒饭。"弟弟看见娇回来，高兴地跑到她身边。

"好，阿姨给你做蛋炒饭，哥哥吃什么呢？"

"哥哥说他还要喝高乐高，妈妈说喝多了饭就吃不下了，可哥哥不听妈妈的话，哥哥不是乖孩子，我是乖孩子，对吗？"

"是的，孩子。我们不喝高乐高，我们吃饭。"

娇进到厨房做了蛋炒饭，还下了两碗面条正要端出来。哥哥爬到电视橱柜上去拿高乐高，娇听见外面"扑通"一声响，连忙跑了出来，孩子从椅子上摔了下来，额头正好碰在椅子的扶手上，很快就起了一个大包，还出了血，孩子痛得大哭起来。

娇马上找来红花油往孩子头上抹："不要哭，摔打过的孩子才成才，阿姨给你抹上药一会儿就好了。"

"男子汉有泪不轻弹。"这是电视里说的，弟弟天真地在旁边鼓劲。

哥哥不再大声哭只是小声抽泣。弟弟早已进了厨房端出蛋炒饭，自己吃了起来。他们吃完饭，娇陪两个孩子玩了一会儿就哄他们早早睡去。她自己来到卫生间简单洗漱了一下，看看时间，老板两口子还没有回家，自个儿回到床上脱衣睡下。

娇眼睛刚闭上梦就一个接一个地来了，待她哭醒过来，听见外面厅里的电视还在放着广告，她知道老板娘已回来但还没睡，卫生间里响着抽水的声音。

她赶忙下床披上一件睡衣，来到客厅里把孩子摔倒的事告诉了老板娘。老板在卫生间听见老婆与娇的对话，提着还没来得及系好皮带的裤子，一块进到孩子的房间。孩子哭过的双眼仍然看得出来，不过睡得还香。

"往后，带孩子小心点！"女人心眼儿总是小些。但是他们知道娇今天休息，不是她的责任，也不再说什么就离开了。进到他们自己的房间关门睡了。

娇重新回到床上躺下，想着国外的华侨孩子相较于国内的孩子来，似乎并没有更多的幸福。孩子出生后，绝大部分都被送回中国老家，让爷爷奶奶带着，孩子稍大又从中国接出来，这样折腾过去折腾过来，孩子西文学不好，中文也学得不伦不类。西班牙华人大多是来自浙江农村，父母对孩子的未来缺乏明确的规划。尤其在国内读完初中高中的孩子，他们生长在这两种文化的夹缝里，语言障碍几乎让他们无所适从。

老板的大儿子刚从中国接出来，可孩子的父母亲要开店赚钱，没有时间看护孩子。一到学校放假孩子就郁闷，整天被关在家里，更谈不上去公园玩，去外面看看新鲜事物了。

娇似乎看见自己的孩子被关在房间里，饥渴得喊着妈妈要水喝要吃的，妈妈却不知道他在哪里，孩子哭着睡倒在地上……她简直不敢往下想。

第二天起来，娇两只眼睛红肿着，打开冰箱喝了杯牛奶，开门准备上班去。老板娘看见，责备道："看孩子摔得怎么样，要不要去医院？"

"……"娇愣了一下止步。

"哪个孩子不摔倒就长大了？老婆今天你不要去上班，在家看好孩子。"老板认为孩子跌倒总是免不了的事。

"你的眼睛怎么了？"老板娘白了一眼自己的男人，问正要出门的娇。

"没有什么，昨晚不小心眼睛里掉进灰尘。"娇说完就走了。

打阿杰在西班牙广场和娇见面以后，他许多天都没有来送货，娇心里十分矛盾，怕他一下出现在自己面前，又怕他不来。总之那些天，娇神魂颠倒、心神不安，有时给客户拿货老是出错。

"娇，你怎么搞的？这些天你老是丢三落四的。"自从孩子被碰伤以后，老板娘似乎不再像以前那样善待她了，有时总想找碴儿给点难堪什么的。

这时，娇想起打工的同胞们没事就聚到一块，常听到大伙议论"这天下的老板一个德行，乌鸦自是一般黑"。

孩子好几天都不敢去学校，怕老师和同学问起自己摔伤的事。老板娘无事找事，这天娇果然被她抓住了把柄。

"你究竟是怎么搞的吗？这工作你不想要了？"老板娘看着娇慌乱中打碎地上的"女儿红"酒。

娇自是亏理，眼泪一个劲儿往外流，她心想着此处不留人，自有留人处。再说她早就想避开阿杰，眼前发生不愉快的事正好下个台阶。

"欸，老公，这阿杰许久没有来送货了？"

"我怎么知道？"老板两口子看到娇背过身去擦泪，赶忙换了一个话题。这时店外面有人喊叫着："老板，货来了。"

娇以为是阿杰在叫，急忙进了卫生间。

"欸，阿杰这些天没有来？"进来的不是阿杰，而是一个新手。

"阿杰辞工了。"

"去哪里了？"

"大家都是打工的，谁知道他去哪里了。"工人把货扛进了仓库。

外面的讲话，在卫生间的娇全都听见了，直到汽车喇叭声渐渐消失，她才从里面走出来。这时，她又听到："这打工的都是些铁打的腿，干得好好的又要走。""铁打的营盘，流水的兵。这有什么奇怪的。"老板两口子又斗起嘴来。

电话响起来，老板娘拿起话筒不客气地说："谁呀？"对方又挂了电话。

"神经病，没事折腾老娘玩呀！"一会儿电话又响起，这一下老板娘没有去抢电话。

老板拿起话筒："喂，你找谁？"

"啊，是……您老人家等一等。"只见老板用手捂着话筒小声对老婆说，"快点，是你老妈从中国打来的。"老板娘走过来接过电话。

"是老妈呀，我还说是谁呢？快挂了电话，我打过来。"

常说女人是秋天的云变化无常。电话一拨通语气马上温和下来："你和老爸还好吗？妈，我知道，我也不是没有生过孩子。生产期还早呢。啊，孩子什么时候送回去，到时再说吧……"

娇听在耳里想在心上，这老板娘肚里又有了？两个孩子不够还要凑个数。这时，她又想着自己的父母，每次拨通电话都没有勇气说话，只是一股劲儿地听着电话那头"喂，喂，怎么不说话？"有时是父亲有时是母亲，有一次哥哥在电话那边发火："既然不想说话，今后就不要再打电话来。""啪"的一声先把电话挂了。娇在电话这头眼泪直淌，最后失声哭了出来。

四

学校开学已经一周，老师找上门来问孩子的父母为什么没有送孩子去上学，父母不敢说孩子摔伤的事，只好让孩子去学校时戴上帽子。母亲对孩子说："孩子，在学校不要把帽子拿下来。"

孩子不解地看着母亲："妈妈，为什么不可以把帽子拿下来呢？"

"叫你不要拿下来就不要……"母亲也不知道该如何跟孩子解释，不得不再三叮嘱。父母有心，但孩子玩起来哪能顾及那么多，这一天孩子和同学在踢足球，当玩得开心时，竟然把帽子摘了。这下可惹了祸，同学们看见孩子额头上的伤立即叫来老师，老师一看问道："你头上的包是怎么回事，你的父母都知道吗？是不是他们在家里打的？"

"不是，是我自己不小心摔的呀！"孩子无所谓地摸摸额上的包对着老师摇摇头。

老师立即把这事告诉了校方，他们却认为是孩子的父母所为。没有进行任何调查就直接报警，并且在没有告诉孩子父母一声的情况下，把孩子送到马德里儿童保护中心去了。

晚上父母不见孩子回家，才到学校去找孩子，班主任老师已经走了，学校还留有几个老师。校方告诉孩子的父亲，孩子已被送到儿童保护中心了。"为什么？"父亲一头雾水，不明白发生了什么事。学校为什么没有提前通知家长就私自把孩子送走？

老师们解释说，学校怀疑父母在家里打了孩子，而孩子不敢说真话。这时父亲才想起几天前孩子在家从椅子上摔下来的事，心里埋怨着校方真是莫名其妙，孩子从小到大哪有不摔跤的，太小题大做了。

西班牙儿童保护中心之所以这样做，理由是当事人有打骂虐待孩子之嫌，并认为父母没能为孩子创造一个良好的生活环境，没有留足够的时间与孩子沟通交流。在西班牙人看来，无论出于何种理由，只要是孩子受到伤害，就会受到西班牙法律的制裁。

孩子父亲义愤填膺地回到家里，看见孩子母亲和小儿子已经在吃饭，娇休息了没在家。

"孩子呢，怎么没有回来？"

"爸爸，哥哥呢？"

孩子母亲和小儿子的问话使这个男人更加暴躁起来："这西班牙学校也太过分了，说孩子头上的伤是父母虐待的，连电话都没给我们打一个就送……"

"什么？简直岂有此理！"孩子母亲一听儿子被送到儿童保护中心监管，手上的筷子和碗重重一放，比孩子父亲更凶、声音更大。小儿子在一旁惊愕地看着父母。

第二天老板让娇一人打理店铺，两口子又去了学校。班主任对他们说："既然孩子额头上的伤不是父母所为，那为什么不带孩子去医院，到学校给班主任解释一下？竟然让孩子缺那么多节课。"

班主任提出的疑问显然是针对学生家长没有尽到责任。两口子仍然不理解学校这样的做法，想到中国家庭的孩子，都是这样长大的，不小心跌倒摔伤是常有的事，校方借题发挥罢了。但他们又不敢太触怒班主任和校方，只是一个劲儿地向学校道歉说没有看好孩子，这一道歉不要紧，学校更认为是孩子父母的错，干脆把孩子交给法庭去处理了。

孩子的父母欲哭无泪，要求儿童保护中心安排时间让他们与孩子见上一面，他们得到的答复是每个月只有一个小时的时间看孩子。大多数中国人在海外生活，因为语言障碍被当地人甚至政府误解，往往看起来不起眼的事却被复杂化了。

孩子的父母没有办法只好找到律师，希望律师能帮助他们，让孩子早点回家。

"你们说孩子是在家摔伤的，有什么证据吗？"

"有，我们请的工人亲眼看见的，可以让她出场作证。"

"工人叫什么名字？会不会是工人所为？"律师边问边记录着。

"名字娇，不会，她人很不错的。再说我小儿子也在场。"孩子的母亲回答着律师的提问。

西方法律的规范化，取证非常重要。律师果然找到娇，问起那天晚上孩子摔伤的事，娇如实对律师说了孩子摔伤的经过。

律师最后也从孩子弟弟那得到证实，孩子的确是自己不小心从椅子上摔下来的。律师找到儿童保护中心要求他的当事人看孩子，儿童保护中心却要求孩子的父母与之交流时必须讲西班牙语，否则不允许大人见孩子。这又在孩子和父母见面之间设置了一道障碍。

这下律师为难了，因为他的当事人只能讲一点西班牙语，律师对孩子父母说，见面能沟通多少就沟通多少。面对西方的法制，一个外乡人真是一点办法都没有。在异国他乡，中国人的语言障碍几乎成了致命点，以致酿造出不少悲剧。

五

圣诞节和三王节的余味似乎还在，中国春节也临近了，其实生活在海外的中国人，在那里没有一点过年的气氛，三百六十五天照样上班，没有歇的时候。

老板娘的肚子越来越大了，她一改往日的脾气，对娇突然又好了起来。有一天只见她拿出一件新衣服递给娇："今天我刚从英国公司买来的，你穿上试试看好不好看？"

"我有衣服，还是留着你自己穿吧。"娇没有领对方的情，要是在过去她也许会接受的。

"怎么，还在生我的气？"老板娘明知自己的不是。

"生气，哪敢噢？"娇做工的地方换了几处，所结识的老板永远是雇佣关系。恐怕打工的也没有几个能和老板成为朋友的。

"没有，那干吗跟我赌气？"老板娘自尊心似乎受不了，可她当初居高临下对工人的态度似乎忘记了。

晚上下班回到住家，娇对老板娘说："请你把工资给我算一算，明天我不做了。"她心里琢磨着老板娘正打着如意算盘。自己作为母亲没有对孩子尽到责任，却要为一个不相干的家庭带孩子，这事不能再容忍了。

"你？这太突然了，至少提前一个星期告诉我。"老板娘知道娇在她面前故意卖关子，用没有提前打招呼拒绝了她的辞工。

娇已算老欧洲了，她也不是不知道，无论老板辞你，还是你辞老板都应该提早一周告诉对方。以至让老板找到工人，工人找到去处。显然娇亏理。

娇只好暂时熬下来，思忖着几年的时间都熬过去了，还在乎这几天。

第五章

一

阿杰辞工以后，去了一家浙江人开的公司上班。一次与几个朋友聊天时，听说阿杰在国内学的是纺织专业，其中有人就看好了阿杰的一技之长。但其他人认为，阿杰就不是一块做生意的料，那人只是想利用他在国内的人际关系。

阿杰的确没有做过什么大生意，只是在生意场上混了几年，那几年国内纺织品被中间商倒卖得天昏地暗，都是一些提着公文包的皮包公司。

"阿杰，这样好了，我们生意做成一笔，你就拿到一笔佣金。不然，我们每月给你开工资的话开销太大，谁知你那些过期的关系还能顶上多少用场！"看来合作伙伴真不愧为商人，而且是精明能干的生意人。

"你们总要给我一个地方住，吃的能填饱肚子就行了。"目前的阿杰只有破釜沉舟，顾不了那么多了，生存下来才是硬道理。

"老弟，这个好说。只要有我们一口饭吃，一个地方睡，就不会亏待你。"就这样，阿杰和这一伙生意人，各自在心里盘算着小算盘。

其实，阿杰哪是这一帮人的对手，正像他们所说的，你阿杰要玩什么花样，你小子还嫩了点。所以他们每次让西班牙公司看样品，都不会让阿杰在面前，总是以各种理由和借口把阿杰支开。

难道阿杰心里不清楚？他明白得很，只是不想去捅破，再说货的主动权在他手里，他才不怕。每当这个时候，他又嘲笑这帮小人："真愚蠢！你们玩弄我，还不知道是谁被谁玩弄呢？"下海以来他多少知道一些生意场上的道道。

半年时间又过去了，阿杰三天两头往电话亭跑，拼命打电话催国内把货发过来，货发到西班牙很快被客户抢去。起初，他们也十分讲信用地把该给的佣金给了阿杰。阿杰在心里照样骂着："你们还够义气。"

生意人尝到一次甜头又马不停蹄想着下一次，他们手上有了钱，拉着阿杰进了一家中国人开的餐馆，在餐馆里各个喝得烂醉。

阿杰也喝醉了，好久没有喝过酒了，心里憋的窝囊气今晚统统发泄出来："娇……"大家只听见他在喊一个叫娇的女人的名字，还给他打趣道："改天哥们儿给你找一个女朋友。"

当他们从 GRAN VIA 大街背后走出来时，街上依然闪烁着五颜六色的霓虹灯，几个女郎穿着裤衩式样的裙子，手里叼着烟卷，嘴里吐着烟圈，勾魂般的目光送走这群东方寻欢者。阿杰没想到人想去堕落太容易了，不是别人教你的，而是自个儿选择的，既然做了就该对自己的行为负责。他自嘲这个社会除了金钱，就是儿女情长了，他又想起娇来，此刻他心里空空洞洞的，随着同伙回到了住处。

自从那天在皇宫听完娇的故事，他几乎就像变了一个人，不过他不相信，仍然希望那是娇在编造别人的故事。他没有想到丢下国内的稳定工作万里迢迢赶来这里，却得知一个如此荒唐的消息，而且今晚自己也去做了一件带有罪恶的事。

他心里这样想，但又自我安慰道："阿杰，你是娇的什么人？娇又没有嫁给你，她也不是你的老婆。连与娇过分的亲热都从未发生过，干吗要自作多情。"阿杰在迷茫中仍旧找不到答案，便昏昏沉沉睡去。

二

劳拉母子与 Angel 从公园认识以后，渐渐成了很好的朋友。

他们出现在 Angel 身边，每次都是母子二人，刚开始他没有往其他方面想，但时间长了自然觉得有些奇怪。一般西方家庭极少存在夫妇两地分居的情况，也不会像这里的中国家庭，孩子一生出来就送回国内让祖父母抚养。除非离异或是丧偶？这世界许多事，一产生疑虑，时间久了就会去钻牛角尖，牛角尖钻多了自然会陷入进去。Angel 总会在星期天拒绝朋友的聚会，出现在劳拉母子面前，有时，他即使扑空心里也充满了希望。

劳拉花粉过敏稍好一些后，她又开始正常上班，接送 Angelito 去学校。星期天开车去公园，这里人少空气好，每次到此心情特别不一样。不仅因为她在这里遇到了 Angel，还从

Angel 眼中看到了一种父亲的感情和眼神，这个男人是值得信任和托付的。

此刻，Angel 和劳拉看着 Angelito 骑着自行车在远处玩，Angel 话中有话地问着劳拉："一个人带着孩子很辛苦，这孩子蛮讨人爱的。"

"我非常喜欢这种生活，你看孩子像天使在你眼前跑来跑去，那份幸福真是无与伦比。"劳拉也没有多想，便直截了当道出了心声。

孩子骑车来到他们身边，从车上下来后走到 Angel 面前，又拉起他的手看着劳拉，说出令人预料不到的话来："妈妈，他是我爸爸吗？爸爸从很远的地方回来的，是吗？"许久以来，Angel 频繁出现在孩子身边，的确是因为孩子需要父亲，或是他与孩子之间已经建立起类似父子的感情，以致今天孩子发自内心表达真诚的爱。

孩子的问话让他们一时尴尬得不知如何回答，又不能伤害孩子幼小的心灵。还是劳拉很快反应过来拥抱着 Angelito："孩子，这是你的爸爸，他从遥远的地方来，再也不会离开我们啦。"

劳拉也不知道自己哪来的勇气，把一个刚认识不久的男人划为自己家庭的一员。Angel 被眼前突然的幸福搞得莫名其妙，但是也非常得体地应答道："爸爸是大 Angel，儿子是小 Angel，孩子你说对吗？"

孩子高兴地拍手说着："啊，我终于有了爸爸，爸爸你不会再离开家、离开我和妈妈了吧？"

"当然。"劳拉和 Angel 几乎是异口同声答应着。

　　西方男女一经有了恋情，一般情形下两人会走到一起，过着类似正常的夫妻生活，对于是否结婚就不是那么重要了。自从 Angel 和劳拉结识以来，两人感情日趋高涨，彼此之间也就没了心理困扰，同居生活自然形成事实。一男一女组合一个家，在外人眼里没有什么不正常，一个单身女人有了一个先生，一个孩子有了爸爸，这是人类最美好的组合。

　　Angel 在这个家里做起了理所当然的男主人，但从没有去问过劳拉以前的生活，他相信劳拉愿意说的时候自然会告诉他，再说西方人一般不会去打听别人的隐私。

　　不过，Angel 也是一个成熟的男人，自从与娇有了第一次欢愉，又使娇怀上了他的孩子，他自是懂得女人。在彼此接触中，他感觉到劳拉压根就没有过和异性生活上的交往，因为他在这个家里从没有发现过男人用的东西，完全是一个女子未出阁之前的那种迹象。倒是孩子的东西不少，穿的用的，玩具小人书，孩子自己的房间不说了，就是客厅、厨房、劳拉的房间，甚至卫生间都是。

　　从 Angel 来到这个家，自然分担起劳拉肩上的责任。有一天下午，Angel 从幼稚园接出孩子，孩子问他一个很奇妙的话题："爸爸，幼稚园的小朋友为什么叫我 Chinito？什么叫 Chinito？"

　　"孩子，你不是 Chinito，你是 Español。" Angel 笑着答道。

　　他们回到家，劳拉还没有回来，Angelito 一人到自己的房间玩去了，Angel 忙着打开洗衣机，又清理着被孩子搞乱的客厅。

门响了，劳拉进来放下手上的包，走到 Angel 面前给了对方一个吻："亲爱的，你辛苦了。刚要下班，病房里又送来一个急诊住院的，所以回来迟了。Angelito 呢？"

"亲爱的，没有关系。孩子在他房间里。"

"啊，孩子你还好吗？告诉妈妈今天在幼稚园遇到哪些高兴的事？"劳拉进到孩子房间看见他正在一张纸上涂鸦，连忙抱起孩子给了一个亲热的吻。

"妈妈，今天在幼稚园，小朋友们都叫我 Chinito。爸爸说我是西班牙人，不是中国人，妈妈你说对吗？"

劳拉也没有想到孩子会问这个问题。她又在孩子脸上亲了一下，并认真端详起孩子来，自己也说不清楚孩子的确在某方面有那么点东方人的韵味："做个中国人没有什么不好，西班牙人和世界上所有的人都是一家人。Angelito 成了中国人了，让我看看像不像？"

其实，孩子哪知道什么是中国人，什么是西班牙人，对大人讲的话更是稀里糊涂的。劳拉放下孩子，看到 Angel 正站在面前，Angel 给劳拉一个久久的吻，并没有在意母子俩在讨论什么中国人，还是西班牙人。

西方正常的家庭，夫妇上班，孩子上学，但周末就不一样了。

孩子早已睡去，劳拉温馨地躺在 Angel 怀里，想着傍晚孩子问他的话，又不由得想起娇目前不知在哪里？过得好不好，劳拉对 Angel 亲热一番问着 Angel："你说孩子真的像中国人吗？"

Angel 似乎没有想过这个问题，只是觉得孩子有那么一点点东方人的味："亲爱的，如果是一个中西混血儿就更好，可惜孩子并不是。"劳拉听着 Angel 的话，惊骇了一下，难道孩子真的有什么特征显示出来，连 Angel 都看出些破绽。

的确，一般中西混血儿小时候没有多少明显的特征，可孩子慢慢长大就比较明显了。劳拉暂时还不想把孩子的身世告诉 Angel，在和 Angel 一阵浪漫之后两人入梦。

"劳拉，求求你还我的孩子，今生对你感恩不尽。"

"不！那是我的孩子，娇，请你不要再来打搅我和孩子。求求你了，娇！"劳拉在梦中叫喊着哭醒过来。

"亲爱的，你怎么啦？谁要我们的孩子？"Angel 梦中迷迷糊糊听到好像娇什么的。

"亲爱的，你刚才在梦里喊到娇……"

"啊，亲爱的，没有什么。天还早我们再睡一会儿。"Angel 想着也许劳拉在胡乱说梦话，也就没有放在心上，他把劳拉紧紧地抱着又睡去。

这一年秋天，瓦伦西亚举办了第一届西班牙全国在华收养聚会。聚会的主题是："他们没有你的眼睛，但是却有你的微笑。"共有 100 多名小孩连同他们的父母参加了活动，孩子们在一起玩游戏，观看各种表演。当然也有不少中西混血孩子参加了这次聚会。Angel 驱车带着劳拉和 Angelito 前往瓦伦西亚，参加了这一盛大集会。Angelito 的相貌特征，越来越体现出中西父母结合的基因来，Angel 和劳拉为什么要带着孩子去参加这样一个活动，他们各自心里都在寻找着想要解开的谜。

三

娇打工的店老板去了中国，赶着要进一批新货回来。娇的同事因父亲病重几天前就赶回中国去了，店内人手少了一个，老板走时对老婆说再找一个工人，广告张贴出去至今还没有人来应聘。货行的生意大都是中国人来买，平常时间和节日也没有太大的区别。

自从娇提出辞工以后，老板娘彻底改变了对娇的态度，之后许多事情也显示出宽容大度的一面。既然对方已经让步，娇也没有必要再提走的事，在国外给哪个老板打工都是一个样。再说，娇在此做工，老板两口子多少也看重她存在的价值，这一点她是知道也是满足的。

这一天上午，邮递员送来一份挂号信领取单，老板娘把自己的身份证拿出，随手在挂号信签上名，让娇去邮局把信取回来。

娇从邮局回来，老板娘接过信拆开，大部分内容都看不懂，她只好递给娇。"鉴于孩子无法与父母用西班牙语沟通，现把孩子交给西班牙人家庭抚养……"娇还没有念完信，已见老板娘放声哭了起来。店里买东西的人不知道发生了什么事，也不好多管闲事，付了钱就匆匆离去。

娇一时乱了阵脚，既要应付顾客，又要照看老板娘，她先拿来水和餐巾纸："老板娘，你还是回家休息休息，店里的事我来照应好了。再说你有孕在身，哭多了对胎儿也不利。"

娇有失去自己孩子的那份疼痛，自然理解老板娘此刻的心情，哪有自家的孩子给西班牙人抚养的道理？娇十分同情老板娘目前的不幸遭遇，从心里原谅了老板娘。人嘛，总是有他的双重性格，好一时歹一时，少一份埋怨，多一份宽容，这个世道就没有那么多的恩恩怨怨了。

那几年中国人陆续来了不少，但华人生活还比较安稳，一般工人都与老板住在一块。娇来到这里从开始做工到教孩子学中文，一直和老板他们夫妇住在一起，老板去中国之前对老板娘说，他们买来的新家很快就可以搬进去住了。打工的自然也在心里琢磨，与老板分开住更好，免得整天被监视不自由，一会儿水用多了，灯开的时间又长了，等等。

娇晚上下班回到住家，一进门就抢着进了厨房，总不能让一个孕妇去做饭。饭桌上她和老板娘吃得很开心，老板娘已从白天的坏心情中走了出来，对娇非常感激，夹起一块鱼放进娇的碗里："娇，等搬到新房，你和我们一块住好了。我们相处几年了，彼此都比较了解，原来的住家让给工人去住。"

"来，阿姨再给你添点饭。你也再来点。"娇没有直接回答住房的事，以照应母子俩为由把话岔开了。

"阿姨，我吃饱了。"老板娘小儿子放下碗离开了桌子。

"我们两口子早就想开一家餐馆，到时把货行交给你去管理，你说呢？"

娇看了一眼老板娘说："谢谢你对我的信任，店我可以帮你负责，反正在哪打工都一样。不过，我还是跟工人住到一块方便些。"娇收拾着桌子，打扫完回到自己的房间。

两个女人躺在一个屋檐下，也没有什么话好讲，心里想着各自的事。也许雇佣者与被雇佣者之间的关系，无论怎样去协调，彼此总有一段距离，内心是很难走到一起的，也很难成为真正的朋友。老板大气厚道，待人接物还不错，但要真正走进对方内心世界，也不是一件容易的事。不过人们常说：你怎样待别人，别人就怎样待你。其实，人与人之间并不完全是水火不容。

这天半夜，娇听到一阵阵呻吟声，她翻了翻身子以便听得清楚一些，原来是老板娘房间里传出来的。她连忙起身敲响了门，门并没有上锁，她来到老板娘床前："老板娘，你怎么啦，不舒服？要不要喝点水？"

她又到厨房里，倒了一杯水，递到老板娘手上。

"娇，我肚子痛得很厉害，会不会要生了？"

"预产期到了吗？"

"时间也差不多了，不过还有十来天的日子。"老板娘把杯子放在床头柜上。

尽管娇也生过孩子，可她是在麻醉中做的母亲，并没有真正去感受过孩子分娩那一刻刻骨铭心的疼痛。所以她一时也说不好，更不能给老板娘一个很好的建议。

她拿过杯子，让对方重新躺下又披了披被子："放心睡吧，不会有什么事的。"她回到房间里，再也睡不着，又想起自己的孩子来。她和孩子分开整整三年了，即使孩子找到也不会认她做母亲的，孩子与她生活在两个不同的世界里。出国五年多了，至今也没有混出什么名堂来，如果孩子带到身边还不知会把日子过成什么样。目前，孩子至少在劳拉身边，使她感到欣慰。劳拉是一个心地非常善良的女人，一个上帝派到人间的使者，孩子会幸福的，比跟着自己要好，这样想着娇心里又宽心了许多。

隔壁房间老板娘的叫喊声越来越高，娇又来到她身边："怎么样，要不要打电话去医院？不要硬撑，时间熬久了会出事的。"

她说着去了客厅，拿起电话直拨112，五分钟不到救护车就赶来了，慌乱中随带孕妇必需品上了车。娇没有进到产房，只好坐在走廊外面的椅子上等着。她脑子里浮动着儿子和劳拉的影子，一会儿又想着产房里的老板娘……正前方的墙上挂着玛利亚怀中抱着耶稣的画像，这使她想起在教堂做礼拜时《圣经》里所说的：爱是恒久忍耐，又有恩慈；爱是不嫉妒……凡事包容，凡事相信，凡事盼望。

半小时的工夫过去了，突然听到里边传来一阵孩子的哭声，几个上了点岁数的医生走了出来："一个女孩，你是产妇的家人吗？大人和孩子都很正常。"娇还没来得及回答，已见医生远去了。

娇生孩子不是在公立医院是在修道院，这两种医院的不同，她今天总算看到了，看到护士各个穿得像白衣天使，在她的周围井然有序地走来走去，偶尔才听到一两声婴儿的啼哭声。这里，女人生孩子住院，无须交钱，只需要登记一下。

安置好老板娘，娇又急着赶到店里开门上早班，忙得一塌糊涂。一会儿要收钱，一会儿要进仓库里拿货，一会儿又要接电话。她早晨接到一个要找工作的电话：

"多少钱一个月？"

"等老板回来才知道。"

"老板娘？我什么时候可以去上班？"

"对不起，我不是老板娘，我也是打工的。要来就马上来。"对方还想说什么，就被娇挂断了电话。

快到中午时分，娇正要关门，店平常中午是不会关门的，因为她要赶到医院去，所以只好先关一会儿。

一位女子风风火火走了进来："怎么，要关门？"

"本来是不关门的，可店里人手不够，老板娘还住在医院，我得去看看。要买东西的话，请你快点好吗？"

对方疑虑了一会儿，马上反应过来："我叫阿媚，就是今早打电话要找工作的。""你看，我马上要赶去医院，这门……"

"如果你相信我，就不要关门了。你大钱清点拿走，留下零钱就行了。你如果不放心把我身份证拿去。"

娇这时才端详了一下面前的年轻女子，大约二十来岁，只听见她说道："阿媚，看你说哪儿去了？这个店又不是我的，什么相信不相信，做人嘛，不要太亏了自己，也不要去亏别人。这样就心安理得了。对不起了，身份证我带走。"

"那当然。"叫阿媚的女孩连忙从挎包里拿出身份证递上。娇接过身份证看看犹豫了一下，还是把店交给眼前的女子便去了医院。

来到医院，娇看见老板娘已在病房里，床前放着几样食品，一位小护士正在帮助老板娘往她手上递吃的。

老板娘看到娇进来："多亏了你，娇，不然昨晚上……太谢谢了！"女人与女人之间容易产生隔阂，往往又比较容易沟通，尤其是在特殊的情形下发生了特别的事，眼前的两个女人一夜间似乎成了姐妹。

"不要那么客气，谁没有遇到困难的时候。"

"娇，你还没有吃饭吧？我们分着吃好了。"老板娘果真把食物一分为二，连同水果一块递给娇。

这时的娇才想起自己还没有吃早餐，也就不客气地接了过来，边吃边对老板娘讲起店里的事。

"娇，店里你就看着安排，工人的事你处理就行了。"娇掏出货钱如数点给老板娘。

娇看到老板娘对自己这样信任，在老板娘的脸上吻了一下："谢谢你对我的信任。你好好休息，晚上我再来。"说完站起来离去。

四

两个星期以后，老板从中国进货回来，老婆给他生了一个千金，大人孩子已经从医院回来了，心里高兴得不得了。他不知道老婆会提前把孩子生下来，也没有想到他不在的日子，都是娇在为他挑着担子。娇也没有过多对老板说什么，帮了就帮了，没什么好说的。

晚班后娇把店内全部的钱用报纸包起来，准备带回去交给老板娘，阿媚背起她的包来到娇面前："娇，一周试用工结束了，老板娘怎么还没有一句话？今晚给我打听一下用还是不用？"

阿媚和娇走出店关好卷帘门，临分手时娇说："阿媚，从明天起你就安心在这上班好了，至于工钱，我做不了主。"

"哎呀，你什么时间做起老板娘了？对了，那保险怎么上啊？"

"阿媚，我不是老板娘，和你一样打工的。保险？我想和市面上一样吧。"娇所说的市面上一样即指半保，工人上班八小时老板只给他们保四个小时。大家都懂得上保越高退休金越多，相反则越少。当然，中国人在国外打工，压根就没打算要那份养老金，落叶归根才是他们想要的。

"啊，身不由己。先做了再说吧。"两人各自分道离去。

娇回到住家已经闻到饭菜的香气，开门看见老板在厨房忙活着："真是太阳从西边出来了，也知道伺候人了？"

"娇，真是太感谢你了，大人孩子平平安安，这段时间你够辛苦的，明天去外面放松一下，好好休息休息。"老板真心地向娇道谢。

"老公，你什么时候也学会关心别人了？"

"老婆，你如果还是原来那个脾气待娇，她会管你啊？你说呢，娇？"

"看你说的……"娇端菜上桌吃饭，就像一家人一样和和气气。

老板娘对老板说道："住了一个星期的医院，大人孩子吃的全是医院的，就连孩子用的卫生纸也是医院的，一个钱都没有让我们花。老公过两年咱们再生他几个。"

"哎哟！不要你一分钱，你就没有节制了？到时，家里开个幼稚园好了。"

娇听着这两口子幽默的对话，不由笑出了声。

这时老板娘突然想起来什么，她先看看老公，又看着娇对她递了个眼色把想要说的话咽了回去。

"法院有没有孩子的消息，孩子什么时候回来？"老板看老板娘吞吞吐吐，自然问起孩子的事来。屋里传来婴儿的哭声，刚才的问话被打断。

"啊，母亲的申请什么时候才批下来呀？店里那么忙，总不能叫我在家看孩子吧？"

"在家看孩子有哪里不好？店有娇打理，我们还有什么不放心的啦？你说呢？"老板夫妇同时看了一眼娇。

娇夹了一块鱼放进嘴里，心想着自己只是一个打工的，不会一辈子在别人手下讨饭吃，一时真不知道如何回答好。

"娇，你说话呀！"老板娘自以为娇不会有什么置疑。

"你们忙于店，几个孩子需要很好的教育环境，你们是否可以考虑把小的给西班牙家庭带。"娇答非所问有意回避老板夫妇的话。

"这大孩子的事还没有解决，再把小的给西班牙人带，过不了多久，那孩子就不是我的了。"老板娘答道。真应验了中国那句老话：一招被蛇咬，十年怕井绳。

"这事甭着急，明天让代书去问问，看母亲什么时间可以拿到签证。"

"一时拿不到签证，这段时间孩子怎么办？我可不愿意在家里当保姆。"

老板娘看了娇一眼，心想都是自个儿造的孽，早知如此何必当初。可孩子总是无辜的。

"你说怎么办？孩子总要人来管。"老板擦着嘴上的油说着从桌前站了起来。娇吃完开始收拾桌上的碗筷，随即进了厨房。

西班牙女人生了孩子，不怎么保养就下地做事了，几天之后看见她们推着孩子上街了，有时甚至会去舞厅跳舞。老板娘没有按照中国传统习俗坐满一个月，二十来天就开始上班了，每天回家几次喂孩子吃奶。早些年，牛奶也是从救济中心领回来的，西班牙对多子女的家庭有优惠。

五

阿杰每月除了打电话到国内催货，就是等货，周末去餐馆帮帮忙挣点补贴。一般情况下，独自在家里看看书打发无聊的时间，心情好时也到外面去走走。

他曾多次拨通娇上班处的电话，但每次都放下。他害怕拿起电话，不知怎样去打破他们之间长久以来的沉默。他想去找娇，想知道这些年来娇究竟发生了什么事。自己来到这里是为了什么？这样磨蹭下去，还不如把什么都挑明痛快些。一旦心里不再有疑团，没了牵挂，各人选择自己的生活也痛快，总比整天这样窝囊好受些，阿杰想着心情自然放松许多，一人去了西班牙广场溜达。

他第二次见到娇就在这里，西班牙广场是马德里最热闹、最繁华的地段，一人寂寞无聊时来到这里，会暂时忘记心中的苦恼。在这灯红酒绿的世界里，人往往在最失落的时候，会做出预料不到的事来，那天晚上和生意伙伴一块喝得烂醉，致使行为出格不检点起来。

半年前曾与娇闹不愉快时，阿杰也想回到中国去，可男子汉大丈夫遇到一点挫折就放弃初衷，还有什么出息。当初虽说为了娇而出国，但目前回与留都跟她没有关系了，再说国外那么多人都苟且生活下来，就你一个人待不下去？

有老乡和熟人曾给阿杰介绍过几个不同类型的女朋友，往往女人的现实挫伤了男人的自信。男人总是捉摸不透女人究竟在想什么，与之交往整天都在猜谜一样。回首来看，还是和相知相识、知根知底的人交往比较踏实。

阿杰有时也想，人为什么非要结婚，情投意合生活在一起，不是很自在吗？为了结婚而结婚，有时把一个陌生的男人和一个陌生的女人硬拴在一起，不是叫他们活受罪吗？

阿杰脚下踩着一小块石头，他用劲把它踢出很远，嘴里发出一声吼叫："我为什么要来这里？我为什么要来这里！"过路人看看这个中国小伙子，以为他在发神经说胡话，就像躲瘟神一样离他远远的。

"阿杰，你什么时候才能有绿卡、汽车和房子呀？"他女人腔般鸳鸯学舌起来。

"绿卡还不容易吗？西班牙隔几年就有大赦。汽车二手的也不贵，就是房子，房子是真的买不起。亲爱的，等我有了钱买了房子，你再嫁给我不迟。"国外残酷的现实生活已使阿杰变得玩世不恭。

"快三十的人了，什么都还没有立起来，你要我等到白发染鬓啊？"

一阵秋风吹来，阿杰的脑子似乎清醒了些，他看了看手表，时针正好指向 17：00 时。一年多的国外生活已使阿杰看破红尘，他知道自己的灵魂一天天在堕落，受过的高等教育已被世俗磨损得差不多了。他只是没有想到人学坏也就在一时一会儿，自从跟着一帮狐朋狗友到过红灯区开过荤，就把辛苦赚来的钱不当成一回事。再加上偶遇娇情感被拒，他的心越来越冷酷，横看竖看这个世界都不顺眼，似乎有些破罐子破摔。

阿杰走着走着不由自主地来到了西班牙广场附近的教堂。只听见教堂里面传来主持弥撒的神父对席下信徒念着："求你医治我，我便痊愈；拯救我，我便得救，因你是我所赞美的。"这话是对有罪孽的人说的，他羞愧地坐了下来。

第六章

一

娇再一次来到教堂，傍晚的弥撒已经开始了一会儿，她跪在神灵面前默祷，同时在祈祷上帝帮助她找回儿子。她身边的西班牙信徒唱起了赞美诗，那涓涓流畅美妙的歌声，沁入心田使人忘却了许多烦恼和不悦。娇也是到国外以后才受洗礼的，整天待在店里做工，没有时间到教堂来，所以她只要休息就尽量去教堂。

突然，她听见前面传来抽泣声，只见一位老太太拿出面巾纸递给身边的年轻人："孩子，请上帝保佑你，阿门！"

年轻人抬起头："谢谢！"娇一下愣住了，阿杰也在这里，她有点不相信自己的眼睛，脱口而出叫了一声"阿杰"。此刻四目相视，两人的情绪一下沸腾到顶点，这时候再去说什么都显得是多余的。

礼拜结束，他们走出教堂，就近去了一家酒吧，阿杰要了两杯啤酒，一份乌贼鱼，一份蛤蜊，还要了一盘炒小青椒。

娇没有阻止阿杰，只是说她不会喝啤酒。阿杰还没有从刚才的悲喜中完全走出来："既然是上帝安排我们又走到一起，那我们就随缘吧。来，干了这一杯！"

"就让我们都成为上帝的儿女。"娇一口气喝完了杯里的啤酒。只见她脸上浮现一片彩云，头也有点晕晕的，今生难得一回醉，更何况是为了以往深爱的恋人，不！是为了他们隔断了多年的爱情。

"娇，再来一杯！"

"再喝就醉了。"

"没有关系。今朝有酒今朝醉，最好醉在我的怀里。"阿杰说着情不自禁地捧着娇的脸狂吻起来，情海涨潮吞噬了理智，爱的火焰熊熊燃烧已把两个年轻人融化。

"你现在怎么学的这个样？"娇有点不相信自己，把阿杰推到一边去。

"娇，你知道吗？自从出国以来我活得好苦好累。我想过回去，可我又不忍心你……"阿杰说着竟然不顾周围一切，放声哭了起来。

他这一哭，把娇的感情也煽动起来，两个人哭成了一团。

阿杰搂着失而复得的恋人没有去 Bus 站，也没有下到地铁里，而是去了 GRAN VIA 大街背后小街上的一家宾馆开房间。

"先生，护照。"阿杰一时没缓过神来，十分难堪地看着店主人。身边的娇似乎被羞辱了一般，脸滚烫发热起来，她随即从包里掏出身份证，为阿杰解了围。

阿杰尽管早已偷吃禁果，但从没有像今天这样激动亢奋。他还来不及关上房间的门，就迫不及待地想把娇撕成碎片……

"杰，我爱你，我还是爱你的。是我对不住你，请原谅我好吗？"娇泪流满面，是忏悔的泪？还是欢悦的泪？

"娇，过去就让它过去，我们一切重新开始。"两个人亲热得难解难分。娇爱得真挚，阿杰虽爱得疯狂，但不失体贴温柔，让娇感到好幸福。

这一夜，娇把心里话全部掏给了阿杰："等我们结了婚，我给你生个孩子，到那时我们好好过日子，我们永远不再分离。"

"娇，我相信上帝会帮助我们的，有一天会找回你……啊，不是！是我们的儿子。"阿杰说的是真心话，既然爱这个女人，就应该去接受她的一切。

娇躺在阿杰的怀里，听着这发自内心的肺腑之言，感动得又大声哭了起来。

"娇，你怎么啦？"阿杰吻着怀中女人嘴唇咸涩的眼泪，他知道这是娇流出的幸福之泪，也是一种被人理解情感认可的

满足的泪。是啊，这些年来谁真正关心过她，谁又知道她内心
的痛楚。

二人又继续缠绵在爱河里，外面教堂的钟声伴随他们渐渐
入了梦乡。

<h2 style="text-align:center">二</h2>

晚饭以后，劳拉又在房间里为 Angelito 写成长记录，孩
子在她膝下堆着积木玩："妈妈，你看我堆的房子，还有花园，
还有……"

劳拉弯下腰来在 Angelito 额上亲着："亲爱的，妈妈知道
了，一个人乖乖地玩。"劳拉对孩子倾注了全部的感情，对孩
子的爱已全部记载在文字中了。

Angelito 现在已习惯自己吃饭和洗漱，睡眠也很好。大人
很注重他的食物营养平衡，牛奶面包、鱼肉蔬菜，还有水果都
加以适当的搭配。Angelito 是一个快乐爽朗的孩子，喜欢做些
事情引起大人的关注，同时有坚忍不拔的性格。因此，当他不
能随心所欲时，便时常吵闹看着你对他的反应。做母亲的总是
循循善诱，让他获得自己正当的权利。

自从 Angel 正式走进这个家庭，好运也接二连三，前不久
他被聘到西班牙国家电视台二频道去做外勤记者，让他所学的
一技之长有了用武之地，最近又和劳拉一块买了离马德里几十
公里外即将完工的别墅，等到夏天过完就可以搬进去住。

Angel 在书房里赶完一篇新闻稿，从椅子上站起来，伸了
伸懒腰来到劳拉和孩子身边："亲爱的，你又在写什么？"

Angel 知道劳拉在为孩子记笔记，没有去打搅她，而是抱起 Angelito 亲了起来："亲爱的，你是爱爸爸呢，还是爱妈妈？"

"我爱你们两个。"小精灵很聪明，不愿厚此薄彼。

劳拉和 Angel 听见大笑起来："我们的 Angelito 真会说话，爸爸爱你，妈妈也爱你。"

"谢谢爸爸妈妈。"孩子分别给了父母一个飞吻。

Angel 放下孩子对劳拉说："我刚领了稿费，明天我们去吃中国餐，怎么样？"

"亲爱的，那太好了，我好久没有吃中国餐了。"

Angelito 听见爸爸妈妈要去中国餐馆，也高兴得不得了："妈妈，我要吃炒饭、春卷，还有……"孩子把嘴噘起又憋了一下气，学着呼呼，劳拉懂得孩子他想要说的是馄饨。早先，劳拉带他去中国餐馆，每次孩子都喜欢吃馄饨。

Angel 和劳拉被孩子天真的比喻逗得非常开心，是啊，这个小天使给这个家带来多少幸福。尤其是 Angel，从劳拉和孩子身上所得到的，让他暂时忘却了对娇还有未见过面的孩子的思念。

Angel 自从娇离开以后，很少再去中国餐馆吃中餐，只要他一走进中国餐馆，就会想起娇，想起他们的孩子。可这次不一样，是劳拉和孩子给了他一个家，给了他世间最难得的天伦之乐，他要把自己的收获分享给劳拉还有孩子。

其实，许久以来劳拉和 Angel，都各自在心中思忖着，是不是应该把心里的秘密告诉对方。但他们又想着这个家，在外人看来没有什么不正常，关键是他们自己也没有觉得哪里不好，只是始终感到心里就像塞了一块东西，噎得难受，不吐不快。

劳拉安顿好 Angelito 睡去，到卫生间洗洗进了卧房，看见 Angel 在那里沉思冥想："亲爱的，又在想什么呢？"

Angel 的思绪被劳拉的问话打断，朝床里挪了挪身体让劳拉躺在他的身边："我在想，我们是不是应该再有一个孩子，这样 Angelito 也有一个伴儿。"

他边说并注视着劳拉的表情。"亲爱的，是啊，我们是该有个孩子，一个女孩子。"

劳拉早已想过要为 Angel 生个孩子，两年来他们之间并没有采取过什么节育措施，可就是不见自己怀孕，莫非自己没有生育能力？

第二天一早，劳拉为 Angel 和孩子准备了早餐，Angel 看见劳拉没有坐下来与他们一块就餐。

"亲爱的，你不舒服吗？"

"没有，我暂时不想吃。"

劳拉送孩子去了幼稚园，早早来到医院让妇科的同事为她提取了尿样，还做了一些妇科体检。这事，她一直瞒着 Angel，想等检查结果出来再说也不迟，也许什么都不用跟他说，自己该怎么去做就怎么做，到时候让他快乐地去做爸爸好了。

一个星期以后，当她接过同事手里的诊断报告，什么都明白了。同事在她脸上吻了一下安慰着她："对不起，劳拉，我们也没有想到会有这样的结果。不过，你也不要失望，目前医学很发达，即使不行，还可以人工……"

"谢谢你们，我不会有什么的。"劳拉嘴上说没事，眼睛还是不由自主地再看了一下手上拿着的诊断书，只见上面写着："输卵管堵塞，子宫颈狭窄。"她把诊断书放进工作服里，赶快又忙去了。

三

许多天以来，劳拉一直没有告诉 Angel 她去医院做了检查。这天晚上她回到家里，看见 Angel 已经把孩子接了回来，从包中拿出诊断书看了一下又重新放了进去。她不知道该如何谈起这件事，她对 Angel 的许诺，如今不能实现怕影响他的情绪。所以，她仍旧和过去一样回到家给 Angel 和孩子热烈的吻，但目光在回避着他们。

Angel 以为劳拉遇到过多的病人工作太累，没有往别处去想，端来一杯早已准备好的鲜橙汁递给她："累了，休息一会儿。我把手上的稿子赶快写好，再来做饭。"

"谢谢你！亲爱的，没有关系，还是我来做好了。"劳拉接过 Angel 手里的杯子，坐下喝着又想着医院检查的事。

医院检查结果如果不告诉 Angel，似乎有点对不起他。这两年来，真难为他了，两个人虽然没有正式结婚，但他对这个家庭已经是尽到一个父亲和丈夫的责任了。再说这么久没有怀孕，他从没有什么情绪，连问都没问过。劳拉想今晚应该把她生活的一切，还有 Angelito 的事全部告诉他，只有这样她心里才会踏实，Angel 有权利知道这一切。

　　劳拉比平时多做了几道菜，桌上还摆上一瓶红葡萄酒，来到 Angelito 的房间，领孩子去卫生间洗了手再回到餐桌上："亲爱的，你坐在这里。让爸爸坐在妈妈身边，马上吃饭了。"劳拉对着书房叫了一声 Angel。

　　Angel 一出来，看到桌上丰盛的饭菜，连手都没来得及洗，抓起一块儿放进嘴里："孩子，妈妈真好，是不是？为我们做这么多好吃的。"

　　孩子看看爸爸，又看看妈妈，早已馋得用小手在那里乱抓。"亲爱的，这样多不好，要做个乖孩子。"

　　"明天是星期天，慰劳你们父子二人嘛。哎呀！你手都不洗啊？"劳拉看着眼前一大一小的失礼，心里却乐坏了。

　　Angel 像做错了事的孩子一样，对着劳拉伸了一下舌头，赶紧到卫生间洗手。然后，他重新回到餐桌上，只见自己面前盘子里放了许多菜，都是他最爱吃的。他觉得有点不同寻常，因为西班牙家庭一般是不会为对方夹菜的，都是自己动手。他曾在娇那里享受过不少这种恩惠，娇对他说这是对客人的尊重。

　　那么今天劳拉是怎么啦？也是对客人的尊重？可自己不是客人啊？他说了声谢谢，就狼吞虎咽起来。

　　"哇，妈妈你看呀，爸爸吃那么多。"孩子的叫喊引得劳拉和 Angel 两人对视后笑了起来，这是一个温馨的夜晚。

　　孩子吃过晚餐在自己房间里玩耍。劳拉收拾完饭桌，便依偎在 Angel 怀里看着电视，突然想起来什么，到卧室里打开包，拿出几天前的诊断书。

　　"亲爱的，我要告诉你一件事……"劳拉慢吞吞地说。

"什么事，看你神秘的。"Angel 有些吃惊地望着劳拉。

"……"劳拉的脸一下绯红起来，Angel 接过诊断书一看，什么都明白了。他此刻非常理解劳拉的心情，需要马上得到他的表态，如果自己稍为迟缓或者疑虑，都会伤害劳拉。于是他特别温柔地安慰她说："亲爱的，我已经看清楚了。这没什么，我们不能再有个孩子没关系，我们不是已经有了 Angelito 了吗？你不要放在心上，目前我们这样不是很好吗？"

这时他才想起一个星期以前的那个早晨，劳拉借口不想吃早餐，是悄悄去做了身体检查。现在他才明白和劳拉住在一起好久了，始终没有怀上孩子的原因。

Angel 看看桌上他们一家人的照片，Angelito 天真地对着他笑，劳拉在他怀里是那么温柔。

这时，劳拉从他怀里坐起来，把他的脸转过来问道：

"亲爱的，你不高兴了？我们总会有办法的，对了，还可以人工受孕吗？"

"亲爱的，你白白给我送来了一个小天使，我高兴还来不及呢，人工受孕的事以后再说吧。"

这时，劳拉才想起今晚最重要的事还没有告诉 Angel，这也是她多年来的一块心病，不能再错过这个机会了。

劳拉站起进到卧房拿出那本保存了几年的笔记本，打开递给了 Angel，Angel 又是一头雾水地看着劳拉，不知女人们怎么会有那么多的故事。

"亲爱的，这是怎么回事，你可以告诉我吗？"他接过一看，简直让他惊呆了。劳拉对眼前 Angel 惊讶的神态也诧异起来："亲爱的，你怎么啦？我不是给你看了吗？"劳拉以为Angel 终于知道了这个孩子并不是她生的而感到吃惊。其实，他们所想的各异。

"劳拉，孩子怎么在你这里？"Angel 简直难以相信眼前的事实。

"你怎么了？"劳拉同样惊讶万状地看着对方。

"劳拉，你知道这个孩子是谁的吗？"Angel 再也憋不住几年来压在心头的郁闷。

"是谁的，你认识他们母子俩？"这下该劳拉糊涂了。

"劳拉呀，劳拉，岂止是认识！他就是我和娇生的孩子！自从那年她离开我，就不知道他们母子俩去向，我整天担心着孩子出世了没有，在哪里？哪想到他不仅活得好好的，今天我竟然失而复得。太谢谢你了，劳拉！"

Angel 抱着她一阵狂吻。劳拉再没有比这个时候更清醒了，她做梦都没有想到，当年娇住进修道院生的孩子，竟然是Angel 的。如今上帝又把孩子还给了他，这个世界难道真有那么多的奇迹！

"你还记得我对你曾经说过，上帝会帮助我们的！"这时的劳拉真是太兴奋了。

Angel 连忙站起来，到内室里把Angelito 抱起走了出来："孩子，快！快叫爸爸！"孩子哪懂得大人之间发生了什么，赶忙叫了几声爸爸，孩子又被劳拉抱在怀里。这时，Angel 已经把母子二人紧紧地搂住，生怕有人从他身边把他们抢走一样。

这一晚上，大家自然是欣喜异常，他们安置好孩子睡去，一夜都在狂欢不停。

第二天早晨起来，Angelito 对着爸爸妈妈礼貌地说道："早上好！"

吃过早餐，Angelito 还记得昨天爸爸答应今天要带他去中国餐馆吃饭："爸爸，我们什么时候去吃中餐，你又想变卦是不是？"孩子看着爸爸坐在桌前发愣地看着他，嚷着喊叫起来。

"亲爱的宝贝，爸爸没有变卦，等妈妈打扮得漂漂亮亮的，我们就去。"

"等急了吗，孩子？我们现在就去中国餐馆，今天我们一家人要好好庆祝一下。"劳拉穿戴好，提着包，从房间里笑嘻嘻地走了出来。

"嗨，我们去中国餐馆吃馄饨咯！"Angelito 雀跃着，快乐得像一个天使。

四

海外 5000 多万华人，除了特殊专业的人从事自己所学的技能以外，大多从事的是餐饮业。尤其早期的中国人绝大部分都是经营中餐馆，娇的老板也不会走出中国人在国外生活的模式，又在马德里开了一家中国餐馆。

即使再发展，赚的钱再多，思维和意念决定了中国人生存的走向。货行的生意，老板娘曾说过让娇打理。老板娘果然没有食言。更重要的是，老板夫妇的大儿子已经从西班牙儿童保护中心回到家里，娇为了店和他们家，的确付出了不少。

　　前些日子阿杰从上海搞来一批棉织品，眼看着手上要赚到一笔不小的钱，但一夜间货却蒸发了，他找到合伙人问货转手哪里去了？这个世界如果有人成心要算计你，你再怎样去防备都没用，更何况阿杰压根就没有想到会出这样的事。你说合伙人把货吃了，独吞了？那你拿出证据，没有证据你只好哑巴吃黄连有苦说不出来。阿杰气得把拳头捏出了汗，终归还是无奈。好在娇为他撑起一把躲避世俗的伞，他很快从低谷走了出来。

　　货行由娇负责以来，老板把阿杰也叫来帮忙，店里也需要一个男人，货物进进出出，没有点体力的人去做不行。

　　"还是把孩子送回中国去，三个孩子整天缠在身边，哪还有心思做生意？！"老板娘继续说："餐馆刚开起来，人手忙不过来，干脆把最小的孩子暂时给楼上的西班牙女人带。"

　　"大儿子的事，把我们折腾得还不够？你又想出这名堂来。"

　　"那咋办，总不能把孩子丢在家里不管吧？"最后，老板还是依了老板娘。

　　那时在西班牙养一个孩子包括吃住费用大概每月50000西币。个别西班牙人也有占小便宜的习惯，替他们带孩子的那女人就住在餐馆楼上，她时常带着孩子到餐馆来白吃。

　　当然生意好的时候没有人去计较，但生意进入淡季，时间长了心里始终感到不舒服。

　　孩子一岁多了，就是说他们已经忍耐些时间了。那阵子餐馆生意的确不错，可后来中国人看见餐馆生意利润不小，而且越来越好，大家起哄式的一夜间开出许多，有的人看你餐馆生意不错，就干脆在你对门或者隔壁又开一家。后来，这种恶性竞争让其他的行业也如法炮制，如照相馆、百元店、干果店等。西班牙人看着中国人一家一家的店在开，走遍马德里哪里都是中国人的店，眼睛都看红了。怪不得他们说，中国人头天晚上还在树下，等你第二天睡觉起来，中国人就翻到树梢上了，这种比喻太生动形象了。

有一次，老板娘对女人说："Carmen，以后不要把孩子带到餐馆里来，客人们都有意见了。"

叫 Carmen 的女人也察觉到孩子的父母不像餐馆开业时那么热情大方了，自己多少有些收敛，日后来的时间少了。但时间久了，嘴馋又想吃中国餐，又不好意思再去。有一天她突然对孩子父母说："孩子我不带了，你们领走好了。"

孩子父母明知女人故意刁难，气得一时不知如何是好。还是女人最了解女人，老板娘为了平息此事，特别在货行里选了几样价格不太贵但非常精巧的中国玩意儿送给她，这样，对方没有再提起不代养孩子的事。

西班牙人始终充满了博爱精神，尤其是对孩子那种爱，无论孩子来自哪个国家，无论孩子长得美丑，他们所付出的爱心可以说是尽善尽美。孩子交给他们带，做父母的没有不放心的。

可人性也是有善有恶的。养个动物还有情，何况是个孩子，女人果然动了真情。一天，Carmen 突然向法庭提出要领养孩子，她之所以先避开孩子的父母，是想来个先发制人，说孩子的父母生下孩子，根本没有时间管孩子，还不让孩子去自己的餐馆。

"你说孩子是你的，有领养公证书吗？"法庭让她把律师找来，并当场求证核实。

"没有。"

"那你凭什么要领养别人的孩子？"

"我与孩子在一块生活近两年了，孩子和我的感情远远比他父母要深，既然孩子的父母不想去尽责任，我领养这个孩子也没有什么不妥。"

"可你手上没有法律有效的证明，这是行不通的。"

律师和Carmen从法院出来，也劝Carmen："如果你真想要孩子，我们律师楼可以帮助你去领养一个。"

可Carmen执意不肯，说难以割舍日久生情的"母子情结"。

当孩子的父母从律师那里得知Carmen要领养自己的孩子，就像听到天方夜谭，他们想把孩子尽快领回家，这时Carmen要用钱来买断孩子的抚养权，孩子父母看她也没有什么恶意，觉得领回自己孩子是迟早的事。

Carmen认为在自己的国家、自己的土地上，就不相信一个外来人会打赢这场官司。既然你一个中国人要跟我较量一番，那就等着看好戏，不过，她也知道与法律硬来不行，她采取了迂缓的态度，干脆不与孩子父母和律师见面。

孩子的父母看她是吃了秤砣铁了心，也收起了对她的怜悯，准备着打一场持久的官司，如此一来经营餐馆没有心思，整天周旋在法院、律师中间。

西方找律师费用高得惊人，有时所投入的金钱，也许你破产还看不见结果。

娇的老板看见这样的阵势，与老婆商量是不是把货行转让给娇，拿回一笔钱去打官司。这家人不顺心的事成全了娇，她结束了十年来的打工生活，自己做起了老板。

最终，Carmen 还是输了这场官司。可孩子的父母经历了两次官司，再也承受不起，百般无奈只好把孩子托老乡送回父母身边，结束了一场噩梦。

西班牙人鉴于这桩案子，多少理解中国人为什么生下孩子，要把孩子送到中国让爷爷奶奶抚养。但从这件事来看，西方人和中国人对孩子的看护方式区别很大。

海外中国移民往往是孩子生出来又没有能力去尽责任，西方对中国人的这种行为不能接受。西方家庭认为孩子与父母是一个不可分割的整体，父母没有能力和经济实力去抚养他们，完全可以放弃去做父母的权利。既然肩负了父母的义务，那就要毫不犹豫地去承担，所以在西方几乎看不到夫妇两地分居，让孩子离开家庭或寄养给他人的。

五

医学基因验定之后，Angel 在法律上已被认可为 Angelito 的亲生父亲，于是他与劳拉事实婚姻自然没有芥蒂。

1999 年 5 月 1 日，Angel 开车带着太太和孩子回到了自己的出生地，也就是父母居住的城市。多少年来，他因为娇和孩子的事情曾一度与父母有了隔阂，极少回去看他们，只是在圣诞节期间打个电话回家问候一下。如今他的孩子从天而降，重新回到了他的身边，他自然想着利用这个机会，一是把孩子和劳拉带回去让父母高兴高兴，二来化解多年来他与父母的隔阂。

世界上的父母没有不心疼自己孩子的，即使当初有各种各样的原因，造成父母与儿女间再大的冲突，有一天已割断的脐带和情感终归还会复原。

"妈妈，你们快来看，我给你们送来了世界上最好、最珍贵的礼物。"Angel 的车一停在家门口，就迫不及待朝着开门的父母叫喊着。

父母看见眼前的场面惊讶起来："哇，我的上帝！真是太奇妙了。"这一次，Angel 的双亲再也不敢像五年前对待娇那样，对待今天儿子领进来的客人了，Angel 的母亲抱起孩子，在他脸上亲吻着。

"爸爸，这是我的妻子劳拉。孩子也叫 Angel，但我们叫他 Angelito。这些年来，孩子一直是劳拉带大的。"父母疑惑地看着眼前的一切。当 Angel 把劳拉介绍给自己的父母时，劳拉自然地叫了一声先生、太太。Angel 听见劳拉没有叫自己父母爸爸、妈妈，而叫的是先生、太太，立即纠正她说："亲爱的，你应该叫爸爸、妈妈。"说着又给了劳拉一个深深的吻。

难怪劳拉的反应如此，因为她自幼从来没有见过自己的父母，当然没有机会去叫爸爸妈妈。几十年来，第一次面对着陌生人去这样称呼，无论是感情上还是心灵上，一时有点为难。不过，她还是非常乐意去做了："爸爸，妈妈，Angelito 是你们的孙子，从今天开始我们就是一家人了。"

"谢谢亲爱的孩子。"Angel 的父亲扶着劳拉的肩膀，在她的脸颊上亲吻了一下，妈妈连忙把孩子放下，上前拥抱着劳拉给了她一个深情的吻。

家里热闹极了。母亲进到厨房打开冰箱准备为孩子拿出吃的喝的，Angel 进来说："妈妈我自己来。"母亲连忙问道："孩子，这究竟是怎么回事？这个世界真有奇迹出现？"

Angel 把娇离开他之后，日夜思虑孩子是否活在这个世界，又是如何遇到劳拉，从她那里知道孩子的身世，以及后来与劳拉走到一起，今天带回家里，给父母一个惊喜！Angel 母亲就像听天书一样，觉得这个世界是如此小，孙子回到了儿子身边，自己的儿子总算谅解了父母，也回到了他们身边。

西方家庭的父母，尽管不像中国家庭父母那样希望儿女留在身边，但他们也仍然希望已独立的孩子常常回家看看。更何况他们的 Angel，曾经与他们有很深的隔阂，他们也不知如何来挽回和帮助他情感上的复苏。现今好了，一切都化干戈为玉帛，自然又是高兴得不得了。

从父母家回到马德里，Angel 除了上班就是开始忙活着装修新房，他总想着要好好回报一下劳拉，这些年来她为了孩子，吃了不少苦。她自幼又没有得到过父母的爱和家庭的温暖，从现在起可以给劳拉一个幸福的家。

他还想着 Angelito 一天天长大，一定要让他学习中文，等到有机会见到他的母亲时也给她一个惊喜。孩子不仅活在这个世界上，而且活得很好，与一般孩子一样接受着正规教育。娇是绝对想不到孩子是如何的聪明，已能认不少汉字，口语词汇也很丰富。

孩子的到来，让 Angel 减少了对娇的思念，因为他已经有了一个幸福完美的家庭。

第七章

一

娇和阿杰接手货行以来，生意比早先好了许多，当然与近几年中国人越来越多有关系。他们尽管很忙但忙得很充实，因为店是自己的。

娇有了与阿杰情感的复苏，整天又忙于店中杂事，也使得她暂时忘却失去孩子的烦恼。他们一心想着赚笔钱买了房子再结婚也不迟。所以目前他们还比较艰苦，住的房子还是与别人合租的。

那个叫媚的工人，她已经在马德里大学学习语言，只是周末才来上班。语言过关才可以进大学，进入大学成绩好才可以拿到奖学金。她目前又找了一份教中文的工作，每周两次，每次一个半小时，所得虽然菲薄，至少可贴补一些生活开支。

Angel 在电视台工作，经常接触到大学里的学生，他为 Angelito 找的中文老师就是通过学校朋友介绍的。他们搬进新家不久，就请了一位留学生到家来教孩子学中文，他当然不知道这个叫媚的留学生在娇店里打周末工，媚也不会知道叫 Angelito 的小学生就是娇的亲生儿子。

以前，娇时常做中国餐给 Angel 吃，要不然就到中国餐馆去吃。自从他和娇分开后，尽量避免到中国餐馆去。结识劳拉以后，知道孩子喜欢中餐，他们也偶尔才去中国餐馆吃饭。

"媚，你是否可以教我学做中国菜，因为我先生特别喜欢吃中国餐，你教会我，我就可以给他们父子俩做中国餐了。"有一天，媚教完课，劳拉对媚提出要求。

"劳拉，我当然可以教你做中国餐，不过，你有时间也得教我做西餐。"

"你很聪明，媚，这叫作等价交换，那我们就这样说定了。"

"好，我们中国人有句谚语叫'君子协定'，就这样 OK！"

"我们从什么时候开始？"劳拉恨不得马上就动手，媚告诉她学做中餐，必须要用中国的佐料，就顺手把店的地址和电话号码写给了劳拉。又告诉劳拉要买些什么配料，劳拉记不住中国单词，让媚给她写在纸上，什么豆瓣酱、酱油、麻油、豆腐、豆芽等。

星期天上午，劳拉在家里打扫卫生洗衣服，孩子在他房间里玩耍，Angel 一人开车去媚上班的店里买中国佐料和蔬菜。当他来到店门口，看见不少中国人在挑选自己喜欢的食品，并没有注意店里是些什么人，直接拿起一个绿色的塑料篮子，把要买的选好放进篮里，走近收银台排队准备付钱，当他把钱递上，抬起头来一下愣住了："啊，怎么会……"

娇简直没有想到，竟然在自己店里遇见了 Angel，她怕自己的失态引起店里中国人的注意。只是礼节性地打了个招呼："你好！"

正在仓库里理货往外面补货的阿杰，他已经感觉到顾客那不同寻常的惊讶声有文章。不过，他没有正面去打扰二人，而是站在远处观察事态的进展。

Angel 惊诧地望着娇，他又觉得奇怪，难道娇真记不起他来？娇淡漠地跟他打招呼，他却热情地喊道："娇，我是 Angel 呀！"

店里中国人各自买完东西，并没有注意这眼前的西班牙人，还以为他是店主的老朋友，付了钱陆续离开。

这时的阿杰已明白眼前发生了什么，媚却什么都不知道，当她从里边出来看到 Angel 提着满满一篮子中国食品，站在那里傻呆呆地看着娇忘了付钱时。

"Angel，你怎么啦？"媚诧异地问道。

"媚，你也在这里？喔，没有什么。"这时，他才反应过来看着媚。

这下又轮到娇疑惑不解，不过她反应很快，因为早就听媚说过，她在一家西班牙家庭教中文。娇可做梦也想不到，五年后却在自己的店里见到了 Angel。

阿杰进到收银台里："娇，让我来好了。你去外面酒吧请这位先生喝一杯，多年的老朋友了。"

娇非常感谢阿杰这时给她解了围，使她很快缓解了尴尬。不过，她没有马上接受阿杰的建议。

阿杰知道娇非常为难，怕他面子上过意不去。他干脆直接来到娇面前给了她一个轻轻的吻："亲爱的，你放心去好了，这里有我还有媚。"

阿杰的举止不外乎就是让 Angel 看，我们已经是夫妻，即使对方旧情复燃，也不至于还会怎么样。

其实，阿杰的担心也不是没有道理，自己的女人和一个西班牙男人生了孩子，说不准哪天孩子出现在他们身边，一家人又和好如初，那自己岂不鸡飞蛋打。倒不是阿杰缺乏自信和心胸狭窄，这事放在谁身上都一样，不愿意看着自己喜欢的女人被别的男人抢走。

娇深情地望了阿杰一眼，似乎叫他放心，随即出了收银台，先出店来到街对面一家小酒吧坐下，为自己要了一杯可乐，Angel 把买的东西放进车里，也进了酒吧要了一杯啤酒。

还是 Angel 打破了沉默："娇，你过得还好？自从你离开我以后，我拼命在找你，这些年你去了哪里？为什么不跟我联系，你是知道我学校的。"

娇没有说话，只是抬起头看了看 Angel，眼前她曾喜欢过的西班牙男人，尽管岁月在他的脸上留下了不少风霜，但还是那么英俊潇洒。

这时她又想起早些年失踪的孩子，而孩子的亲生父亲就在她面前。生活跟她开了一个不小的玩笑，让旧爱又重新出现在她的身边，说实在的 Angel 出现在她眼前的那一瞬间，情感的波涛一时撞击过她的心扉，不过还未来得及多想，却被阿杰从困惑中解脱出来。

她应该感谢阿杰，是他的信任给了自己勇气，不然她真不知道怎样去面对这个眼前失踪了那么多年，而至今还深深爱着的男人。

Angel 听娇把这些年分开的情况叙述了一下。但是 Angel

没有告诉娇他们的孩子就在他身边，而且与劳拉生活在一起。Angel 出自什么原因不告诉对方，也许是因为看到娇已经有了属于自己的家庭和爱人，刚才在店里他已经明白了娇的近况，所以他不想让孩子的出现打乱了娇正常的生活。

不过，就在他们要道别时，Angel 犹豫片刻之后，还是把自己的手机号码留给了娇。

Angel 回到家，看见劳拉正在客厅里辅导孩子给画上色。

"亲爱的，那家中国店离我们家很远吗？"劳拉说话的语气总是很婉转，不是那么直截了当的。孩子看到 Angel 提着大包小包吃的东西，快乐地跑到爸爸身边："爸爸，你去中国人的店，为我买了什么好吃的回来？"孩子把劳拉的问话给打了岔。

"当然，孩子。你最喜欢吃的果冻，还有山楂片。"Angel 把孩子吃的零食拿了出来，Angelito 拿着他喜欢吃的说了声"谢谢爸爸"，又懂事地给了爸爸一个吻。

Angel 进到厨房，整理着买来的东西，心里也想着是否应该把看到娇的事对劳拉说。他这时又想到，两个女人都是善良可爱的，他不应该让她们再为自己操心和承担责任。所以他放弃了把遇见娇的事告诉劳拉，再说从目前情况来看，两个家庭都很幸福，没有必要再节外生枝，让烦恼去打搅眼前正常宁静的生活。

二

娇和 Angel 的不期而遇，让娇心境不再平静，情感也随着掀起风潮。但凭她的判断没有错，看得出 Angel 心情是平和的，从他买的那么多东西也看出他不是一个人生活。

"亲爱的，你还好吧？"阿杰意指娇遇见 Angel 之后的心情，他没有半点埋怨的意思。

"我没有什么，你放心好了。"娇当然知道阿杰话中的弦外之音。

娇嘴上说没事，可孩子毕竟是她和 Angel 两人共有的，这份牵挂不是说想忘掉就能忘。不过她非常明白，既然过去那段感情已经被自己破坏，就没有必要再去追究，也没有权利再去过问对方生活的好与坏。

"请问有中国大螃蟹吗？"远处一个上了岁数的男士手提塑料篮，在问收银的娇。

"……"娇此刻没有反应过来。

阿杰听见走到冰箱前："请问你要几个？"

"多少钱一只？来四只好了。"顾客没等回答就决定了要买的数目。

"900 西币一只，一共 3600 西币。"阿杰把螃蟹放进顾客的塑料篮，顾客付完账，娇说了声："谢谢！"目送顾客出了店门。

这些年来，阿杰的爱和肚量，使娇走出对孩子思念的痛苦，如果没有阿杰在旁，她不知道自己又是怎样打发那些郁悒的时光。

"你不舒服就去酒吧喝一杯，散散心！"阿杰知道娇在想什么。

"还好，没什么。"娇感激地看了阿杰一眼，又忙活去了。

晚上回家后，娇仔细地考虑着是不是给 Angel 打个电话，可也不知道从何说起。媚曾告诉过她，Angel 和另外一个女子组有家庭，并且身边还有个孩子，那就更不应该去打扰对方的生活。但娇还是有些不明白，Angel 既然和西班牙女子生活在一块，孩子肯定是他们共有的，既然是他们共有的，那就应该是西班牙血统的孩子，为什么非要让孩子学中文？是否 Angel 还怀念着与自己相恋的那段旧情，而让孩子学中文？谜一样的猜测又使她不安起来。

一个周六晚上要下班时，媚忙完活和娇又闲聊起 Angel 来。Angel 目前在电视台工作，正忙着拍一部反映中国人在西班牙的纪录片。媚确实不知道，娇和 Angel 之间那段情感纠葛是咋回事，Angel 和劳拉身边的孩子怎么就是娇的。

"娇，Angel 的孩子非常聪明和漂亮，他的太太也很漂亮。"媚口口声声夸耀着 Angel 的家庭美满。她和娇相处得不错，所以没有叫老板娘，娇也不习惯别人称呼她老板娘，她觉得这样叫她，把她身上仅有的那点文化气息全染上了铜臭味，媚叫她名字时反觉得有一种亲切感。

"媚，Angel 的太太在哪里工作，叫什么名字？"女人也好，男人也罢，对自己过去曾经爱过的人，甚至还存留一份情感时，总想知道更多，此刻的娇没别的意思，只是好奇罢了。

"叫劳拉，在医院工作。"

"你再说一遍，她叫什么？"就算说者无心，听者绝对是有意的。

"劳拉啊！"媚这时倒有一点奇怪了，娇干吗那么紧张？娇思忖同名同姓多的是，可这个叫劳拉的女人怎么也在医院工作呢？世界上不可能竟然有那么巧合的人和事，她不想再打听下去，再问就会引起媚的怀疑了。她想媚即使知道也不会对她造成什么伤害，只是不愿让外人知道自己过去那段生活。

"看那天你的神情，好像你们早就认识似的。"媚似乎看出其中一点苗头。

"阿杰，那豆腐什么时候送来？"娇故意打岔，回避媚的问话。媚不是笨人，很识相地离开柜台干活去了。

"昨晚就打了电话，说好要送来的，再等等看。"阿杰在里面清理货。

手上的活一闲下来，娇心里的疑虑和不安多少又会流露出来，至少与当初见到 Angel 那种不安完全不一样，这是一种揪心的牵挂，是一种母亲对孩子思念的疼痛，许久没有这样的感受了。

娇没把这事告诉阿杰，在事情还不清楚时，她不想去惊动任何人，尽管她是爱阿杰的，也不想对阿杰隐瞒任何事情。

"老板，豆腐来啦！"一个年纪不小的男人端着一大筐新鲜豆腐走进门来。

"要关门了，咋来这么晚？"阿杰从里面出来接手豆腐。

"对不起，路上车太多。"

"一共多少钱？"娇明知故问，要掩饰一点她内心的不安。

"你看你，又不是第一次送了，还不是老样子。"

"……"娇没有辩护，从钱柜里拿出一把零钱给送豆腐的人作为小费。

"谢谢！"送豆腐的离开了货行。

三

娇原来打工处的老板娘的孩子，折腾很长时间才从西班牙女人 Carmen 那里领了回来。她心想一旦找回自己的孩子，宁肯自己辛苦些，无论如何不会寄养到西班牙人家里去。因为，那段打官司的阴影始终笼罩着她，她就想不明白西方人哪来那么多的爱心，不是自己生的孩子也要去领养。就连一些家境并不宽裕的家庭，他们已经有了自己的孩子，却大老远地跑到中国去领养孩子，你说你领养健康的孩子也就罢了，可他们甚至领养被父母遗弃的残疾孩子。这种博爱的崇高精神，不是每个人都有的，与其他国家相比，西班牙是全球最富有同情心的一个民族。

娇触景生情，想当初自己亲生的孩子也被轻易抛弃，比起西班牙人的爱心来自觉惭愧，她开始怨恨自己。那些动物生了自己的幼崽，还会知道如何去护养，如果有人去伤害它们的幼崽，便会发出怒吼尽全力去抵抗。回想自己不但没有保护好孩子，甚至将他遗弃，至今还不知道孩子的下落，怎不教人悲哀！

Angelito 老是吵着要吃馄饨。媚还没有来得及教劳拉做馄饨，他们不知道馄饨做起来也很麻烦。Angel 听从了劳拉的建议，说是在她们医院附近有一家中国餐馆蛮不错的。一家人进到餐馆午餐，Angel 为孩子和自己点了馄饨，劳拉点了自己喜欢的菜。

"味道怎么样，第一次到我们餐馆就餐吧？"娇原来的老板娘上前问道。

"不错。不过我们想学包馄饨，因为孩子总在家里闹着要吃馄饨，平时我们都要上班，没有时间带他出来吃饭。再说孩子也要上学，离家比较远。"劳拉不失时机对餐馆老板娘讨教做馄饨的方法。

"我教会了你们，你们就不会到这吃馄饨了！"老板娘俏皮地开着玩笑，继续说："请别介意，我是说着玩的！让我来教你们。这个很简单，只要去中国货行买来馄饨皮，再买些肉末做馅儿包起来就可以了。对不起，你们先等一下……"老板娘说着去了厨房。

Angel和劳拉对望了一眼，不知道餐馆老板娘要做什么。只见老板娘从厨房出来，手里拿着一小叠黄黄薄薄的方形面粉皮，接着掀开一张给他们看："喏！馄饨就是用这个做起来的，先在肉末里加上一点水，少许盐、生姜搅拌，然后再把这馅儿包起来，在水中煮熟……"

"这太麻烦了，太麻烦了！"Angel和劳拉不等老板娘说完，不约而同地说。

"别急，别急！可能在中国食品超市也有现成的，不过，冷冻的馄饨没有现做的好吃。"难得有那样热心和耐性的老板娘滔滔不绝地给他们介绍。

"谢谢！"尽管西方人喜欢吃中餐，但让他们自己动手做，一般是不会有兴趣的。

　　但劳拉为了 Angel 和孩子，尽管麻烦她还是想学，Angelito 再跟她闹馄饨吃，就不用去中国餐馆了。至少她对学中餐有兴趣，Angel 一直都喜欢吃中餐，更何况学会一门烹调技术没有什么不好，医院的同事三天两头嚷着让她请媚来教她们做中餐，她学会就可以给姐妹们露一手了。

　　"我原来开过一家货行，不过早已转让，目前有一对夫妻在做，这是地址。"老板娘絮絮不休地说着，便从腰袋中掏出一张小纸写上地址给了他们。

　　"谢谢您。"劳拉接过看了一眼，她也没太注意就给了 Angel，Angel 一看就知道是娇开的那个店，只是没有说出来。想到总有一天劳拉会知道娇在那里的，一切都顺其自然比较好。生活中往往就有那么多的偶然和巧合，无巧不成书是经过多少实践总结出的经验。

　　Angel 付完账单，谢过老板娘之后，一家人开车回去。在路上劳拉问现在要不要去中国货行买馄饨，Angel 心知肚明，心想什么事不要太着急，如果今天让劳拉看到娇，孩子又在身边，对娇来说这事太突然，那场面会使人万分尴尬。

　　"亲爱的，今天我们就不去了。回到家里我还要赶写一篇文章，我们改天去好吗？" Angel 一直在回避也有他的道理。

　　"亲爱的，那我们今天就不去了。"劳拉的性格一向是非常温顺的。

　　"爸爸，妈妈，你们能把车开快些吗？我回家还要看动画片呢。" Angelito 也在旁边叫着，劳拉就更没有理由不早点回家了。

"好吧，亲爱的，我们这就回去！"劳拉在孩子小脸上亲吻了一下，Angel 立即稍微踩紧油门，车子便快速驶去。

四

时间过得很快，转眼间半年又过去了，Angel 几乎没有再去娇的店里买东西。但是，娇却盼望着他出现，因为她想有机会当面问 Angel，还有那个叫劳拉的西班牙女子，是不是她要找的劳拉，如果是的话，那么他们身边的孩子无疑是她的孩子了。

随之她又对自己的分析打了问号，即使劳拉是自己多年要找的女子，那么孩子也不一定就是自己的孩子。她清楚自己离开他们时，孩子身体并不是那么好，谁知道这些年来孩子是否还存活人世……她不敢再往下想。尽管 Angel 没有来店里买东西，媚却时常捎些食品带给他们。这天，媚从冰箱里拿出两包馄饨皮对娇说："Angel 一家人真够中国化的了，不仅学会了包馄饨，还要我教他们包饺子，尤其是那个小家伙，特别喜欢吃馄饨。"

"钱就不要了，送给他们好啦。"娇动了真情，为 Angel 一家免费送。

"啊，这 Angel 和孩子真幸福。"媚故意贫嘴。

"媚，孩子几岁了，你说他长得像父亲还是母亲？"娇真的关心起这个孩子来。

"6 岁了吧。长得像谁……"媚迟疑着，判断不出孩子究竟像谁，随意回答着娇："西方孩子不像东方孩子也不像，我看倒蛮像混血儿的。"她说完便提着东西去了 Angel 家里。

娇在心里掐算着孩子的年龄，尽管孩子离开她那么久，但自己生的孩子绝不会记错的，Angel 和劳拉的孩子刚好与自己的孩子一样大，难道这又是一个巧合，这下她更相信自己的猜想没有错了。但这事不能太着急，如果自己感情用事会弄巧成拙，让阿杰知道了还认为她整天心思都放在 Angel 和孩子身上，她相信总有一天会真相大白的。

多日以来，阿杰也看出娇心事重重，Angel 的出现才使她情绪反常，不过，又看不出娇与往常对他有什么不同，尤其在感情上没有什么变化。

自从娇把孩子的事告诉阿杰以后，她心里似乎轻松不少。于是，他们计划明年春天先把新房子买妥，搬进去安顿好以后，打算要一个孩子，如果一切顺利，那么圣诞节后娇就可以走出月子了。到时把自己的母亲接过来，让老人家替他们带孩子，他们小俩口就好安心赚钱了。

她有了自己孩子被西班牙人领养走的教训，绝对不会重蹈覆辙把孩子给外人带了。况且自己快三十岁了，不算小了，没有精力再去打官司，更不愿意去重温割舍亲情煎熬的日子。

只是阿杰没有想到，娇已经揣测到孩子在 Angel 身边，而且与他们同住在马德里，娇并不是故意想瞒着阿杰，只是机会还没到来。

这是一个星期五的傍晚，媚带着劳拉和孩子来到了店里，刚进门就兴奋地喊着："娇，我来给你们介绍一下，这是劳拉，这是她的孩子 Angelito。他们母子早就要我带他们到店里买东西，还说要认识认识我的老板娘。"媚的介绍，同时让两个女人呆若木鸡。

"娇，真的是你吗？这些年我一直和你的孩子生活在一起。"劳拉立即转向孩子。"快叫妈妈！Angelito，这是你的娇妈妈，是你的亲生妈妈！"劳拉的大度、无私和善良，把知情者的阿杰也惊讶得说不出话来，他真的好感动。

"……"Angelito 一下子也呆住了，躲在劳拉的身后，一直在听着大人们说话，在他记忆里根本不知道眼前这个中国女子竟然是自己的妈妈。他望了望娇，又看了看劳拉，不明白一瞬间又多出来一个妈妈。

"孩子，我是你的妈妈呀！妈妈对不起你，孩子！"娇抱着孩子放声大哭起来……过了一会儿她站起紧紧拥抱着劳拉："劳拉，我真不知道怎样来感谢你，感谢这些年来你始终把孩子带在身边。"

"娇，不要那么说了，我尽管是一个孤儿，从来没有看见过父母，也不知道他们的身世，但我非常理解父母想见到自己的儿女的心情。"

媚没有想到意外地帮助劳拉，却促成娇找到了自己失散多年的孩子。不过对她来说，其中的奥妙令人难以置信。

不远处，阿杰一直在看着眼前发生的一切，不想走过去破坏娇母子相见的感人场面，尽管他内心有那么一点说不清道不明的滋味，但他还是真心希望娇早日找到孩子。阿杰是一个知情达理的人，知道爱一个人，就应该接受她的全部。金无足赤，人无完人。

"阿杰，你过来！她就是我常给你提起的劳拉，这是我……我要找的儿子。"娇想说和 Angel 的孩子，但她很快改口称她的儿子。阿杰大方和劳拉握手，抱起孩子亲了一下。

"娇，今天我们早点下班，去餐馆庆贺一下你们母子团聚。"

娇感激地看着阿杰，说了声谢谢，不由自主，两眼充满了幸福的泪水。

劳拉记起 Angel 外出采访还没有到家，拿出手机告诉他今晚不要等他们，但没有告诉他是娇请客，她想和娇多待一会儿谈谈孩子的事，所以她不想让 Angel 加入进来。

不管怎样，是她先认识娇的，在修道院与娇有过几天的接触，当时 Angel 在哪里？他难道就没有责任了吗？娇抛弃孩子为什么不领走孩子？她一定有自己的难处。再说孩子是她从修道院领走的，一定要给娇一个解释，所以她希望和娇好好谈谈，也希望娇能原谅她。如果当初劳拉不把孩子带走，娇早就领走了自己的孩子，也不至于直到今天才见到孩子，所以劳拉心里是有点亏欠娇的。

其实，娇已经从 Angel 和媚那里知道了一些劳拉的情况，不过，她不知道她要找的劳拉与 Angel 有什么关系。如果不是那天 Angel 来店里买东西，事后又听见媚说劳拉，她无论怎样都想不到眼前这一家子，竟然与自己有那么多理不断的联系。

Angel 没有把来店里买东西见到自己的事告诉劳拉，那 Angel 为什么一直没有对她提起他们的孩子，也可能不想让劳拉很快失去孩子，毕竟是劳拉把孩子一手带大的。世界上就有那么多不可思议的必然，那么多的传奇，偏偏都让他们遇上了，也许这就是上帝特意为两个女人和两个男人所安排的悲喜剧。

五

"亲爱的，你是不是早已经知道娇，你为什么不告诉我呢？"劳拉躺在 Angel 身边想着自己这样遇到娇，晚上睡觉时问起 Angel 来。

"亲爱的，你知道了就好，不是我不愿意告诉你，我真是不想打破了这份宁静生活，Angelito 是你带大的，他应该属于你。"Angel 早已猜想到劳拉总有一天会知道的，只是没有想到媚带上她和儿子，那么快就上门见到了娇。

"Angel，你不能那样说，孩子是你和娇的，看得出娇仍然爱着你……"劳拉想着自己似乎又要成为孤独一人，心里多少有些伤感，把要说的话又咽了回去。

"亲爱的，你放心好了，我不会离开你的。再说娇也安了家，即使孩子……"Angel 不愿意再说下去，那毕竟也是自己的孩子。

"不过，孩子未成年，根据法律会判给娇的。我和娇也算相识一场，是我的错，当年不应该私自领走孩子。"话虽这样说，劳拉无法控制眼泪在眼中打转。

严格说来，劳拉从修道院把 Angelito 领养走，虽然没有得到孩子父母的签字认可，可当时父母不在场，也杳无踪迹。根据事实，孩子多年前被生母遗弃，劳拉这些年来抚养 Angelito 期间，也没任何人来索领。无论从法律或道义来讲，被同情的是劳拉而不是娇。

如果让孩子自己做出选择，孩子一定会选择劳拉的。

由于西方法律认可孩子在没有成年期间应该随母亲生活，孩子究竟判给谁？从道义上来说，Angel 和劳拉已形成合法的婚姻，而且 Angel 是孩子的生父，孩子一直跟着劳拉生活，判给劳拉也是合情合理的。

当晚，这件事把两人的心搅得七上八下，灯开着也没有关，劳拉也睡不着，不知道明天怎样去面对现实，整夜都在胡思乱想。因为她没有通过娇的同意就把孩子领走。倒不如做得大方些，索性把孩子还给娇。但是她不知道 Angel 会做出怎样的选择，还有他的父母又是怎样的态度，这对 Angel 来说也是一件棘手的事，一边是妻子，一边是过去的恋人，孩子又是与恋人所生。

Angel 也同样踌躇不定，想过孩子跟自己过了那么多年，一旦把孩子让给娇，感情上也难以接受。不管怎样这事已经发生了，如果说错那就是当年不应该与娇过早偷吃禁果。他权衡自己究竟是爱劳拉还是娇，结果，爱的天平最终倾向了劳拉，因为时间和距离已经把他和娇拉得太远太远。

Angel 想把孩子的事告诉父母，西方家庭尽管以个体为小单元，但在尊重父母的前提下还是应该让他们知道，何况孩子的基因里也有他们不可分隔的一部分。再说，眼前发生这样的大事，无论从感情还是家族的角度来看，将此事告诉父母都显得顺理成章。

某个周末，Angel 独自开车去了父母家里，他没有让劳拉和孩子同去，因为孩子大了听得懂大人在说什么，他不想让孩子幼小的心灵上留下阴影。去之前当然与劳拉商量过，孩子虽是他们的，但也是爷爷奶奶的，他没有权利私自去处理孩子的抚养权。

"孩子，你说什么，你是不是疯了？你为什么要放弃做父亲的责任？"当 Angel 的母亲听到儿子要把孙儿还给娇，一个他们只见过一次面的中国女子，感情上自然无法接受。

"孩子，当初你母亲和我尽管没有接受娇，是我们对不起她，但她主动放弃了抚养孩子。如果没有劳拉，这孩子还不知道什么样、在哪里呢？"Angel 的父亲也动了真情，不想放弃孩子的抚养权。

"可爸爸妈妈，那也是娇的孩子，再说孩子还没有成年，在法律上她是优先的。"

"我们尊重法律，但孩子我们要定了。你既然回来与我们商量，那就要听取我们的意见，你总不能擅自做主吧？"

"孩子，让我们亲自去告诉娇，再给她一笔钱让她放弃孩子，你看这样行不行？"Angel 的父亲想用钱来解决这件事。做父母的总带有感情偏差，袒护自己的儿女，不会更多去考虑他人的感受。

Angel 听见父亲想用当年的方式来买断孩子与娇的关系，自然认为不妥，这样对她的伤害就更大了。假如当初不是他们百般反对，就不会有今天的后果。再说，孩子是她亲生的，她有权利去争取。Angel 一时无法说服父母，想自己去找娇商量，但不知道用什么方式最好。Angel 离开父母开门出去，只听到母亲在后边对他说道："我们见不到孙子，那你也不要再进这个家门，前些年你没有回来，我们不照样过得好好的。"

Angel 懊恼地离开了家。

第八章

一

阿杰问娇什么时间把孩子领回来，娇一时无法回答，因为当初是自己主动离开孩子的，尽管自己又回到修道院去找过。如今，劳拉并没有回避这一事实，也没有自私想把孩子占为己有，而是主动把这些年来孩子的生活和她的身世告诉了自己。直接把孩子领回家，在道义上也说不过去，再说，必须要通过法律程序才能决定。

回头一想，孩子果真被领回家，阿杰又是怎样的反应？孩子毕竟是一个混血儿，跟他们在一块生活，将来一旦回到保守的家乡，怎样去面对亲友，如何向父母交代，这都是预先必须慎重考虑的事。虽然阿杰曾许诺过自己，只要是属于她的他都能接受。

一个在中国封建礼教农村长大的中国男人，该怎样去面对自己的老婆带着与别人生的孩子一起生活。娇问他："如果我不放弃孩子的抚养权，你会接受这个孩子吗？"

"当然会。但总希望有我们自己的孩子。"娇听完阿杰的话心里多少有数。不是阿杰心胸狭窄，他强调有我们自己的孩子是理所当然的想法。

"阿杰，你放心好了。"娇没有再对阿杰多说什么。

最终，Angel还是上门找到娇："娇，对不起，是我给你和孩子带来那么多的麻烦。这些年来让你无限地牵挂着孩子，是我没有给你和孩子一个安稳的家。""Angel，那也不是你一个人的错，当年如果我把孩子一直带在身边，就没有今天那么多的苦楚。不过，我还是想把孩子领回来，你要知道为了孩子，我已经跟家人闹翻了，至今父母还不认可这个孩子，我总不能失去他们，又让我失去孩子。"

"娇，我非常理解你的苦衷，孩子你抚养还是我抚养都没有关系，再说孩子无论跟谁，你我都可以随时来看孩子，你说呢，娇？只是我父母亲无论如何都不愿意放弃对孩子的抚养权，你看……"Angel的话合情合理。

娇听着Angel这样说也没有认为有什么不好。只是提到他的父母，娇火气又上来："孩子，孩子，当初他们为什么不要孩子，孩子生出来他们在哪里？你又在哪里？他们如果非要与我争这个孩子，那我也不会让步的。"

刚开始，娇听到Angel的话，心软了下来，觉得孩子归谁都可以，竟然想不到他父母又在中间插一杠，使她彻底放弃了开始的决定。

"娇，你不要发那么大的脾气，我再去给父母做做工作。"Angel没有想到，几年不见，娇脾气变了那么多，在无可奈何的情形下他只好离开。

他心里很不愉快，回家看到孩子和劳拉在客厅里看动画片，打了一声招呼进到书房。

　　"爸爸，你为什么不高兴？你难道不要我了吗，还有妈妈？"小精灵特别聪明，很会察言观色，立刻跑进书房拉着爸爸的手。

　　"孩子，没有啊！爸爸有点累。"父亲疼爱地抚摸着儿子的头。

　　"亲爱的，你不能这样对待孩子，孩子是无辜的。"劳拉也来到 Angel 的身边，她知道 Angel 一定遇到了什么事情，此刻她埋怨起自己，都是那天她带着孩子去买什么馄饨皮，不然他们也不会在那里遇到娇。

　　"这事真不知道该如何解决是好，我说服不了父母，同样也说服不了娇。"

　　"亲爱的，请你原谅都是我的不好。"

　　"不！劳拉，这不是你的过错，错的是我。目前父母的工作没有办法做，让我们给老人一定的时间去考虑。"

　　劳拉告诉 Angel："现在西班牙许多家庭到其他国家领养孩子，我们是不是也到别的国家去领养一个？"

　　Angel 没有想到劳拉会这样想："亲爱的，只要你愿意，我们去领养一个也好。不过小 Angel 也是我的，放着自己的孩子不要，却领养别人的孩子，即使我同意，父母也不会同意的。"

　　"亲爱的，当初是你父母不接纳娇的，眼看孩子要生了，他们也没有想办法去找找她啊！" Angel 没有理由反驳劳拉，一时真不知道该怎么办是好。

　　Angel 这时又想起娇曾问过他："Angel，如果有一天，我和你母亲掉进河里，是先救你妈妈，还是先救我？" Angel 不明白中国人为什么要在妈妈和恋人间作出如此荒唐的选择。

"娇，我不希望你和妈妈掉进河里，希望你们都好好的。"西方人的单纯和善良，让他们只愿看现实，不愿动脑筋花在虚拟的假设上。

"Angel，如果真的有那么一天遇到了，你说说究竟先救谁？"

这一下 Angel 想都不想就说出："那……谁离我近我就先救谁。"娇说不上是失望还是理解 Angel 的话。可眼前的 Angel 真的好难，父母为他操心了三十多年，如今还要为解决孙儿抚养权纠纷而劳神。

"亲爱的，我看这件事还是交给法律去处理好了，免得我们再去错一次。"劳拉听着 Angel 的话也有道理，那就顺其自然好了，不过她心里多少还是感到这事的确难以两全其美。

二

坐落在 CASTILLA 广场的法院大门口，整天是人山人海，本土的、外来移民穿梭不停，这里总有打不完的官司，处理不完的民事纠纷。

一年以后，孩子的抚养权纠纷最终还是交给法院判决，媚陪着娇早早到了法院门口等待，劳拉和 Angel 先后赶到，他们一下汽车，娇就看见 Angel 的父母也从车上下来，但她没有主动上前打招呼。

劳拉却走到娇的身边："娇，你好，真对不起！"又和媚打了招呼，重新回到 Angel 和他的父母身边。

　　法院开庭是在三楼通道里的一个大房间里，一进去正面墙上挂着西班牙国王璜·卡洛斯的巨大肖像，前面是法官的座席，左边是女检察官，右边是书记员，其次是劳拉的律师和娇的律师。法官、检察官以及两位律师都穿着黑色的长袍，看上去很威严。中间有四排听众席位。两个家庭陪审团分别坐在了头两排席位上，后边已经坐了不少听众。

　　"娇，你是哪里人？"法官用西班牙语问道。

　　"中国人。"

　　"孩子是你和 Angel 生的吗？"

　　"是的，法官先生。"

　　"那么，为什么这么多年来孩子一直没有在你身边？"

　　"那是因为我没有办法，暂时把孩子寄养在修道院，劳拉可以作证。"娇看了一眼劳拉，希望从她那里得到一点帮助，劳拉没有回应，但还是给娇一个同情的眼神。

　　"那后来为什么不领回孩子抚养？"

　　"半年后我重新去过修道院，院长告诉我孩子已经被劳拉带走了，回到马德里我没有放弃找孩子，但一直没有找到。还是前不久我才和孩子见上面……"娇把事情发生的原委一股脑儿搬到法庭上。

　　"劳拉，你是哪国人？"法官转回来问劳拉。

　　"法官先生，我是西班牙人。"

　　"法官先生，我的当事人是哪里人跟本法庭判决没有直接的关系。"劳拉的律师对法官提出了抗议。

　　"你为什么领养别人的孩子？"

"我是一个孤儿，不想看到孩子像我一样一出生就没有父母。当时，孩子来到这个世界我一直在他身边，娇住院期间都是我负责照看的。"

"那不是领养，领养是有法律程序的，再说，你并没有孩子母亲签字同意的领养证书。"

"法官先生，我的当事人现在就想合法地领回自己亲生的孩子。"娇的律师直逼着法官回答这个问题。

这时，听众开始议论起来，下面不再安静。

"肃静！"法官下令维持秩序。

"孩子出生后，如果母亲没有尽到责任，那孩子当初由谁领养，目前还是应该谁有抚养权。"女检察官发话。

"请求法官先生，我的当事人本意没有遗弃孩子，的确是因为她自己都没有一个稳定安顿的地方，才不得不把孩子暂时放在修道院。再说这些年来，我的当事人始终没有放弃找孩子。"娇的律师尽量想说服法官。

"孩子的母亲既然没有能力照看自己的孩子，在法律上来说就是她自己放弃了孩子。"女检察官始终不让步。

听到这里娇失声痛哭起来，媚没有经历过这种场面，真不知道该怎样来安慰她，只见她掏出包里的餐巾纸递给娇，让自己的肩头给娇一个依靠。

"今天暂时休庭，原告和被告听候最后裁决。"法官宣布退庭离去。

听众渐渐散去，Angel 随着父母走了出去，劳拉再也没有来到娇的面前，只见她低着头从椅子上站起来，尾随在 Angel

一家人后边。

娇还沉浸在悲痛中，她的律师也告辞离开法庭，媚让她坐在椅子上休息一下。

这时，Angel 的父亲走到娇的身边，似乎带着理解和同情般地说道："孩子，事情既然这样了，我们给你一笔钱，你就放弃好了。"Angel 的父亲还是舍弃不了孙子，旧戏重演。不过，他多少还是有些可怜娇。

娇一听又是钱，气得她硬邦邦地蹦出几句中国话："钱、钱，当初你们，你们为什么要阻止我和 Angel 结婚，孩子生下来你们又到哪里去了？现在你们才来帮腔，谁稀罕你们的臭钱！"

在场所有的人，被娇的愤怒搞得十分尴尬。媚一直陪在她的身边，劳拉和 Angel 感到无地自容，这个时候是不可能靠近娇的。

Angel 的父亲其实也没有什么恶意，只是没有想到他的好心却伤害了娇的感情。当年他就是用钱结束了她和 Angel 的爱情，今日又用钱来解决孩子的抚养权。他不是不知道，世界上哪有母亲不认领自己亲生孩子的道理？

自从这次开庭以后，娇心里多少也知道自己会输给劳拉的，西班牙法律看重的是事实，而不是感情。

她又有一点悔恨自己当初为什么要把孩子生下来，孩子生出来以后不该把他留在修道院。她想想当初如果接受 Angel 的建议，孩子谁来抚养都没有什么关系，大家至少还保持着朋友关系，两家友好往来孩子早晚还看得见。国内的父母至今还不原谅自己早年的选择，如今孩子也得不到，近在咫尺却难以朝夕相见。

这些日子，娇的脾气越来越暴躁，做起事来丢三落四，饭吃不好，夜里常失眠，有时要靠安眠药才可以入睡。

阿杰看在眼里疼在心上，总想做些补养身体的给她吃，有时他也想，为什么非要娇给自己再生个孩子，男子汉大丈夫就应该大气些，孩子要不要没有关系，万事顺其自然不要强求，二人世界没有什么不好。

他尽量安慰娇，使她早些走出失去孩子的阴影。"娇，孩子目前过得很好，再说法庭还没有最后判决。即使孩子回不到我们身边，日后你没有孩子我也不会怪罪你的。还是自己的身体要紧，我给你炖的鸡汤喝一点。"阿杰是一个好丈夫，对娇体贴入微。

娇躺在阿杰怀里放声大哭，自己惹下的感情祸根，没想到还要让阿杰来给她分担："阿杰，我对不起你，请你原谅。"娇哭完之后心情轻松了许多，不过，她还是期待着法庭能给一个圆满的判决。

三

又是大半年过去了，娇和阿杰住进了新房，那是马德里近郊住宅区公寓楼房的一套两室一厅，浴室、厨房一应俱全，他们终于有了自己的家，心中感到非常踏实和温暖，娇的心情也因之好转起来。不久后，娇怀上了阿杰的孩子，对他们来说，可算是双喜临门。这样多少也减少了娇对孩子的思念。阿杰总算看见娇脸上露出一丝笑容，阿杰是最快乐的，因为他不仅有了自己的孩子，又看到娇像过去那样在店里忙里忙外，一切又恢复到和往常一样。

一天阿杰对娇说："是男孩就跟我姓，女孩就跟你姓，不管是男孩还是女孩，名字都叫 JiaoJie。"娇问为什么起这样的名字？

"JiaoJie 一听起来就是我们两个人的名字呀，难道你真的不明白我的用意？"阿杰非常满足地看着娇，娇似乎领会也开心地笑了。

怀胎十月，娇生下一个七斤半重的女孩，样儿乖极了，娇陶醉在做母亲的喜悦里，也暂时忘却了法庭的判决。孩子一天天在长大，家里需要一个人帮忙，阿杰想雇用一个保姆在家照看孩子，可娇死活不同意。

"我为孩子的事已经伤心透了，不想再把孩子给外人带了，我自己辛苦点，总不至于担惊受怕、夜长梦多。"

"亲爱的，店里活那么多，你回到家里还要喂孩子，那身体吃不消的。"

"再等些日子，你父母的申请很快就会批下来。要不，你去买条背带，我把孩子背在身上，这样就解决问题了。"

"那怎么行！让西方人看见我们中国人这样带孩子成什么体统。你在家带孩子，我们再请个工人。亲爱的，你说呢？"阿杰说着给娇一个热吻。她想想也有道理。

数月以后，阿杰的父母拿到了家庭团聚签证，顺利来到了儿子身边。

"阿杰，我和 Angel 一家人的事，要不要告诉两位老人。"娇多少有点担心老人接受不了。

"过些日子再说，我们暂时不要去破坏这份宁静。"阿杰说的也有道理，两位老人刚来，对外面的世界一片空白，没必要给他们添乱。

时间一晃又过去了一年，等到第二次开庭，娇与阿杰的孩子都快两岁了。

这是一个秋高气爽的日子，阿杰陪娇到了法庭，劳拉和 Angel 一块来的，这次 Angel 的父母没有同来。

Angel 主动上来跟阿杰和娇打招呼，娇没有拒绝 Angel 的礼节亲吻，劳拉站在远处给娇一个友善的微笑，彼此不再像第一次开庭时那样尴尬。

大家进到法庭，台上坐的还是原来的法官和检察官，书记员换过了，双方的律师没有换，气氛似乎也没有上次那么严峻冷酷了。

只见法官正襟危坐，首先把案件内容和前因后果陈述了一遍，随即对着台下宣判："Angelito 是娇所生，但鉴于孩子出生以后，娇多年来没有尽到做母亲的职责。尽管劳拉领养的孩子没有履行法律程序，可孩子一直都是由劳拉抚养的，更何况孩子的父亲和劳拉也组成家庭，这样对孩子的身心健康都有好处。现在法庭正式宣布：孩子的抚养权暂时归劳拉，不过孩子的亲生母亲有权利去探望自己的孩子。将来，等到孩子成年时，由他自己选择归属哪家，其他有关细节由双方私下决定。如果你们还有什么疑虑，需要上诉必须在两个月之内。休庭！"

　　所有到场的人，压根都没有想到法官那么利落就作了判决，看着法官自信地离开了他的座位，大家还愣在那里。

　　娇被眼前的判决惊诧得说不出话，心一时被堵塞得喘不过气来，她没有想到这次法庭判决竟然那么快，她即使还想起诉，再对 Angel 和劳拉吼叫什么，一切都徒劳无功。

　　"亲爱的，我们回去吧！"阿杰挽着娇起身离座。

　　也许 Angel 父母没有再出现在法庭上，娇念及儿子还活在世界上，而且那么可爱，这对自己来说已经非常幸运了。就没有过分地再去为难劳拉和 Angel，阿杰爱抚着娇给了她一个深深的吻，他们正要离去。

　　劳拉这时来到他们身边："亲爱的娇，你放心好了，我们会好好照顾孩子的，我们也希望你经常来家看孩子，我们永远是朋友。"劳拉说着给了娇一个深情的拥抱。

　　Angel 走了过来："阿杰，谢谢你照顾娇，我们的家门永远为你们开着。"

　　娇情不自禁终于放声大哭，把这些年来心中凝结的委屈和悲痛全发泄出来，她哭过之后心情好了许多，大家安慰着她，直到 Angel 叫来的士，为她开门看着他们上了车，大家才分手告别。

四

　　春天的马德里，天气特别温和怡然，Angel 别墅的花园里笑声沸腾，今日野炊的有娇一家人，还有 Angel 的父母亲，媚也来了，并带来一个西班牙小伙子，这是她刚认识不久的男朋友，是 Angel 电视台一块工作的同事。

Angelito 和同母异父的妹妹在大人身边跑来跑去，劳拉看着孩子们玩得开心，突然说道："娇，最近我从媒体上看到不少美国人，还有西班牙人他们在中国领养了不少孩子，据说美国在 15 年中就领养了 4 万中国儿童，我和 Angel 商量了一下，如果可以的话再去中国领养一个女孩子，你说呢，亲爱的？"劳拉动情地望着娇。

"当然，如果你们愿意的话，我们也可以在中国大使馆打听一下，究竟需要哪些手续。"

"娇，不用了。你和阿杰够忙的了，还有 JiaoJie 需要照看，我们也打听到西班牙成立了一家保护儿童协会，需要什么从那里我们都可以知道的。"劳拉说道。

"是啊，不要太麻烦你们了。"今天最高兴的还是 Angel，他终于看见两个家庭和睦相处一块。

这时劳拉似乎又想起："娇，一个孩子太寂寞了，孩子连个伴儿都没有，你和阿杰不打算再要一个孩子吗？"

娇看了看阿杰，又看了看 Angelito 和女儿："我们不是已经有了两个孩子吗？不打算再要了，你说呢，阿杰？"娇把视线转到阿杰脸上。

"娇说得对！"阿杰领会娇刚才的话。

"还是娇聪明，一儿一女最完美，这还是她教我的呢！"Angel 的话把大家引得开怀笑了起来。

他又转身来问媚的男朋友："Jaimen，你们准备什么时候结婚，到时生几个孩子呢？"

　　叫 Jaimen 的年轻人不假思索地说："我们结婚一定要生 5 个，男孩子女孩子都没有关系，整天看着他们在花园里跑啊跳啊好快乐！"媚看着大家的打趣也会意地笑了。

　　"娇妈妈，我要吃烧烤。"Angelito 伸出小手要正在烤的羊肉串。"妈妈，我也要哥哥的羊肉串。"女儿跑过来学着哥哥的样儿。娇给了两个孩子各一串羊肉，又把已经烤好的给了大伙。

　　这时劳拉走来帮助娇把要烤的鱼片、鸡翅等放在火炉上："娇，还生我和 Angel 的气吗？"

　　"看你说到哪里去了？劳拉，我感谢你还来不及呢。"

　　"是啊，我们这样不是很好吗？有大爱才有真爱，娇？"

　　"是啊，劳拉，现在我感到好幸福、好快乐。"

　　"我和你一样，娇。"

　　站在一旁的 Angel 看到自己喜爱的两个女人，彼此相处得那么融洽，心里自然也是乐滋滋的。

　　一天，劳拉果然来到了西班牙保护儿童协会的办公室，负责人接待了她："请问你想要哪个国家或地区的孩子？我们这里有拉美、东欧、非洲、印度、中国的。""对不起，你能给我咨询一下吗？"劳拉没有直接说要领养中国孩子，她要听听自己的同胞对这个国际领养中心的一些看法和见解。

　　"根据我们这里领养孩子的经验，中国在领养政策上比较正规完善，没有欺诈什么的，截至今年 9 月底，西班牙全国共有 7000 名在华收养的小孩，是世界上收养中国小孩第二多的国家。不过还要看你自己的意见。"

"领养一个孩子，大约多长时间可以办好？"

"从递交申请开始，需要一定的耐心。"

劳拉想到过去西班牙家庭收养本地孩子，当孩子已经习惯了新的家庭，孩子的亲生父母又回头要把孩子领回去，结果还要法庭出面解决纠纷，这太麻烦了！劳拉认为领养其他地区的孩子比较踏实，今后不存在上述的问题，再说他们家里已经是一个中西混合的家庭，自然选择领养中国孩子。

"大约要多长时间，孩子可以到西班牙？"

"从申请和孩子到西班牙最少也要一年半的时间，现在需要填表吗？"

"给我一份，不过我要回家和先生商量一下。"她接手申请书谢过离去。

晚上 Angel 刚进家劳拉就对他说："亲爱的，我们是领养健康的孩子还是残疾的孩子？"劳拉把表递给 Angel。

"我们当然是领养健康的孩子，这样 Angelito 也可以跟她在一起玩耍。""亲爱的，我们还是领养一个残疾的孩子吧，我们不是经常在电视上看到美国人，他们领养的孩子许多都是残疾的。这些孩子更需要人类的爱，他们不能因为被亲生父母遗弃而永远得不到爱。"

"可是……"

"因为我是一个护士，我会好好照顾孩子的，我们的 Angelito 一样可以与她玩。亲爱的，你不会再有什么意见吧？"

Angel 是知道劳拉的，她是一个心地非常善良的女人，也许是从小没有得到过双亲的爱，而且特别喜欢孩子，如果有条件的话她希望把全世界的孤儿都领养回家。

"亲爱的，我只是怕累坏了你，既要上班还要看孩子。如果你觉得这样好，那我也没有什么意见。好在我们的 Angelito 已经长大，不需要我们过多地去照应，这次领养的孩子不要太小，稍微大些带起来容易。"Angel 心疼劳拉并关照她。

"我明白了。请你在这里签字好吗？"劳拉做通了 Angel 的思想工作，把表填好签上自己的名字，然后把表格和笔递给 Angel，他毫不犹豫地也签上了自己的名字。

"妈妈，你让爸爸签上名，那我也要签上自己的名字。"Angelito 跑来，说着去抢爸爸手里的笔。

"亲爱的孩子，你还小，等你长大有了自己的孩子你才可以签名，你现在还不可以。"孩子的话把两人逗得大笑起来，Angelito 不解地望着他们，也跟着傻笑起来，三人笑得滚在一起。

五

每年的 7 月至 9 月，是西班牙外出旅游的高峰期，马德里国际机场大厅里熙熙攘攘，等着行李安检排队的人开始蠕动。

Angel 提着一个简单的行李包，帮劳拉递上护照，办理好登机手续，他们来到娇还有 Angelito 身边，劳拉护着孩子："亲爱的，我去中国给你带一个小妹妹回来，你在家要听娇妈妈的话，放学回来和妹妹玩，可不要惹娇妈妈生气。"

"妈妈，我不要跟娇妈妈一起，我也要去中国。"

"Angelito 乖，长大了妈妈带你去中国，我很快就回来。"劳拉在孩子脸上亲了一下。这时离登机的时间不多了，娇从

Angel 手上牵过孩子，与劳拉道了再见，娇看着劳拉走出安全门消失在内厅，随即带着 Angelito 离开机场。

自从法院把 Angelito 判给劳拉以来，两家没有任何隔阂并和睦相处，娇每个周末都要把儿子接回家里，在中国家庭里他更容易学会中国话，不到几个月他已能说很多简单的单词。

Angelito 喜欢和妹妹一块玩。娇总是给他做他爱吃的馄饨，这个小混血儿似乎特别懂事和讨大人喜欢，当劳拉在身边时他喊娇妈妈，劳拉不在身边就直呼妈妈，对劳拉也是同样，把两个妈妈搞得头昏脑涨，发疯似的爱他。

他的爷爷奶奶也常对外人说："风总算过去了，我家 Angelito 是世界上最幸福的孩子。"

Angelito 有天对爸爸说："我不要到餐馆吃馄饨，我要去娇妈妈家吃馄饨。"还附在爸爸的耳朵上说，"我也不要吃劳拉妈妈做的馄饨，劳拉妈妈做的馄饨没有娇妈妈做的好吃。"

Angel 被孩子逗得笑弯了腰，跑去学给劳拉听，劳拉挠痒着小精灵鬼的腋下："好啊，妈妈把你带大却不要我，要娇妈妈了，那我也不要你了。"劳拉假装生气离开他。

"爸爸你真坏，是你告诉妈妈的吗？"他又跑到劳拉怀里撒娇："妈妈，你不要听爸爸瞎说，我们才不要爸爸啦，妈妈你说是不是？"Angel 和劳拉听着 Angelito 的话，看着眼前这个小天使，真是乐得要疯啦。

自从劳拉去了中国，整个假期 Angelito 都和娇在一起，Angel 自得其乐，少了不少家务事，有时也跑到娇家里，吃上一顿可口的中国餐，两家人就像一家人一样和谐，这种生活方式或许是上帝特意安排给那些善良人的。

结　尾

8月31日，劳拉把孩子从中国接回来了。阿杰、娇和女儿，Angel和Angelito，还有他的爷爷奶奶，他们开了两辆车去机场迎接劳拉。当他们进到机场大厅，已看到不少接机的人围在旅客入口一号门那里，各个翘首以盼，都希望早点看到自己的家人快些出来，一辆辆行李车随着旅客推了出来，里边的人都差不多走完了，最后才看见劳拉推着行李车，怀里抱着一个孩子，向大家走了过来。

"妈妈，妈妈，我在这里！"Angelito朝着劳拉跑去。Angel也上前拥抱着劳拉，热吻着她。其他来接机的人一窝蜂上前，抢着要看刚从中国领养来的小宝宝长什么样。

劳拉非常得意地将怀中的婴儿展示给大家，这是一个不到两岁，睁着一双大眼睛，塌塌的小鼻子，厚厚的兔唇，极其可爱的女婴……

天国阶梯

生命造就了死亡，但死亡造就了永生。

——苏格拉底

马努艾尔·曼巴索（Manuel Manpaso）1924年出生在西班牙濒临大西洋海岸的拉·哥如涅市，2001年初夏某日辞世。

20世纪40年代初，他曾参加西班牙派往苏联的义勇军"蓝色兵团"，因作战负伤获德国黑十字勋章。复员归国后进入马德里圣费南多皇家美术学院就读，40年代末毕业，开始绘画生涯。50年代初，世界前卫艺术潮流汹涌澎湃，他成为西班牙抽象画派鼻祖。后来，他又常在电影和戏剧界任美术设计，其电影情节演进图深受好莱坞制片公司赞赏。在戏剧方面，他曾连年获西班牙舞台设计奖。他多次在国内外举行个人画展，作品被国际博物馆和收藏家广泛收藏。

第一章

一

　　1999 年炎夏，劳坞兹突然接到米格尔的电话，说是有位西班牙名画家邀请他前往家里做客，并且，假如可能的话，请一位中国女士同往，他希望为她画像。

　　劳坞兹听了受宠若惊，心就像被地中海 8 月的骄阳烘烤得暖洋洋的，同时怀中又似乎揣着一只小兔怯怯不安起来。这并非自谦，如此大名鼎鼎的画家，从未见过面就要为你画像，怎不让人有特殊感受，想必他想借此机会端详一下东方女性？

　　劳坞兹绞尽脑汁也不知道穿什么衣服好。平时随意着装的她，总不能太冒昧地去拜访这位大画家，必须慎重挑选一套比较上画的服装才好。于是她打开衣橱挑选一番，雍容华贵的衣着非她的风格，太休闲了似乎不大得体，最终选出一件粉红底碎花丝绸连衣裙穿上，在穿衣镜前左顾右盼，把敞胸尖角往上提了一点，在劳坞兹叛逆的性格上，仍旧保留着中国传统的含蓄之美。

　　马德里午后的阳光分外灿烂，把市区中心街道和建筑照耀得明丽夺目。随同米格尔驱车赴约，一路上劳坞兹在不断揣摩，即将见面的大画家是何等模样？并絮絮叨叨地向米格尔打听他的生平。

　　米格尔透露：曼巴索是西班牙抽象画派鼻祖。他毕业于马德里圣费南多皇家美术学院后，便以特别和极富个人风格的作品出现于西班牙画坛，推动了抽象画的创始潮流。由于他的作品不同凡响，国际上都对他瞩目，尤其是美国和拉丁美洲的收藏家都以拥有他的佳作为荣。曼巴索的画风，无论是早期的抽象画，还是中期对社会批评的新表现派作品，抑或后期的风景和肖像画，都以同样的手法一气呵成。他的精心构图、空间保留、色彩果敢毫不忸怩，下笔错综富有韵律、气势磅礴。

这可能与他生性有关，见其画如见其人。他豪迈好客，仗义疏财，但倔强高傲，为人如绘画，稳健果断，毫不迟疑。目前他虽已年过古稀，仍然保有一颗炙热年轻的心。每逢美酒佳人，便从他沙哑但富有磁性的中音歌喉中，把歌声轻轻地、低回地送到身旁女士耳际。

画家喔！真正有修养和情操的艺术家，就是如此风流倜傥！

二

下午 2 时许，劳坞兹和米格尔如约到达曼巴索家。他们乘电梯来到这座五层楼的顶端，按了门铃约有三分钟，却不见室内有所动静。难道主人下楼买东西去了？但此时的店铺正在打烊休息。临时外出？还是忘却约会？这使他们不知所措，十分尴尬。

据米格尔讲，曼巴索早在三年前患上抑郁症，家人至亲来访一律闭门不见。即使昔日患难与共战争幸存下来的伙伴，还有那驰骋画坛的知己，都被他统统拒之门外。他终日与画为伴，紧紧封锁着那颗孤独的心。

久而久之，随着时间的推移，他已驱散了心中那片乌云，走出那份孤独，对至亲好友来说，还有比这更令人欣慰的吗？

门终于启开，站在劳坞兹和米格尔面前的是一位饱经风霜、大腹便便、躯体臃肿、年迈沧桑的老人，花白络腮胡和头发显露出岁月的痕迹。只见他头戴一顶草编牛仔帽，脖子系着一条蓝白小方巾，身着一件湖色汗衫，汗衫上浸染着斑斑油彩颜料，腰间拴着一条红黑相间、有四个大口袋的围裙，其中一只口袋里放着一块红色的汗巾，脚穿一双黑色皮拖鞋。

近在咫尺的这位大画家，普通得不能再普通了。如果他行走在大街小巷，你一定会误认他是个流离失所的乞丐，可他确实是西班牙赫赫有名的美术大师马努艾尔·曼巴索。劳坞兹始终无法接受这一现实，先前的判断与猜测早已化为乌有，她一时愣在门外。

"姑娘，你好！"

"朋友，你好！"

老人的问候即刻使劳坞兹回到现实中来，回到老人身边。

室内见不到辉煌的灯火，他们穿过客厅，沿着长长的走廊入内，两边墙上挂满琳琅满目的绘画作品。

当他们进到面积大约 50 平方米的画室时，阳台辐射的日光将画室照得光亮明洁。画室中无一空处，地上桌上堆放无数画具，紫橙黄绿色插满画笔的瓶罐满地皆是，可谓信手拈来便是画，胡乱涂鸦值千金。黄金有市，艺术无价。

眼前的那幅曼巴索自画像与身边的这位老人形成了鲜明的对比。老人不修边幅宛如一个十分逼真的阿根廷草原上的牛仔GAUCHO，同时带有巴黎街头巷尾那些流浪汉的形态。

室内虽然杂乱无章，倒也乱中有序，大有可看的绘画作品。烟雾弥漫着阳台，那里乱堆的桌椅、花盆一片狼藉。突然见到烧烤炉上正烤着两块特大的乌贼肉，发出"滋滋"的响声，老人拿起火夹翻着肉块，并浇上葵花油。原来客人到来之前他已在此操作，由于阳台离大门太远，想必未即刻听到门铃声。

随即他丢下客人，独自进了厨房。

劳坞兹的眼眶湿润了，对身边这位老人除了敬佩，油然而生一丝怜悯，那么高龄还为客人的到来而忙碌。

"我来帮忙好吗？"

老人并不介意。这时门铃响了，他挪着艰难的脚步开门去了。

厨房中，锅盘刀叉挂满四壁，子身一人何以用得着如此繁杂琐碎的器具？劳坞兹百思不得其解，但还是进入掌勺操作，即刻快速将炸好的小沙丁鱼起锅，放进盘中。此刻随同客人进厨房的老人，像孩子似的用手拿起一条放进嘴里，显出那副极乐顽皮、悠然自得的神态。他的朋友，一位年过花甲的经济学家阿古斯丁，试着也要品尝，却被老人制止，对方似乎在抗议："你行的，我为何不能？"一阵笑声，大家走了出去。

阳台上早已备好餐具等待大家入席，当天被邀请的还有一位女画家嘉丽，其实，嘉丽也年过半百，是位业余画家，常到大广场（PLAZA MAYOR）去"凑兴"卖画，她本身的职业是医生。

"孩子，坐在我身边！"老人和颜悦色地叫着劳坞兹。

劳坞兹在为老人和在座的朋友倒上葡萄酒后，随即坐到老人身旁。

"干杯！干杯！"众人碰杯而饮。

此刻，收音机里传来悦耳动听的美国电影歌曲，只见老人打着响指，随着乐曲的节奏起伏，不由自主地摇摆狂欢。一曲终了，接踵而来的是美国歌舞片《音乐之声》的主题歌，老人不再刻意保持风流倜傥艺术家的派头，而是一副玩世不恭的样子，脸上闪烁着顽童的挤眉弄眼，显得十分古怪。劳坞兹被他这副模样逗得开怀大笑。

只听老人说："孩子，这鱼是你炸的，多吃点！"

可亲可敬的老人，曾经有一个比劳坞兹大两岁的女儿，因吸毒超量而亡，另外一个与劳坞兹同龄的已出嫁的女儿另住他处，难怪他把这个中国女子当女儿一样对待。

阿斯都利亚斯

我迷恋的故乡

阿斯都利亚斯

我最宠爱的地方

只要有机会

我真想再到阿斯都利亚斯

我一定要上树

我一定要采花

奉献给我的黑发姑娘

让她把花放在阳台上

无论把花放在哪里

我一定要上树

我一定要采摘一朵花

这欢乐的歌声时强时弱、时断时续。当大家忘记歌词时，只好改用乐谱来哼唱。此情此景已把在座的朋友带入大学时代的校园生活。还有那些民谣、情歌，更让人堕入少年时的浪漫岁月。

面对这种强烈的欧洲文化认同感和艺术不分国界的气氛，劳坞兹触景生情，深受感染。蓝天白云下，日光已不似先前强烈，西班牙朋友们杯中的红葡萄酒盛了一次又一次，兴奋的脸上洋溢着晚霞般的色彩，流淌的汗水视而不见。歌声再次进入高潮，随后飞出阳台，飞向天际。

老人孩子般的欢欣，尽情地唱着，情绪激昂难止。

"我们现在如果只有18岁多么好！"经济学家阿古斯丁感叹岁月的流逝。

曼巴索道："我18岁的时候，正是一个大笨蛋，参加了西班牙'蓝色军团'前往苏联作战，这无畏牺牲、见义勇为的精神，今日看起来对生命是毫无价值的，但是年轻时的冲动，留下了终身遗憾！"

三

第二次世界大战期间，作为中立国的西班牙组织志愿军协助德国攻打苏联，这段历史给老人留下了难以忘却的伤痛。他撩起汗衫，只见左肩上有一块枪弹斜穿而过留下的七八寸长的疤痕，那颗枪弹又从后背穿出，给他留下了永恒的纪念。

"我们唱歌，我们喝酒。过去的就让它永远过去。"女画家建议大家不要再为过去伤感，自个儿端起酒杯把大半杯红葡萄酒一咕噜喝了下去。

此刻耳际传来日本歌曲《樱花颂》。老人从痛苦的回忆中走出，柔和婉转的乐曲顿使他到了另外一个世界，轻轻哼起了这首风靡世界的日本名曲。

转瞬，收音机里不断传来阿拉伯的肚皮舞曲、阿根廷的探戈，老人罗曼蒂克地边吃边舞，并用那油腻混合画色的双手，拍打着那臃肿的罗汉肚。

"来，中国姑娘，我们来跳支优美的探戈！"

"对不起！我不会跳。"尽管这样，劳坞兹还是礼貌地站起来。

"让我来教你！"

"不要让他教！跳探戈会陷入情网，对你有危险！"女画家特意幽默地向劳坞兹发出警告。

"我们即使陷入情网也没有关系，舞跳完什么也没有了。"诙谐、风趣的老人这一席话，把大家逗乐了。

望着身边这位老人，他对生活的真挚追求，豁达进取向上的精神境界，劳坞兹的心被折服了。联想尘世的浮躁、市侩的贪婪，与老画家高尚美好的情操相比，不同的生活显得那么格格不入。

"你的生活过得像皇帝一样，好潇洒！"

"哪个皇帝过的日子有我好？"他却风趣地应答。老人一番别开生面的话，又引来了一阵欢笑，也道出了他对生活的无忧无虑、自由自在的态度。

此刻，屋顶上"喳喳"飞来雀儿的啼叫声，大家兴致盎然。

不知是谁建议，让劳坞兹唱一首中国歌，或跳一曲舞。为使大家高兴，这位中国女郎大方款款起座，随即连唱带跳起来。

达坂城的石路硬又平呀！
西瓜大又甜呀！
达坂城的姑娘辫子长呀！
两个眼睛真漂亮。
你要想嫁人不要嫁给别人，
一定要嫁给我，
带着你的嫁妆，
领着你的妹妹，
赶着那马车来。

在米格尔翻译之后，只听见"哎，哎！等一等，我倒想知道哪个小子，要了人家嫁妆，还要人家把妹妹领来，不是别有用心吗？"老画家这一说又引得哄堂大笑。

四

酒醉饭饱之后，兴致上来，曼巴索开始为劳坞兹画像。他们起身入画室，他让劳坞兹静静地坐在一张古典椅子上，摆好姿势，用画夹放平纸张，拿起笔向他的中国模特儿说道："看着我的眼睛！别动！"老人是那么专注、投入，不断调整劳坞兹的姿势。并对一旁的朋友说，这是他生平第一次为中国女子画像。

对劳坞兹来讲，这是千载难逢的机缘，感到幸运至极！

约半个时辰，一张逼真的速写挥就而成。劳坞兹看着自己轮廓分明的肖像，为画家的慷慨赠画，由衷地表示谢意：

"谢谢！非常感谢！"

"这幅画价值 50 万西币！"女画家特意地指出。

"我不要你的钱，我的报酬是：只需给我一个吻！"

吻，这在西方，每次朋友在相逢道别时少不了的礼节，在欧洲文明国度里，似穿衣吃饭那么随意。有此天赐良机相识大师，胸中蕴含着东西方文化的东方女子劳坞兹，怎么会忸怩吝啬？便热情大方地给了大师两颊亲吻。哇！好可爱的小老头！在场的朋友似乎也陶醉其中。

走出画室，大家重新落座品尝着哈密瓜，意想不到的是，老人将吃过的瓜皮随手扔向阳台下的博物馆。大家被身边的老人如此狂妄的行为惊诧得哑然无语，同时，又为见他活得那么坦然自如，无所羁绊，能保持那颗既无瑕又原始野性的童心，而感到羡慕不已。

隐居三载的老人似乎找回昔日曾失去的年华，借着今日有朋自远方来，不亦乐乎！畅饮为快，杯中的红色琼浆早已映红了老人的脸庞。

突然，老人兴致勃勃离开座位，邀请劳坞兹起舞，并唱着一首塞尔维亚艳丽情歌：

　　我进到你的床上

　　你赤裸裸地躺着

　　在光滑丝织的被单下

　　我们甜蜜地缠绵着

　　现在不知你在什么地方

　　下次再来的时候要告诉我

　　让我们在那个地方

　　重温这绮丽的旧梦

　　劳坞兹哪听得懂画家唱些什么，只是一个劲随着节拍微笑地摇晃着身躯。果真听懂，一定会把她羞得无地自容。可画家洒脱得就像年轻人，仿佛在对心爱的人倾吐衷肠。

　　时间在分分秒秒中逝去，三个时辰的相聚，将要在此刻落下帷幕。经济学家和女画家辞别而去。对大家的告辞，老人是那么依依不舍，不肯让朋友们离去……

　　面对老人这份诚挚情谊，劳坞兹的双腿像灌了铅似的沉重，心中涌出一股苦涩。

　　是啊，虽说欢聚的余意犹存，可留给老人的仍是一份惆怅、孤独。世间有聚有散，天底下没有不散的筵席。

　　老人终身与画做伴，与艺术相濡以沫，那曾拥有生命辉煌的扉页，化作彩蝶飞舞在自由的天空，溢满大自然。还有什么比这更让人留恋的？

老人目送中国朋友消失远去，那优美动听的音乐，仿佛还在他耳畔回荡……

第二章

一

2001年6月6日下午，一阵电话铃声，倏然把劳坞兹从电脑旁牵走。电话那头传来曼巴索小女儿的声音，说她父亲在一周前住进了医院。尽管曼巴索年事已高，但听到这个意外的消息，劳坞兹夫妇还是很吃惊。

第二天一大清早，他们急忙赶往马德里一家私人疗养院探望好友。一路上总回想着曼巴索叼着烟斗大大咧咧的乐观模样。

这是市中心一家非常大的医院，当劳坞兹夫妇乘电梯上楼，来到曼巴索住的病房。他们简直不敢相信眼前的事实，只见老人坐在罩有白色床单的沙发上，整个上半身敞露在外，颈部横竖左右吊着输液管，两条手腕残留着被抽过血的紫色斑痕，脸色黄得一点血色都没有。房间的几案、沙发上放着他看过的报刊、速写本子，收音机里还响着悠扬的乐声。

劳坞兹夫妇走到曼巴索的身边，护士轻轻把他唤醒，他睁开疲惫的眼睛。

"您好，曼巴索。"劳坞兹到嘴边的话再也说不出来，因为眼前看到的不是从前那双炯炯有神的眼睛，也不再有往日谈笑风生的神态，病魔已把他折磨得变了模样。她冲动地握着他那双冰凉的手，眼眶噙满泪水，并深情地注视着他……劳坞兹把不久前他们一块的合影给他看，老人很费力地睁开眼，随即又闭上了。

护士关照病人要多休息，劳坞兹夫妇会意便起身准备告辞，曼巴索目送门外："希望我们下次再见时，不是在医院。"

"我们等着您康复，您一定会好起来的。"劳坞兹夫妇几乎是异口同声说出此话。

电梯把他们载到楼下，他们朝着车库走去，一路上谁也没有再说一句话。还是劳坞兹先打破了沉默："Papi，你在想什么呢？"自从劳坞兹打算把后半生托付给她先生的那天起，她一直保留着这样的称呼。

"我想起曼巴索时常提到，今生该得到的已经得到了，没有别的要求，只希望活着时好好享受人生。他还说自己生命快到尽头，不会去吝啬金钱……"

劳坞兹非常聪明，她知道先生在有感而发，尽管他不怕死亡，但死亡毕竟是恐怖的。人生谁能做到潇潇洒洒走完，谁又能预料没个三长两短的事发生？因此，给生命预支快乐，而不是透支痛苦就显得尤为重要了。

劳坞兹夫妇回到家里，刚吃过午餐坐在那里看报纸，突然被电话惊得回过神来，原来在他们离开三个小时之后，曼巴索便永远告别了这个世界。听到这一噩耗，劳坞兹和先生再也控制不住，两人相拥抱头痛哭起来。

明天，曼巴索将告别他的人民、他的亲人、他的朋友，去一个很遥远的地方。可他走得太突然了，还有多少心里话没来得及与家人叙述，多少朋友还来不及通知；他曾为家乡画的近百幅作品还没完成；还有他曾希望让劳坞兹穿上地道的中国服装，再次为她画像；他还计划邀请朋友今夏在他家凉台聚会。如今这一切都不会再有了。

亲爱的朋友，静静安息吧！明日将为您送行。

……

二

往事再次把劳坞兹带到两年前的今天，她是曼巴索首次认识来自中国的女性，他兴奋地为劳坞兹画了一张神态逼真的肖像，没有人见了不赞叹。也就在那年，劳坞兹把认识画师的经过，写了篇长达 5000 字的散文《永恒的回忆》，应征比赛获得首奖。翌年，长篇纪实文学《地中海的梦》出版，劳坞兹把他的绘画作品置于封面。没想到他的作品流入世界各国，今日却成了他们永恒的纪念。

劳坞兹非常珍惜与曼巴索的友谊，把他视为父亲般的尊重。对这父爱、友爱双重的情谊，一直滋养着她的精神世界。尤其是曼巴索那洒脱的人生信念，对艺术执着的追求，几乎改变了她对物质、金钱、名誉、权力、地位的看法，她不再看重人世如何待她，也不屑一顾所谓存在的合理性。

往事又把劳坞兹带回一年前的夏天，曼巴索在故乡待了好几个月，创作了不少绘画卖给家乡，他把赚来的钱在家乡拉·哥如涅买来很多海鲜，打电话让劳坞兹夫妇去分享。

他们再次在洒满了月光的凉台上聚会，喝着白葡萄酒，欣赏着那悦耳动听的乐曲，共同陶醉在星空下。

不曾忘记，曼巴索又一次卖出许多作品，慷慨邀请家人和劳坞兹夫妇来到马德里一家有名的阿根廷饭店，围着铁炉吃烤牛肉。那丰盛的晚餐，那难以忘却的情谊至今还萦绕在劳坞兹脑海里，每每忆及总让她悲怆无限。

中国龙年春节的晚上，曼巴索和自己的同胞，还有中国朋友，彻夜狂欢，载歌载舞，这是劳坞兹出国多少年来，远离家人朋友从没有过的欢乐和兴奋的日子。当晚她雅兴出怀为曼巴索赋诗一首。

国际友人马努艾尔·曼巴索（Manuel Manpaso）

门，瞬间闪开，
风，倏然进来。
口衔大烟斗，
持杖挎囊袋，
边幅不修的穿戴，
目光闪烁如星，
飘飘然、烟如带。
萍泊相聚，
在今夜。

悠悠长笛，翩翩舞起，
高歌豪饮畅怀。

谈笑风生，

幽默诙谐，

戏、秽语、狂态，

尽入了素描题材。

几朝酒醉，明日何待？

三

月前，劳坞兹夫妇宴请曼巴索和世界著名建筑师费尔南多·伊格拉斯（FERNANDO HIGUERAS）相聚一起吃中国火锅。那晚他好兴奋，餐前在酒吧就喝了威士忌，随后在饭桌上又豪饮，他吃喝得好痛快。看到他那么好的食欲，觉着他的健康状态不错，大家打心眼里为他高兴。可哪能料到，他身体里的淋巴癌已蔓延多年，几乎到了晚期，直到他临终时也尚未察觉。这样也好，至少在他生前，心理上毫无一丝压力，凭着他一贯作风，无所顾忌地想干啥就干啥，过着逍遥自在的生活，把全部精力和整个身心投注于艺术创作上。

记否？不久前曼巴索曾告诉劳坞兹夫妇，打算把故乡那百幅作品完工，改日再来相聚。哪能想到在他满怀得志、心情极度愉快的当儿竟悄然离去。

曼巴索去世的次日，劳坞兹夫妇去殡仪馆吊丧，厅内挤满亲朋好友。根据西班牙法律规定，亡人在下葬前必须在殡仪馆停尸 24 小时，避免病人"假死"，尚有复活的可能。

从殡仪馆回到家里，身边放着西班牙影响最大的三份报纸——《世界报》《阿贝赛报》《真理报》。这些报纸都大篇幅对他的生平作了介绍。《真理报》记者并借电话采访了他生前电影戏剧界的合作者和最要好的朋友米格尔·张，详尽收集了许多他的生平逸事和细节。

两天来，劳坞兹到处寻找曾在曼巴索身边做工的琳达，她有着中国人的善良、贤德和勤劳，直到曼巴索离开这个世界，劳坞兹也没有将她找到。就在曼巴索升入天堂的第二天，电话那边传来琳达的声音，当劳坞兹把噩耗告诉她时，她在电话里号啕大哭着："为什么如此突然？本打算8月回马德里再去探望他……"

如今，曼巴索永远离开了他的家人和朋友，但他的精神却永远铭刻在人类历史的丰碑上，深深地烙印在朋友们的心坎儿里。

第三章

一

"琳达，你现在在哪里？"

几天来，劳坞兹到处打听琳达的下落和她的电话号码，就是没有一点消息。她们之间已经有很长时间没有联系了。

"我在巴塞罗那。发生什么事了吗？"就在曼巴索去世的第二天上午，琳达总算打电话来了。

"昨天，曼巴索刚刚去世。我们找你就是找不到……"劳坞兹说着说着泣不成声，她先生连忙递上纸巾，并在她肩上轻轻拍着，叫她不要再悲伤。

"什么!？几天来，我老是坐立不安，心总想着有什么事要发生，哪想到这预兆竟然来得那么准。我还说，等下周休息回马德里去看他，哪想他走得那么快……如果早知道这样，那坐飞机也要飞到他的身边。"琳达在电话那头放声大哭起来。

"也许，你们真的没有缘分。你自己多多保重。"

"……"两头的电话挂断。

11 月 1 日是西方万圣节，相当于中国的中元节。马德里的晚秋气候宜人，坐落在近郊最大的东方公墓里，各式各样的墓碑排列在明亮的阳光下。男男女女、老老少少手上拿着黄色或白色菊花，在墓地里寻找着各自家人安息的地方，大多数人穿着黑色或深色衣裳去那里哀思凭吊。

一辆白色的士打亮转弯灯，驶到公墓大门前，司机把车停下。从计算器里打出价款，递给右边后座上一个近五十岁的中国女子，从车窗外可看见，车上女子打开包拿出钱付给司机，司机递上发票还有余下的零碎硬币，中国女子没有接手，她来马德里已有六年时间了，西方付小费的习惯她还是知道的。她打开车门出来，手上拿着一大束黄菊花。

中国女子，拿出一张小纸片打开看，只见上面写着东方公墓第 × 区第 ×××× 号墓的字样。她从未见过这么大的墓地，不知道往哪里走。

不远处走来一个上了点岁数的守墓人，向她和蔼地问道："太太，需要我帮助你吗？"

如果在几年前，她是听不懂这句西班牙话的。可六年后的今天，她完全听明白了："谢谢您。"说着把手上的纸条递给了守墓人。

守墓人看了看："太太，请跟我来。"

她跟着守墓人东拐西拐，被带到墓地一个比较醒目的位置，那里矗立着一座气势磅礴的白色大理石墓碑，在众多"邻居"身边，是那么招眼。

中国女子在包里摸来摸去也没有摸出零钱作为小费，只好从钱夹里抽出一张 5 欧元的纸币递给了守墓人。

"多谢，太太！" 5 欧元小费相当多了。守墓人有些迟疑但礼貌地答谢了才离去。

西班牙守墓人对这位中国女子与葬在此地的大画家之间的关系感到好奇，他记性特别好，记得在半年前，这位西班牙有名的画家被送到墓地，陪葬的队伍里好像没有看见过这个中国女子。看来，由于死者是位著名人士，引起了他的特别关注，否则每天那么多的人来这里下葬和陪葬，怎能记得那么多？眼前这位中国女子并不算漂亮，脸型轮廓有点像菲律宾人，五官长得很匀称，黑发黑眼，发亮的瞳孔比起同龄女子要有光彩。此刻，中国女子没去注意守墓人的存在，她把手上的黄菊花轻轻地放在墓碑下，只见碑文上刻着西班牙文：Manuel Mampaso Bueno，1924 年 1 月 2 日生—2001 年 6 月 6 日亡。

这时，她热泪盈眶什么也看不清楚，接着放声痛哭："曼巴索，我是琳达，早知你那么快离去，我也就不回中国了。"

名叫琳达的中国女子又重新把原来不知是谁送来的花，并排放在了一块。

当琳达离开中国之前，母亲再三叮嘱女儿："你这次回到西班牙，不要再去寻找他的坟墓，忘记他吧。"

可是琳达怎能把曾经朝夕相处过一段时间的好友忘怀，脚一踏到马德里时，胸中便有一股莫名的渴望，催着她去和故人说声"再见"，否则，她一生都不能放下，会感到一种无法弥补的遗憾。

二

新年和三王来朝节日刚过，在马德里的大街小巷，橱窗里贴满了红红绿绿的"大减价"广告，这似乎已经成了西方人的惯例。在此期间，他们会把这一年余在手上的那点钱全部抛出去购买衣饰用品，只有这样他们心里才会踏实。

米格尔把车停在了一座古典建筑附近，从车里下来两个中国女子，年轻时髦的是他新婚的妻子劳坞兹；年纪稍大些的是他们的朋友，一个看上十分保守传统的中国女子，只见她拎着一个行李包跟在他们身后。

他们来到古典建筑楼下，米格尔按响五楼 A 座的门铃，里面传来："请问是谁？"

"马诺罗，我是米格尔。"只有家人和朋友才这样称他，那是曼巴索的昵称。开门的铃声响了一下，厚实笨重的大门被来人推开，进去后又自动关上。

他们乘电梯直到五层，出了电梯之后，又爬了一层上去，那是顶层。

紧靠楼梯右边的大门开着，从里面露出一张脸来，一位精神非常好的老人，大头大脸，五官端正，花白的鬓发和没来得及修饰的络腮胡，头上戴着一顶贝雷帽，脖子上围着一条暗红色的方巾。

"你好！"同时，曼巴索贴着劳坞兹的脸颊亲吻了一下。

"这是曼巴索。""我们把小王给你带来了。"米格尔给他们彼此做了介绍。小王将留在这里工作。

"你好！"曼巴索同样在小王面颊上轻轻吻了一下。

进门后，由于大厅非常宽敞，并且长窗半掩，尽管里面开着灯，但光线还是很暗。门旁是一个穿衣镜，客厅里放着一张真皮沙发，桌上堆积了不少小玩意儿，厅里满是古典家具和大大小小的古董，把大厅塞得拥挤不堪，就连走廊的墙壁上都挂满了油画和速写作品。

主人不拘客套，似乎也没有让座给米格尔夫妻和第一次来家的小王，不过，看得出来，主人和米格尔是多年的老朋友。米格尔自己先坐了下来，劳坞兹独自在一旁欣赏画，她每次到这里来，总喜欢看墙上的画，还有桌上主人收集到的世界各国艺术品。

小王提着包坐也不是，站也不是，这个时候，他听见："王，你跟我来。"曼巴索走在前边，小王提着包随他走去。

劳坞兹本想跟上去，担心小王听不懂话，但犹豫了一下，还是打住了脚步。

那一老一小来到对着走廊上的一间房门口停了下来，曼巴索用手指指房间，并示意小王把包放下："这是你的房间，今后你就住在这。"

"谢谢。"虽然小王听不懂，但是心里完全明白，从现在开始，她将在这里生活一段日子。尽管来这只是做家庭工，但总算暂时有了一个落脚点，至于未来怎样，她也没有去认真考虑过，到了国外才知道什么叫作漂泊和流浪。

曼巴索安顿好小王，和米格尔夫妇闲聊一阵，夫妻二人起身想要离去，劳坞兹把视线又投到墙上的画看了最后一眼。

"你们就要走了？"小王心里似乎有些舍不得。米格尔和劳坞兹这一走，她整天面对的是一座宽大的房子，以及一个不能用语言沟通的老人。

"有时间，我们会来看你的。再说，在曼巴索这里你就放心好了。"

"米格尔，谢谢你给我找到的这份工作。"

"力所能及的啦，没什么。"米格尔转身和曼巴索打着招呼："哎，马诺罗！好好地待我们的朋友，老实点，别玩花样！哈哈！"

"当然，当然！我一向是个循——规——蹈——矩的老实人，哈哈！"曼巴索特别把循规蹈矩四个字音拉得长长的，同时打着哈哈。

劳坞兹也随即吻别老人下了楼梯。曼巴索和小王两人还站在门口，目送着他们进了电梯。

……

三

午睡后，小王起床先到前厅，看到一个上了点岁数的南美女人正在打扫卫生。心想这个女人一定自己有钥匙开门，不然我一点都没听到开门声。

"要不要我帮忙？"小王用手比画着问。

"谢谢，不需要。"南美女人继续干着她的活儿。

这下，小王有点丈二和尚摸不着头脑。既然自己到这里来做家庭工，南美女人就没有必要再来打扫卫生，这岂不要付双倍的工资？自从落脚这个家，没有人告诉她该做什么，不该做什么，她自是不闲，尽心去找该做的活。

当她走进画室，看到主人正站在一张很大的画布前用炭条勾着轮廓，那番神情非常专注。

"您好！"小王向老画家请了安。

"好！"老画家也和蔼地回答着。

小王开始清理着一大堆颜料和画笔，随即腾出地方用扫帚清扫干净。之后，又把大小不等的画搬到已打扫过的地方。

"王，你工作得很好。不过，卫生有专人清扫，不用你动手。"老画家手上的炭条并没有停下来。他所指有人清扫卫生，指的就是南美女人。

小王把一大堆画整齐摆好，她走到画布前，准备打扫地上的炭屑和碎纸杂物。

"王，你暂时不要动。这没你的事。"老画家向小王摆了摆手。

小王心想这哪是保姆，就好像自己来这里享福似的。主人既然出了钱，总不能让自己在这白吃白住吧？她说了声："那也好，待会儿我再来打扫。"便转身直接去了老人的卧房，开始收拾衣橱里乱七八糟的东西，人没有什么正经事要做，总会找些事去打发时间。

……

窗外透进一丝阳光，正射在小王的脸上，模糊中听见外面有脚步声，正朝着她的房间走来。

不一会儿，果然响起轻轻的敲门声："王，早餐喏。"这是老画家的声音。

小王立即从床上跳起，胡乱整一整衣衫、理一理头发后来到厨房，看见老画家已坐在那里喝着咖啡，手上拿着两块夹着煎蛋的面包，面包上还淌着蛋黄汁，西方人总是喜欢吃没有熟透的鸡蛋。

"您怎么不叫我一声，让我来做早餐？"小王感到很尴尬，顺手递上一张餐巾纸。

"我喜欢吃三分钟的鸡蛋，拿破仑也喜欢吃。谢谢！我自己做惯了。快坐下来吃！"老画家指着小王的那一份，顺手把一张空凳子朝她身边挪了挪，让她坐下。

小王突然记起自己在哪本书里读过，"飞虎将军"陈纳德也喜欢吃三分钟的鸡蛋。她咬了一口，面包里的蛋黄随着手腕流了下来，嘴里嚼着却难以下咽。中国人不太习惯吃西餐，尤其是这半生不熟的鸡蛋。眼前，不吃又辜负了主人的好意。但是，自那天以后，老画家每天固执地为她做好早餐，非常得意地看着她吃完最后一口面包，便站起来要去水槽洗杯盘，但小王无论如何不让他洗，自己抢来洗了，再处理屋中其他事务。

"王，我们出去走走。"老画家差不多每天吃过早餐都要小王陪他外出溜达，他在小王的帮助下穿戴衣帽，又见他从衣架上取下一个不大的皮包挂在脖子上，便开门出去。小王就好像是这个家庭里的主妇，非常自然锁上房门，随老人下楼去。至于去哪里，小王从来不问，即使告诉她要去哪里，她也不懂。

出了门，过了街，对面是一家名叫 WAWALAG 夏威夷酒吧，是早些年米格尔设计的。他们经过那酒吧并没有进去，见到里面有不少人坐在那儿吃早餐。

不知什么时候，一个六十来岁的西班牙女人，从酒吧里走了出来热情地打着招呼："Hola！进来，我请您喝一杯！"是"您"，而不是"你们"。也就是说，这个女人没有打算请小王一道进去，因此，被老画家非常干脆地拒绝了。

他们步行至酒吧转弯处，小王无意回头望了一眼，看见刚才那个女人仍旧站在原地，她又自然看了一眼身边的老画家。老画家打手势叫来一辆的士，走上前去先打开后座的门，很有绅士风度地让小王进去之后，自己绕过车尾开启另一扇门进去坐在小王的旁边。

"拉美博物馆。"老画家对前座司机说出要去的地方。

的士转弯进入 CASTELLANA 大道，经过皇马俱乐部足球场，再转了一个弯便一直开往马德里大学城，拉美博物馆就坐落在大学城旁边。

的士到博物馆门口停了下来，小王自己先开门出来，快步来到车的另一边，开门想扶老画家下车，却被他固执地拒绝了。因为他不想让人看出他已是老态龙钟，需要别人帮助才可以生活。

博物馆旁边有一座为控制交通的瞭望台，高耸入云，不少人站在那里排队买票，希望能上去一开眼界。从下面乘电梯到瞭望台顶端，不仅可俯视占地不小的大学城里的各色不同的建筑，还可将马德里市区的景色尽收眼底。

老画家从皮包里掏出钱递给小王，示意她去不远的窗口买票，指指交通瞭望台后，又指指博物馆和他自己的胸口，意思是告诉她，他去博物馆，让小王登高远眺。小王完全明白他的意思，但迟疑没有接钱，老画家疑惑地望着她不解，结果还是固执非要小王去买票，小王只好接过钱去买票之后一人上了电梯。

当小王来到瞭望台顶端，朝着底下博物馆方向看去，见到老画家步履蹒跚、拾级而上高耸的石阶，不知咋的，顷刻她眼睛被泪水浸满。她再也没有心情去观赏大学城的风光和马德里市区的远景，马上又乘电梯下去，检票员见到这个东方女子刚上去就下来了，不解地看着她离去。

小王很快进了博物馆，里面已经有不少人在参观。她来到老画家身边，只见他对着橱窗里的展品在速写本上画着，小王没有打扰他。当他速写完毕，转身看到小王站在他面前时感到十分惊讶，再发现小王泪汪汪的眼睛多情地瞅着他，立刻意识到她为何放弃登高远眺，回到他的身边来照顾他。于是摇了摇头，轻轻地在她肩上拍了拍，自言自语说着："傻孩子，傻孩子！"

晌午时分，前来参观的人陆续往外走，老画家和小王也该打道回府了，他们出了博物馆，又上了一辆的士，回到那栋古典住宅。

四

当小王拿出包里的钥匙正想插进门孔时，被老画家叫住，他要小王陪他去对面的夏威夷酒吧喝一杯。

酒吧里仍然有很多人。

"你总算来了，要喝什么？"今早要请曼巴索喝一杯的西班牙女人，似乎为他的出现感到非常高兴。

他叫了一杯咖啡和一杯可乐。可乐自然是给小王的。

柜台里的西班牙女人斜瞟了一眼面前的中国女子，便转身去准备饮料。不多时，把咖啡小心翼翼地放在曼巴索面前，在可乐杯子放了一片柠檬随意地递给小王。随即与她崇拜的老画家搭讪："亲爱的马诺罗，最近又有很多新作吗？什么时候让我去你家欣赏欣赏？"酒吧老板娘用亲近的口吻问着。

"……"曼巴索没回话，端起咖啡抿了一口。

"欣赏佳作以后，请你晚餐，我特别为你准备你最喜欢的家乡菜——放一点粗盐和辣椒的八脚鱼！"老板娘还絮絮不休地唠叨着。

"好吧，等我有空时通知你。"曼巴索为了不让她继续唠叨下去，勉强应付一下。

米格尔装修的夏威夷酒吧内部非常奇特雅致，大厅恰似一座露天花园，深蓝的天顶上闪烁着星斗，吧台旁有花圃、石板曲径，墙上绘有大洋洲岛屿土著图案，而瓷柱上则挂着瀑布装饰……身置其中，有仲夏夜宁静的悠闲感觉。小王边喝可乐边享受着这前所未有的体验。曼巴索则又掏出速写本来，对着小王画了起来，他的技法是快速一流的，不到一支烟的工夫，一张肖像就一挥而成。小王接手一看，高兴得合不拢嘴。

这时，从外面进来两个年轻漂亮的西班牙女郎，她们就在附近办公室上班，曼巴索也不征求人家同意，生怕两个女郎马上逃离他的视线似的，就拿起笔和本子速写起来。结束后还将速写展示给两个女郎看，她俩看了赞赏不已，一串银铃般的笑声响彻全厅，临行前还给老画家双颊印上亲吻。

速写几乎成了他每天必做的功课，根本就没有目的性，见什么画什么，就是很少见他随意画男人，除非报章特别要求他画名人政要作为插图。他曾画过一张西班牙大文豪塞万提斯的肖像，许多年以后，这张画被赠送给了劳坞兹，至今还挂在她的书房墙上。

一会儿又有两个年轻女子先后进入酒吧。

"老板娘，一杯啤酒。"先进来站在酒吧台前的女子说。

"我要一杯咖啡。"她的同伴，一个脸上长满雀斑的女子。

等到老板娘把啤酒和咖啡放在两个女子面前时，曼巴索的速写肖像已经画成，西班牙年轻女子看着自己上了画，自是喜悦不止。

其实，这附近的人，尤其常来这座酒吧的人，谁都知道这位须发皆白的老画家是当代绘画大师，就是把自己的形象留给他的画册没有什么不好，而且感到十分荣耀。曼巴索把速写本子放回包里，又从口袋掏出一张 10 欧元纸币搁在柜台上，对女老板说那是他为那几个年轻女子付的账，并对她们道了声再见。柜台里的女人没来得及做出反应，他和小王已出了酒吧，心中涌起一种莫名的酸楚和怪异的感觉。外人也许看不出来，只有她和曼巴索两人心中有数。

回到家里，曼巴索把身上的东西统统扔下，小王跟在后边收拾，等到小王收拾完毕来到他的身边，电视机被打开，他坐在沙发上已鼾声大起。外出一个上午，回家开电视睡觉，是他多年来的习惯。小王拿来一块毛毯轻轻地盖在他的身上，就到厨房准备做点吃的。

五

小王听米格尔说，曼巴索一家六口，夫妇俩加上三个女儿和一个儿子。后来大女儿因某次吸毒过量死亡，二女儿嫁给一位电影制片商并另起炉灶，儿子在电影美工部门工作已成家立业，最小的女儿也从事电影美工工作。曼巴索与太太曾经在马德里圣费尔南多皇家美术学院学习，曼巴索学绘画，太太学雕刻。就读时期两人经恋爱而结良缘感情甚笃，但建立家庭朝夕相处，由于丈夫脾气古怪、妻子个性强势而导致分居。目前，儿女们偶尔还来探望他们的父亲，在马德里美术学院当教授的太太自是很少登门，不过，儿女每次探望父亲后，会把他的情形转告给母亲，至少让她随时知道一些丈夫的生活概况。

曼巴索大女儿的去世，很可能是导致他们夫妇关系破裂的一大原因。由于丈夫所受的教育比较传统，而妻子的观念比较开放。曼巴索时常因妻子管教孩子的方式太松而发生矛盾。

20 世纪 60 年代的欧洲青年，受到美国加利福尼亚"嬉皮"

的反战和恋爱自由潮流的影响。曼巴索的大女儿身处如此巨大身心解放的时代，不能避免卷入那极其诱人的洪流，虽然她曾经享受过一段自由自在的"美丽"人生，但终于被毒品夺去了她那青春蓬勃的生命。

起先小王并没有在意，但多日以来，每在清晨或黄昏时刻，总是见到曼巴索用长嘴水壶为阳台上的花草浇水，然后站在一株栽在一个特大花盆中的玫瑰前痴痴呆呆地望着，良久良久才慢慢转身进入画室作画。后来和米格尔谈到曼巴索这个奇怪的习惯时，才知道原来在那株美丽的玫瑰下，埋着他大女儿的骨灰。失去爱女的父亲，往往把这份感情埋得深深的，每天借助浇灌花卉来思念女儿。

几天前，小王从中国货行里买回不少食品，她仍旧喜欢中国餐。她做了两碗中国面条，煎了几条广东香肠，拌了一个沙拉，就算一顿午餐了。这中西搭配的吃法，曼巴索非常喜欢，不过，更多时间他还是爱吃西餐。这个时候，往往都是他自己下厨房动手，因为小王根本不会做西餐。

小王不忍心叫醒躺在沙发上睡着的老人，想等老人醒来一块进餐。忽然听见："肚子真有点饿了。"

"一切都准备好了。"小王现买现卖，把刚学会的西语说了出来。两个人在厨房里，没有声音，单听见刀叉声和小王吃面条的声音。

饭后，他重新回到沙发上看电视，小王则留在里面洗碗筷。当她忙活完出来，曼巴索让她坐在自己身边。不知什么时候，这一老一少依偎着都入了梦乡。小王歪倒在老人躺着的沙发上，老人则把手臂随意放在小王的腰间。

那是一幅安详的画面，好似女儿依偎着她慈祥的老爸。

老人先醒过来，看看墙上的钟已是 17：30，他叫醒身边的小王："明天晚上我们请米格尔夫妻，还有几个朋友到家玩玩。我们要准备点吃的，看酒还有没有？"小王没有完全听懂，但意会到明晚有人来家做客。

曼巴索的生活除了绘画，就是泡酒吧，要不就约几个知心朋友在家聚会。年轻时的盛气凌人态度已经逐渐消失，现在他更愿意孤僻地待在家里。不过，自从小王进了这个家，他就时常带着她一块外出看话剧，一会儿又去看画展，总是把每天的时间安排得满满的。

六

第二天晚上，家里灯火比以往要明亮得多，小王在厨房里忙活，曼巴索高兴地不断穿梭在画室和厨房之间，一会儿询问小王是否需要帮忙，一会儿到画室布置餐桌。因为天气转凉，所以今晚把客席搁到客厅里，他拉开桌子摆上台布，把刀叉、盘子、餐巾一一放好。最后从厨房里拿出两瓶白酒和红酒，还有几瓶可乐和橙汁等饮料，又匆忙跑进厨房端出一大盘橄榄，这是他最喜欢的下酒菜。

门铃响了许久，这座房子进深太长，曼巴索通常在内室画画或者在凉台忙碌，所以他根本就听不见外面的铃声。当他意识到门铃在响时，他一边朝厨房走去，一边喊小王开门。来到厨房不见小王，这才想起是他让王下楼买面包去了。

　　打开门，米格尔和劳坞兹双双到来，还没有进门，就闻到房间里飘来的菜香饭熟的气味。大门还没有来得及关上，小王已买了面包回来。

　　"怎么样，在这里还习惯？"米格尔关心地问着小王。

　　"还行。只是不太习惯西餐，咱就自个儿做中餐。"小王正要关门，楼下又传来说话的声音，这一对客人是见过米格尔和劳坞兹的经济学家阿古斯丁和女画家嘉丽。熟人见面，房间里一下热闹起来。

　　突然，门铃又响起，屋里的人心想着今晚还请了谁？小王开门，从外面进来的是楼下对面夏威夷酒吧女主人，她对为她开门的小王没有任何表示，手上捧着用锡纸包得严严实实的大盘子，径自朝着屋里走来。

　　在场的所有人，都认识这位酒吧女主人。小王知道酒吧女人总是对曼巴索献殷勤，所以在她面前那么神气，目空一切。酒吧女主人托着盘子，直冲曼巴索递了上去。曼巴索却没有接手，倒是阿古斯丁反客为主帮助主人解了尴尬场面："真难得你一片心，我要是有你这么一个情人，时常给我送好吃的来，天下什么事我都不要了，可惜，我没有那份福气啊！"

　　原来一直闷在小王心里的疑团，今晚多少知道一点其中的奥妙，难怪对方在自己面前阴阳怪气的，看来这个西班牙女人在吃自己的醋，自从到曼巴索家里，还没看见这个女人来过。她在对面酒吧看到今晚曼巴索家里来了客人，便不请自来。

　　酒吧女主人把手上东西递给厨房里的小王，走进大家身边寒暄一阵就告辞了。坐在沙发上的曼巴索没站起来送一送，在他眼里这个女人就好像是常客一样，想来就来，想走就走，至少过去是这样。其他的人此刻也显得十分难堪，还是劳坞兹看不过去站起来把酒吧女主人送到门口，给对方一个辞别的吻。

"曼巴索，你对人家也太残酷了？你既然不接受她的感情，那就不要去折磨她。"阿古斯丁为离去的女人打抱不平。

"谁也没有叫她来，她自作多情，愿意送就让她继续送好了。你搭理她，天天都在眼皮底下，谁受得了？"老画家手里拿着一支雪茄，猛地吸了两口。

"多少给人家一点面子吗？"大家毕竟是女人，嘉丽也帮腔道。

这个不领情的倔强的老人，看来，他曾经和酒吧女主人有过感情上的瓜葛，但是被米格尔全部否定了。据米格尔说，当年为 WAWALAG 夏威夷酒吧设计时就认识她了，后来夫妇感情破裂离婚，分家产时丈夫将酒吧划归妻子，自此以来，她便日夜守在酒吧经营。由于酒吧就在曼巴索家门对面，曼巴索近水楼台，自从开业以来便是座上客，女人接手酒吧后，曼巴索成了她的常客，自然接触频繁，久而久之由顾客转成朋友。女主人从心底倾慕这位大师的才华和洒脱，虽然一直在暗恋着他，但他们之间从来没发生过超过友谊的接触。

米格尔和曼巴索的认识早在 20 世纪 60 年代初，那时美国独立大片家伯朗斯顿在西班牙摄制《北京 55 天》，米格尔在影片中担任艺术指导，曼巴索在此片导演部担任连续画面构图师，因此两人由同事而演进为挚友，并多年在影界合作。

那年在一部好莱坞影片制作中，曼巴索任美工师，米格尔任陈设师。艺术部门的制片主任是好莱坞数次金像奖得主，两虎不能同居一山，在设计和置景过程中，曼巴索和上司意见不同时常发生矛盾。一天晚上，曼巴索对米格尔说："经常这样闹矛盾我受不了，而且，他的构想并非上乘，老子不干了！"于是他当晚提着行李不辞而别。

次日，制片主任不见美工师来上班，向他最亲近的伙伴米格尔询问他的去处，米格尔忙着手上的设计，平静地抬头看了看制片主任："他已经走了。"

"什么，他去哪里啦？"制片主任气得丢开米格尔，来到美工师工作室，只见人去楼空，书架上弃下一大堆设计图，画桌上是杂乱无章的笔画和颜料。曼巴索的不辞而别，丢下一大堆活没人做，为此米格尔加了整整一个月的班。

"那导演没有去找他，也没有叫人去把他找回来？"劳坞兹总是希望事情往好的方面发展。

哪个制片主任不是趾高气扬，还会向人低头？大凡艺术家都是这样的，有才华和气魄，也就骄傲任性，就是找到他，好马不吃回头草，他也不会回来的。

谈笑中，小王把做好的菜一一从厨房里端出，沙拉、螃蟹、虾等。

酒吧老板娘送来的鸡蛋土豆饼，已被经济学家阿古斯丁打开。

女画家嘉丽看着桌上丰富的美食，对着曼巴索大笑："老朋友，还是你有福气，身边多情的、无情的都有了，看来我是沾不上边啦！"

"那你就多吃点。"曼巴索用刀切了一块鸡蛋土豆饼放在女画家的盘子里。

"看来你们都对上号了，就我空圈了。"阿古斯丁打趣道。

"我有劳坞兹在身边已心满意足，什么天仙美女都不会引起我的注意。"米格尔也不甘寂寞调侃着。

"只要小王不嫌弃我这把老骨头，还有我的腐朽，美酒美女多多益善。来！大家干杯！"曼巴索今晚特别兴奋，早早就把小王的板凳放在了他的旁边。

小王坐在他身边，一口酒都没有喝，被老画家这么一说，脸顿时红得像桃花一样鲜艳起来。其实，她哪听得懂，只是觉得大家在跟她开玩笑。她也很大方，当老画家把她拉在身边，没有忸怩作态。

"对啦，这位，你还未介绍？"阿古斯丁喝了一口红酒，望着对面的小王。

"王，就叫她小王好了。"老画家总是叫不出小王的名字来，中国人的名字，十个有九个西方人都叫不上口，他们的舌头就好像打不过弯来。可是他们的母语，我们中国人照常说不好呀！

"有西班牙名字吗？"阿古斯丁问小王。

"还没有。"

他想了想脱口而出："叫琳达怎么样？西语 Linda 的意义是标致。"

"这个名字不错。"女画家也表示赞同。

"不错！不错！来，大家为琳达干杯！"米格尔第一个端起酒杯站起来，喝完杯里的红葡萄酒坐下。

"你也不错，今晚那么豪爽。我们在一块儿那么多年，还从没有见过你的酒量。"老画家始终把米格尔看成深交挚友。

"琳达，为大家再倒上一杯。"老画家已有些醉意，把杯中的酒一口喝了下去，又为自己倒了一杯。

琳达这时是春风满面，从来没有受到过这么多名人雅士的器重，她重新打开一瓶香槟，准备代主人尽点地主之谊，同时乘机向大家表示看重她的谢意。

"今晚不能再喝了，再喝就要爬着回去了。"经济学家阿古斯丁把杯子挪开。

"谢谢，不要了，一会儿还要开车。"米格尔在外一般是不喝酒的，他一喝酒就上脸。可今晚他打破了惯例，多喝了两杯。

"即使醉了，放倒也没有关系，我把大床让给你和娇妻同眠，我睡地上。"东道主哪里不知道在西方，一般情形即使再好的朋友，也是不会轻易留宿的。他在跟大家开玩笑，硬把劳坞兹塞了进去，劳坞兹对这可爱老头的玩笑不会在意。

"谢谢。"女画家止杯不想再喝。

"这是欢乐相聚的最后一杯，况且，琳达已将酒瓶开启，请大家赏光！"东道主首先举杯，等琳达将香槟斟满客人的酒杯，便仰首将酒一饮而尽，众人随之亦饮尽杯中香槟。

酒浓情浓夜色浓，屋里也是暖暖的，东道主放起美国乡村歌曲，自个儿跳起舞来。大家兴头上，都站起跟着乐曲迈开了步子。

单人舞、双人舞、大家牵手一块舞。整个夜晚在狂欢，所有人都忘记了疲劳，直到凌晨2时许，才兴尽散去。

第四章

一

第二天，琳达醒来时已是10点多了，还没有听见屋里有任何响声。她穿好衣服，轻手轻脚来到曼巴索的卧房，见他仍然熟睡，便没有惊动他，昨晚确实玩得太晚了，让他多睡一会儿。

马德里的天气特别好，太阳总是毫不吝啬地把光辉洒向人间。

琳达将一大堆衣服放进洗衣机，再放些洗衣粉，打开自动钮任它自个儿转去。她开始整理房间，清除昨晚上留下的狼藉杯盘，拖洗地上的污迹。打扫卫生的声音惊醒了好梦中的曼巴索，他从房里走出来，"早上好！"跟琳达打了声招呼，进入卫生间梳洗去了。

当他从卫生间里出来，墙上的挂钟正敲响十二下，回到卧房准备穿衣。看见衣柜里，整整齐齐摆着的衣裤，内衣、袜子之类的小物品也被收拾得有条不紊。不像过去，自己放的东西连自己都找不到，有时要出门了，还找不见要穿的衣和要戴的帽子。看来，这个家没有女人是不行的。他又想起自己的太太来，太太也是一个艺术家，虽然也负责家务，但没有琳达那般利落，太太个性强，有时为了一点鸡毛蒜皮小事，两人就会斗起嘴来。如今分居，太太和女儿住到一起，把他孤独一人抛在这里，女儿和儿子也时常来看看他。

西方的男人，大都不会料理家务，至于烹饪更不用谈了，连煎个荷包蛋都不会。因此，西方女人出嫁，不在乎丈夫是否能帮做些繁杂家事。不过，她们非常看重小家庭，所以一般情形下，即使再累，也要把家收拾得有条有理、整洁干净。

"琳达，我对你说过多少次了，房间有人打扫，你干吗自寻烦恼？走吧，我们今天去普拉多博物馆。你知道戈雅吗？戈雅是我最欣赏的本国画家之一，很久没去了。"曼巴索边说边穿好衣服，琳达在旁听他叽里咕噜说了一大堆话，普拉多博物馆在哪里，戈雅是何许人，一概不知。她帮曼巴索挑选了一顶毡帽和一块颜色鲜艳的围巾。看上去气质非凡、精神十足，就连街上那些美女见了都要多看上几眼，帅哥都感到自惭形秽。

"你不吃早餐啦？"朝夕相处，缩短了彼此间的距离，琳达干脆把对他的称呼"您"改成了"你"，她就像孩子一样在老爸身边自由自在。

"我们出去吃好了。"曼巴索拿起衣架的包背在肩膀上就要出门去。

"我已经吃过了，你要不要喝杯咖啡？"琳达一人在说话不见反应，只好放下手上的活，慌忙换了身衣服，锁上大门，随着曼巴索进了电梯。

他们首先来到对门酒吧。每当曼巴索进入酒吧，酒吧女主人总是抢先亲自来照顾。这次，她尽管弄不清楚眼前这个中国女人跟她暗恋的老画家究竟是什么关系，却不敢怠慢曼巴索身边的女子，和颜悦色地问他俩要些什么。

"我要牛奶咖啡，两根油条。"

"我已吃过，给我来杯鲜橙汁吧！"

酒吧女主人在柜台后准备了少许时间后，便把两人所要的端了上来。

"这是你的牛奶咖啡和油条。"酒吧女主人把热牛奶咖啡和两根油条放在曼巴索面前，又递上一杯现榨的鲜橙汁给琳达。

"谢谢！"尽管曼巴索不在意眼前的女人，但在她的酒吧间，他多少会给对方面子。

"谢谢！"琳达也学会了西方的礼貌，"谢谢"和"对不起"两句话总不离口。

"多少钱？"他俩用完早餐后，曼巴索问道。

"五块二毛五。"

他从随身小包里掏出一张 5 欧元的纸币，再加上几枚硬币放在吧台上，随后向琳达招呼着："琳达，我们走吧！"

"谢谢，多来照顾！"酒吧女主人热情地目送他们离去。

他们离开酒吧没走几步路，一辆的士停在他们面前，琳达想照应曼巴索上车，最后还是被拒绝，他们一如既往一先一后坐上了的士的后座。

车朝着普拉多博物馆开去，曼巴索不断给琳达介绍着博物馆的历史和戈雅是如何伟大的画家，他明知在对牛弹琴，还是喋喋不休地介绍着西班牙三个划时代大画家——格列柯、委拉斯开兹、戈雅各自的风格及其特点，他委实太寂寞了，这么多年来孑身独居，无人谈心，眼前终究有一个有血肉有灵魂的人在旁，尽管她听不懂，但可感受在这个无情的世间，至少还有人在聆听他的自言自语。

在国内，琳达中等学校毕业后在铁路部门从事会计工作，极少接触西方艺术。自从来到曼巴索身边，她身受感染目睹绘画，自是觉得生命也光彩起来。她坐在老画家身旁，虽然一个字也听不懂，但仍是目不转睛地听着讲解，她认为这样可以多给老画家一些安慰。

二

从博物馆回来，的士停在住家楼下，曼巴索没有直接开门上楼，而是进了楼下一家古物店，看见喜爱的小玩意，他总是爱不释手，拿起来玩赏一会儿后就买走。

琳达是个精打细算惯了的人，也许和她做过的职业有关，她接过店主递来的东西，走出大门心里琢磨着有些不对劲，再看看发票尽管不完全懂得，但对那些阿拉伯数字她还是看得清楚的。心想这西班牙人做生意，怎么会这样不老实。

"怎么啦，琳达？"曼巴索走出店，见到琳达的神情有异，问道。

"你看……是不是多付了钱？"琳达把发票拿给他看，又清点着手上买的物件，的确多付了好多。这一下曼巴索气冲牛斗，抢过琳达手上的发票和东西，重新回到店里找店主算账。

"怎么会这样？我是这里的常客了，竟然发生这种事。我的中国朋友告诉我，你们多收了钱。"曼巴索气急败坏地把手上的东西重重放在柜台上。

店主知道是琳达看出了这桩买卖的破绽，对她狠狠地白了一眼："好家伙，真精明！这个中国女孩。"店主十分尴尬，立刻对曼巴索赔了不是："对不起！我也没有注意。您随意挑选用东西弥补就是了。"嘴里还在叽里咕噜说着什么。

曼巴索在柜架上拿起几样喜欢的小玩意，看着店主在收银机键盘上敲打着，他们离店回家。

进到家里，曼巴索心里的气似乎还没有完全消失，自言自语道："哪有这种事？现在的人太不诚实了！"接着他走进厨房，见琳达已开始做午饭："琳达，今天这事，谢谢你了！"

打那以后，曼巴索非常看重琳达的存在，因为身边这个女人做什么事情总是全心付出。尤其在花钱上面，从不多花一分钱。

第二天一早，琳达还在睡觉，只听见曼巴索在凉台上高喊："琳达，你这个懒虫，还不起床？快来看，天气多好。"接着是水声，这是曼巴索每天清晨起来做的第一件事，就是去阳台为那些植物浇水。

"曼巴索，早上好！"对这简短的问好，琳达已运用自如了。

"快来！这里有一只小黑猫。"阳台上，曼巴索已丢掉手上的水龙头，抱起小黑猫进了画室。

"这哪来的猫？小得好可怜啊！"琳达接过曼巴索手里的小猫，抚摩着它一身黑油油的软毛。

"有什么好吃的吗？不要让它饿坏了。"曼巴索开始整理画室里的作品，把一些画搬到另一墙角。

"好了，我去喂点牛奶给它。"琳达说着抱着小猫进了厨房。

"琳达，你的中国朋友不是说好，今天要来刷墙吗？"

"你说什么？"琳达喂饱小黑猫，看着它跑开玩去，来到画室。只见曼巴索头上扎着一条方巾，抬头用手指了指墙壁。琳达这才记起早在几天前，她就约好老乡老许来粉刷，没想到自己忘得一干二净。

"你看我这脑筋，小猫一来把我一搅，什么都给忘记了。我马上打电话。"

三

琳达打开手机正想拨老许的电话，楼下大门外一阵门铃响起，她在楼上按电钮开了大门。过了没多久，粉刷匠老许来到楼上，他手上提着一袋涂料，还有一个大塑料袋，里面装着桶、盆、大刷子等工具。

"你好！"老许进到画室，正忙活的曼巴索也差不多把那片地腾空了，他们彼此打了个招呼，各自忙去了。

琳达把铝合金的梯子搬来，望着老许正往盆里倒白色的涂料。

"要我帮忙吗？"

"暂时不用。你去忙好了。"老许开始爬上梯子，把涂料放在一边，开始用砂纸磨平墙面肮脏的痕迹。

"老许，今年大赦，你能找到老板给你签合同吗？"琳达没有离开，问着每个移民最关心的话题。

"还没有，跟老板签一份合同要花很多钱。目前手里没有钱，混一天算一天啦，没有别的办法。你的老板同意签吗？"

"这事，我还没跟他说，等等再看吧。"

不知道什么时候，传来曼巴索的声音："琳达，那是男人的事，你不要去管。"

但她仍然站在画室里，边看老许工作，边聊移民目前最关心的话题，并不断和他谈些家乡情况，他们究竟还是老乡。再说，每天没有人和她沟通，心里也蛮寂寞的。

突然，她脑后甩来鞭子一样的东西，整个脸被重重地抽了一下，那钻心的疼痛，使她不知道身后究竟发生了什么事。她回头一看，见曼巴索站在她身后，手里拿着一条长长的毛巾，眼神里充满了莫名其妙的敌意。琳达不知是没有回答他的话，还是看见自己亲近地和老许聊天，反正那一瞬间，她的心似乎被什么抽空了一样，但并没有理睬曼巴索大动干戈的行为。

其实，琳达根本就没有听见里面的喊声，更没有想到曼巴索会当着老乡的面来这么一招。她突然心中感到一阵委屈，眼泪不由自主地夺眶而出，只是没有哭出声来。她不明白曼巴索为什么要这样？想想自己并没有做错什么，如果错的话，那就是她不应该站在老许的身边和他聊天。女人心思非常敏感，难道曼巴索在吃老许的醋？好在老许头一直在往上看，并没有注意到下面发生了什么。

自从琳达进入曼巴索家门，曼巴索压根就没有把她当成佣人看待，久而生情。尽管他们之间没有超越什么界限，不可否认的是，在曼巴索和琳达彼此心目中，已产生了一种微妙的情感。自从她来到西班牙以后，一直是工作无门，无依无靠地单独生活，如今有身份的老人进入她的生活，对她那么体贴，带她外出看戏吃饭，与社会上层人士交往，并且把一个庞大的家交给她管理，自己俨然已是主妇，怎不叫她心中萌生一种复杂的遐想？

琳达在一阵美丽的幻想后调整一下情绪，去卫生间抹了把脸，重新回到画室，看看老许已把墙面粉刷到什么程度，见他已完成了一半活儿，在收拾地上粉刷工具准备外出午餐。

"欸！曼巴索，老许已粉刷完毕一半画室，现在要下去吃午饭，他说下午就可整个刷完。"琳达到外厅向老画家汇报工作的进度。

"为什么不让他留下来和我们一块午餐，有什么吃什么，这样可以早一点完工。"老画家建议让老许留下午餐。

"好嘞！买的够吃，多放一副刀叉好了。"

饭后老许继续工作，果然不到三小时就把原来黑不溜秋的画室粉刷得雪亮。

"等墙壁干一干，把其他房间东西挪到画室，后天我再来。"老许开始收拾工具准备离开。

"所有房间都粉刷大约多少时间可以完成？"琳达端来一杯水递给老许。

"这么多房间，至少要十来天，还得抓紧点。"老许把杯子还给琳达告辞离去。

……

一周以后，所有房子被粉刷一新，曼巴索看了非常高兴。

"家里太乱太脏，你外出玩玩，我一人慢慢收拾。"琳达不让曼巴索插手。

"你甭担心，手上还有一点就可以完工了。"老许在收拾着最后的残局。

"好。我请你们下楼去喝一杯。"曼巴索很感激眼前这两个中国人。

"你先去，我们一会儿下来。"琳达身上、脸上全是灰尘，对曼巴索说，已见他在穿衣服。

老许的西语也没法与曼巴索沟通，他只好问琳达："工钱什么时候可以拿到？"

琳达知道老许手头紧，曼巴索手上也是没有太多的闲钱，他们的生活费都是花一点去他女儿那里拿一点。有时，他卖了画手里一宽裕，花起钱来似流水，请朋友大吃大喝，没几天就花光了。曼巴索的人生观非常洒脱，他说世上的一切生不带来死不带去，今朝有酒今朝醉，把人生旅程尽量过得畅快些。

"这样吧，你需要钱，先拿去用。过几天便会给你的。"琳达掏出自己腰包仅有的钱给了老许，他二话不说也就收下了。

国外是很现实的，什么事都好说，只有钱是亲兄弟明算账，一点也不含糊。琳达相信老许那点工钱，等曼巴索向女儿拿到后立即会给的。曼巴索女儿之所以要紧紧控制父亲的花销，也就是因为他手太松，开销起来没完没了。

"对了，你快点下去，曼巴索还在对面酒吧等我们呢。"

"怎么，你不下去？"老许看到琳达根本没有下楼的意思。

"你告诉曼巴索，我暂时就不去了。家里活太多，你一个人下去好了。"

"那好，再见！"

琳达送老许到门口，回来立刻开始忙了起来。

四

"琳达，你牙齿痛得那么厉害，我带你去看医生，怎么样？"前不久，曼巴索卖了两幅画，他看见琳达一闲下来就皱着眉头，摆弄她的牙齿，知道她疼。

"要花很多钱吧？算了，过几天自然就好了。"在国内，琳达就听说在国外就医看病，牙医费用最高，而且贵得惊人。

"琳达，我这里有钱。"

当天下午，曼巴索就约了牙医。第二天他拿出 5 万多西币，硬是带着琳达去他的私人医院，为她镶好了牙。

"太谢谢你了，曼巴索。"琳达一直为这事感恩不尽，在这里打工，她享受了一个佣人不该享受的待遇。

"今后不要叫我曼巴索，是马诺罗。"这是曼巴索的昵称。他之所以让琳达这样称呼自己，是在情感上完全接受了这个中国女子。

但是，她依然无法相信曼巴索会用毛巾抽她。她一人把自己关在房间里，开始整理柜子里的衣服，她想要离开这里。

"我们的小猫孩子呢？"曼巴索已经来到门前，孩子般对着屋里叫喊。他似乎早已忘记刚才自己粗莽的行为。

"我不知道！我不知道！"琳达被他这么一叫，心立刻软了下来，急忙开门出去，在房间和阳台上找小猫。曼巴索早忘记他用毛巾抽打琳达的事。

"在这儿呢!"琳达从曼巴索的床底找回小猫,抱着那只可人的小动物朝他走来。

"我的两只乖孩子,你们不要离开我,永远永远留在我身边!都怪我不好,吓坏了你们!"曼巴索说着把琳达和小猫紧紧搂在怀里,流下一串老泪来。

琳达顿时原谅了他,并且哭出了声:"小猫,我们不走,我们不离开曼巴索,好吗?"

曼巴索哪里听得懂她在说什么,看见她伤心的样子,知道自己曾经无意中伤害过她。他把琳达和小猫搂得更紧,老人宽阔温暖的胸襟,使她回忆起儿时父亲疼爱她的时刻,同时感觉到如同恋爱时在情人怀里一样的温馨。可是,她老爸已去世,与丈夫又合不来。她已经很久没有感受到如此深刻的心灵安慰了。在庆幸的同时,她产生了一种莫名的恐惧,担心随时会失去此刻的美好,她内心并不愿意离开这个家。

可是小猫一时的热情,一时的冷漠,一下子从曼巴索怀抱溜走。琳达无可奈何只得放弃曼巴索的怀抱,追小猫去了。

"琳达,今天几号了?"曼巴索坐在大厅的沙发上看电视。

"月底了吧?"琳达抱着小猫走到曼巴索身边的另一张单人沙发坐下。

"我们明天去拿钱,该给你工资了。对了,还有老许的工钱,你说给他多少?"其实,曼巴索心里并不糊涂,该给谁的钱都记得清清楚楚。

"这家是你的，老许为你服务，自然是你说了算。"琳达知道曼巴索家里什么事都要征求她的意见，她在曼巴索眼里已经不仅仅是佣工。

"过来，坐在我身边好吗？"曼巴索挪一挪身子，让琳达和他坐得近一些。

"明天我拿到工资，请你到中国餐馆去吃饭，好吗？"

"免了吧！你没有很多的钱。"琳达体恤曼巴索，因为他为自己镶牙已经花费了那么多钱，不愿再叫他破费。

"……"曼巴索有些疲倦，话刚说完就睡着，还打起呼噜来。

琳达站起，走进曼巴索房间拿起一条薄毛毯盖在他身上，自己进厨房忙晚餐去了。

每天早晨，曼巴索总是先起床，只要他起来，琳达也就差不多醒来，他会来到她的房间轻轻地敲门，告诉她该起床了。

西班牙早餐很简单，不像在中国有稀饭、馒头、豆浆、油条等，花样很多。在这里，仅限于咖啡或牛奶搭配饼干和面包，有时擦点黄油和果酱。

从小在北方长大的琳达，吃习惯了大饼、小米稀饭，自然不太习惯眼前的洋餐。她有时从中国货行里买些面条，有时也会做些稀饭。但对曼巴索来说，他活大半个世纪，还从来没有想到有一天中餐会进入他的家庭，他自然是接受不了的。所以他们各吃各的中、西餐，当然到外面中国餐馆去吃，就是另外的享受了。

"琳达，你准备好了吗？我们该出门了。"曼巴索习惯地拿起手杖，挎上常年背的那个小包，站在门口等她。

"来了。我们走吧！"琳达打扮起来，还是很有风韵的。她有点像东南亚人，肤色比较暗黑，黑眼睛、黑头发，每当走在大街上，总被认为她是菲律宾人。把艺术视为生命的曼巴索，也许正是琳达的气质无形地打动着他，当然，最主要的还是琳达的心地善良。

他们坐的的士停在一栋现代建筑大门前，曼巴索由琳达照顾下了车。他们上了阶梯，曼巴索秉着绅士风度拉开门，让琳达先进去，随着他跟在身后。

曼巴索的小女儿和女婿开的电影公司，就在这栋大楼里，曼巴索带着琳达来这里不止一次了，每次来都是为了钱。

"啊，爸爸，你来了？快坐。"曼巴索的小女儿没有直接称呼你们，而是"爸爸""你"的第二人称单数。

"我和琳达要吃饭，手上已经没有钱了。"曼巴索没有坐，生气地站在那里，直截了当等着小女儿打发他一点钱，想尽快离去。

"爸爸，上周你才拿的钱，就没有啦？"不知道什么时候，女婿来到他们身边，把一杯冒着热气的咖啡递给岳父。

"给的那点钱，哪够我和琳达的生活费？再说，总不能让我这把年纪，每次都大老远跑来跟你们讨债？"曼巴索没有接女婿手上的咖啡杯子。

"爸爸，你拿去用着，这时手上没有那么多现钱，等从银行取出来，再给你好了。"小女儿把一沓钞票递给父亲，十分尴尬地站在那里。

"你们总是怕我乱花，花起钱来没有节制，但也不能总让我们吃白面包，喝自来水吧？对了，琳达这个月的工资我还没有给她。"曼巴索气得浑身发抖，拿着手上 10 张 5000 的西币抖擞着。他还没有告诉女儿，老许粉刷墙的工钱也要付。

"爸爸……"小女儿不知道该对父亲说些什么。

"琳达，我们走。"曼巴索说着头也不回走下楼梯，被跟上来的琳达搀扶着。

"爸爸，我就不明白，你为什么不坐电梯？"女儿和女婿站在过道上，对着父亲说着。

"……"楼梯上没有回音，只有笃笃下楼的声音。

第五章

一

曼巴索和琳达来到大街上，叫了辆的士直接回家了。到了家开门进去，门房递给他们一大摞报纸、画册，还有一封从中国寄来的信，那是琳达儿子给她写的。

"是我的信吗？欸，许久没有见到朋友的信啦！"

"不是。是家里来的。"

曼巴索按开电梯电钮，他们边说边进了电梯。

"快把信打开，看家里有什么好消息？"曼巴索进门来脱着外套，把包挂在衣架上，紧接着坐上双人沙发。

"好嘞！"琳达把手上东西统统放在一张单人沙发上，在茶几抽屉里拿出一把小剪刀剪开信封。正要坐下去，听见曼巴索叫她坐在他身边去。

"我这把老骨头是走不动了，不然，跟你去一趟中国看看多好！"

"等我有了居留证，带你去中国，去我家看看，我的家人会非常欢迎你的。"琳达用手势比画着，相处久了，曼巴索大致可以听懂琳达对他所说的每句话的意思，这时，她已经把信打开了。

"看来，我是等不到那一天了。快，念来听听。"

琳达像孩子一样依偎在曼巴索身边，只是没有办法把信的内容完全告诉他。仅仅对他说："儿子问我，什么时候回去，他准备结婚。"其实，结婚她也不会说，只说着："我儿子……"同时她摸着无名指，并做着戴戒指的模样，曼巴索一下就明白了，同时，他看到琳达在流泪。

"这是好消息。琳达，为什么流泪？"

琳达手上没有钱，即使有，但由于她没有获得合法身份，回去后就没办法再来西班牙。一想起没有合法身份，她又烦恼起来。

"甭急！明天，我去找律师想想办法。也许能帮你解决问题。"

"这点钱你拿去用着，等我的画卖了，再给你。"曼巴索把从女儿那里拿来的西币全部都给了琳达。

"谢谢！我不能收下这些钱，你的生活费怎么办？"

曼巴索迟疑了一下，从琳达手里抽回两张钞票放回口袋里，起身到自己的卧房，把前不久画好的一幅琳达的半身像，从墙上取下来给琳达："这幅画是我送给你的，如果你愿意，或者急需钱用，我拿去卖，至少值 50 万西币，这样你不是就有钱回国了吗？"

"不，不！曼巴索，你不要这样做……"琳达被感动得泪流满面，她没有办法把自己的内心世界向对方表示，只是不停地用手比画着，想说即使需要钱，我也不能让你卖掉这幅画呀。

"你怎么啦？钱不够，家里有的是画，我们多拿几张去卖。其实，我早就想告诉你，这屋里的东西，全都是你的。当初，只是怕你拿到这些东西，就很快离开我。所以我一直没敢对你说，我这把年纪了，也不知道究竟能活到哪天。有一天，我真的离开了这个世界，能预先安排好一切，死后也就没有牵挂了。"曼巴索撩起衣袖，开始擦着肖像上的灰尘。

"不，不！我不要你这样去做！"琳达终于冒出了一句完整的西班牙语，虽然在文法和动词用法上均有错误，但已能充分表达出她要想说的话，接着她放声大哭起来。她知道曼巴索喜欢她，绝对不是男人需要女人那种简单的需要，而是一种超越国界、超越爱情、超越年龄父女之间的爱。她也知道，他有难处，全部现金被女儿控制了。当然，她也知道，曼巴索手上不能有钱，一有钱压根就没有把钱当成钱花，有事无事请朋友吃饭，看见什么喜欢的就买，不管有没有用，就像孩子一样控制不了自己。所以，她非常清楚他目前的处境，也难怪他女儿不给他充裕的钱。就连自己也希望，他身边不要出现更多的朋友，更不要出现其他女人。因为，他从来不吝啬自己的腰包。

"琳达，孩子，你不哭，我们慢慢想办法。"曼巴索放下手上的画，把她搂在怀里，轻轻地拍着她的背。

琳达渐渐平静下来，她想让曼巴索开心一点："明晚，我请你去中国餐馆吃饭？我们叫上阿古斯丁。"

她之所以要请阿古斯丁，因为她知道阿古斯丁是律师，他办公的地方就在对面，当然也是曼巴索的好友。

"你为什么要请他？"曼巴索非常诧异，他似乎不太懂琳达的做法。

"没什么，我只想感谢他一下。"琳达向老人解释道。她的确是发自真心，尽管阿古斯丁没有做什么大不了的事，但还是时常关心她。

"啊！我们还没有吃饭，你先休息一下，我去做点吃的来。"她立即去了厨房。她刚一转身，就听见客厅里传来打呼噜的声音。

二

马德里的天空永远是笑口常开，头天晚上再坏的心情，第二天早晨见到旭日东升，和煦的阳光照遍大地，人们都会开心地笑起来。

曼巴索在厨房里为自己和琳达各煎了一个荷包蛋，两个杯子里已经倒上了牛奶，只听见他站在厨房门口，对着琳达的房间喊："你起来了没有，琳达？一会儿我们要去律师楼。"

"起来了，知道喽。"

"可不要忘记带上护照和其他证件。"他自己也把身份证放进了包里。

　　吃过早餐，他们打的来到律师楼，这是曼巴索常年的私人律师。只见他们彼此打着招呼，两人坐在律师办公桌对面的椅子上。

　　"亲爱的朋友，我能为你做点什么？"律师是一个上点年纪的男子，年龄当然没有他的顾主大，穿着一套深色服装，打了一条红色领带，这样可以减少一些严肃。

　　"这是我的朋友琳达，她来这里好几年了，至今还没有合法身份，你是知道的，没有合法身份，一旦离开西班牙就回不来。你瞧着怎么能帮助她解决这个难题。"曼巴索开门见山地说明来意。

　　"对不起，目前她在哪里工作？有住家证明吗？如果有雇佣关系就可以提出申请。"律师很自然地看了眼前的中国女子。琳达不完全明白律师的意思，她看了一下律师，又看了一眼曼巴索，从双方神态看上去，似乎对自己的身份有了希望。

　　"她在我家里工作，户口证明也有。现在就可以办吗？"曼巴索迫不及待从包里拿出早已准备好的相关证件，催律师马上就办。

　　琳达没想到，一向粗心惯了的曼巴索，今天竟然如此细心周到。只见她深情地望着曼巴索，心里感激得又要哭了，但终究在陌生人面前忍住了眼泪。

　　"这是一份家庭工作申请表，是现在填，还是拿回家去填？"律师把申请表放在曼巴索眼前。

　　"当然是现在。"他立刻拉开包链，摸出里面的眼镜。回头向琳达说："你把护照和其他有关证件拿出来。"

　　琳达于是依照吩咐，从手提包里拿出护照和相关证件放在桌上。

　　"需要我帮忙吗？"律师已经伸手，把对方的申请表又重新拿了回来，对照材料开始填写。

　　"谢谢！"曼巴索心里早就想着对方能帮他一下，毕竟人的岁数大了，做事情不如以前麻利了。

　　"叫什么名字？哪里人？"律师把琳达的护照翻开对证着。

　　"琳达，中国人。"曼巴索干脆代琳达回答。

　　"琳达，琳达？这里怎么是 WANG—AI—LING？"律师把护照上的中国姓名一个字一个字念出来。

　　"哦！对不起！忘了，琳达是我们为她起的西班牙名字。"曼巴索连忙纠正着他的大意。

　　"国籍：中华人民共和国。出生地：山东青岛。出生日期……"律师边念着边把琳达护照上的各项信息照填在居留许可申请表上。继续又问道：

　　"每周工作几小时，还有工资？"

　　"家里有打扫卫生的。琳达想做就做，不想做就不做，工资每月 8 万西币。"曼巴索连想都没想就答了出来。

　　"这样不行，照规定，我们就填每周工作 40 小时好了。"律师一脸狐疑，心想做律师那么多年来，还没有遇到这样的雇主对手下的佣工。他抬起头仔细地看了看眼前的一老一少，会心地微笑了一下，是那么的短暂，几乎没人可以察觉得到。他没有再说什么，继续填他的申请表。

　　"好了，在这里签字吧？"曼巴索从衣兜里掏出一支素描碳笔，正要签字，被律师阻止了。

"对不起，请用钢笔或圆珠笔。"律师递上一支万宝龙牌金笔。

曼巴索接过律师的笔，飞快地签上了自己的名字，一行洒脱的字迹。又见他把笔递给琳达，让她在申请表上签了自己的名字。

"谢谢你！谢谢你们！"琳达从心底感谢着这两个西班牙男人，眼睛早已泪水模糊得看不清眼前的一切。

"好运气！"

"谢谢！"曼巴索站起来跟律师握手，回头向琳达说："孩子，咱们走吧！"

"再见！"

"再见！"

三

两人来到大街上，心里非常高兴："走，我们去喝一杯。"西方人进酒吧，就像中国人进茶馆一样，有的人一天要去好几次。曼巴索当然不例外。

"我们还是回去吧？到家里我给你做咖啡。"每次去酒吧前，琳达都想劝阻他，不让他老是在外面乱花钱。可倜傥无羁的曼巴索，哪能为了节约几枚硬币，而不去享受自己的生活。中国人就是不一样，更何况琳达又是一个十分节俭的中国女人。

"好吧，这次就依你了。我们回家。"

……

曼巴索住家对面的一条偏道上，就有一家中国餐馆，他已经是这里的常客了。阿古斯丁一人早早就来到餐馆，年轻女跑堂已经把一壶茉莉花茶摆在他的面前了。他边喝茶边等着曼巴索和琳达的到来，双目自是阅览着眼前红红绿绿的中国装饰，他不明白的是，走遍西班牙或者西方世界，中国餐馆的色彩都是那么炫耀夸张。

曼巴索和琳达出现在餐馆门口。一个男跑堂引着他们到阿古斯丁位子旁边，把手上的三份菜单放下，分别给他们倒上茶水离去。

女跑堂拿着菜单朝他们走来："请问，你们要点什么？"

"我们随便叫点吃的就好了。"没想到，一向非常铺张的曼巴索，平时点起菜来总是找贵的点，因为今天是琳达做东，不顾老朋友坐在一边，他就节俭起来。

"来个清炒鱼片，一个红烧明虾，再来一个……"阿古斯丁反客为主起来，把曼巴索搞得有些不安，随即道："干吗点那么贵的菜？少点些好不好？"

"没有关系，琳达，你说呢？"阿古斯丁不识相地征求起琳达的意见来。

"没事，你点好了。"那琳达能说什么？她想今天曼巴索帮了她那么大的忙，解决了她的一块心病，请他吃一顿丰富的中餐也是应该的。

"你不要再点了好不好？"曼巴索不顾情面地对着朋友叫嚷起来。

"这就好了。真是，又不是你埋单！"这个叫阿古斯丁的西班牙男人，脸皮也真厚。

"……"曼巴索白了他一眼，理都不理睬对方。

琳达坐在那里，开口不是，不开口也不是。她下意识地在衣服包里摸了摸，今天上午曼巴索给她的钱，心里也担心着眼前这个男人，如果不节制地点下去，到时真怕拿不出钱来埋单，那时才丢人现眼。再说，让曼巴索也没有面子。

"琳达，有一点我不明白，为什么有这么多中国人到我们西班牙来？"阿古斯丁从不拐弯抹角，说话总是那样直白。他终于放下手上的菜单。

"……"琳达无心理他，心想早知道如此，就不该叫他来，本来大家高高兴兴的，他的无礼惹得大家心里很不自在。

"你是怎样来这里的？花了很多钱吧？"这个不知趣的男人，打破砂锅问到底。

"我，我……"琳达不知道该如何回答。

坐在一边的曼巴索没有想到他对琳达会问这种问题，于是阻止阿古斯丁不要再继续下去："请你少说几句好不好？"

"不！她是非法移民，就像桌子底下的狗一样……"阿古斯丁肆无忌惮地说出不近人情的话来，还边用右手指着桌底。

曼巴索气得从椅子上一下站了起来，拍打着桌子："你太过分了，你再口出狂言，请你滚出去。"只见他嘴唇上的白色胡须都颤抖起来。

"我们能不能换个话题？说句公道话，阿古斯丁，今天我做东，你是客人，大家把话收敛一点，愉快地吃餐饭！"琳达向来性情平和，今天当着这个男人的面，不想让曼巴索为难。
于是，两位男士都忍下一口气，没有继续吵下去。

这一餐谁也没有吃好，大家不欢而散。该付的账琳达一分
也没有少。

四

多少天来，曼巴索和琳达几乎没说什么话，即使他主动招
呼琳达，她也说话不多，她本来就不会很多的西班牙话，比起
平时来，更是沉默寡言。

"我想赚张机票钱回家去。"一天，琳达对曼巴索说。她
自从进到这个家，没有一个月是顺利拿到工资的，即使拿到工
资，也是曼巴索上门去讨的。她也曾告诉过米格尔，只因为在
西方外人是不可以管别人闲事的。所以，她知道米格尔也很为
难。也许她离开这里，曼巴索就不会去女儿那里伸手要"份
外"的钱。很可能曼巴索的女儿会想，既然家里已经有一个拉
美打扫清洁的女工，还要一个中国女佣来家干吗。可是，女儿
忽略了父亲自从和她母亲分居后，儿女一个也不在身边，孑然
一身独居，心灵上会感到如何空虚。其实，琳达在家并不是多
余，瞧！自从她进家以来，贴心地把父亲照顾得无微不至，吃
的穿的都服侍得井井有条，父亲的心情和健康都比以前好得多
了。她没有想到父亲目前所需要的是有个伴儿，他可以把这个
伴儿看作管家、看作孩子，甚至于看作情人，虽然他们之间
所存在的仅是一种精神上的伴侣，一种同情和柏拉图式的爱。

琳达曾经向米格尔表示过，她看曼巴索那么一大把年龄，

孤独一人生活，根本不能完全照顾自己，对他又产生了同情和怜悯心。更多的是对他的才华和慷慨的钦佩，她不知道是爱还是什么，只要能在他身边照顾他就感到无比幸福。

同样，曼巴索有一天也向米格尔倾诉过他对琳达的感情，他说自己年事已高，和琳达相处感到特别愉快和温馨，从来没有想到性的占有。还有，琳达的内心善良和为人和蔼，处处为他着想，使他感受到远远超出过去妻子和儿女对他的关爱。因此，他在有生之年，在自己能力范围之内，要尽可能善待和帮助她。

两个来自东、西半球，不同文化，不同种族，年龄相差三十余岁，萍水相逢竟然还那么合得来是缘分。情感不仅是占有，更是彼此心灵的互动和沟通。

"我要买西班牙最好的衣服给琳达，把家里的画全留给她。"一次，她和曼巴索在楼下中国餐馆吃饭，他多次对中国老板说过这样的话。

"大姐，你运气真好。"餐馆老板娘很羡慕琳达。后来这种羡慕变成了嫉妒。

琳达自是哑巴吃黄连有苦说不出。联想到自己那么大岁数了，儿女已大还没有成家，大老远出来不就是想尽快赚点钱回去吗？如果不是这样，她压根就没有打算离开曼巴索。她望着慈祥和蔼的曼巴索，心里仍然充满了幸福感。

"你要回中国？当初为什么要付出那么大的代价出来呢？"曼巴索疑惑地望着琳达。

"我想……"

"你尽管说？我真想了解你们中国人。"曼巴索看见琳达吞吞吐吐，一直没有把话说明。

"我这样下去不是回事，想离开这里，可又不忍心让你一人孤独生活。"这是琳达的真心话。她在这里做了几个月，几乎没有一次是顺顺利利拿到钱的。当然，她把原因也讲了出来。

曼巴索也不傻，思忖着家人该给的钱不给，自己手上一直很紧。给琳达的工钱不是迟给就是少给，几乎没有拿走一份属于她自己完整的工钱，他自感对不起这个善良的中国女子。

其实，琳达并不是纯粹为了钱。她如果这样蹉跎下去怎么办，甭说一点前途都没有。背井离乡，浪迹海外的中国人，不就是想到国外赚点钱，拿到一个合法的身份居住下来，之后再申请与家人团聚吗？

琳达出来已经好几年了，出国借的债至今没还清。有时她冷静下来就自责，太感情用事、儿女情长了。东方含蓄的文化，使得中国人委曲求全，那嘴上说的和心里想的根本不是一回事，所以西方人看不透他们。那西方人究竟不一样，丁是丁，卯是卯，是是非非不搞清楚誓不罢休，所以他们活得比较潇洒。

"你喜欢这把扇子吗？琳达。"曼巴索正在扇子上画着什么，琳达接过扇子一看，上面是一幅画，画里有只小鸟，可小鸟却没有展翼，她拿起笔随意把它改了一改，展开了一对小翅膀，一只鲜活的小鸟飞了起来。

"没想到，你还有这个天赋。拿去做个纪念，如果回到中国，带给你妈妈。"曼巴索读懂了眼前中国女子的心，也相信琳达总有一天会回到自己的家园，回到她母亲身边。

"谢谢！"她接过扇子，曼巴索在上面签了名，通常大画家不轻易在作品上签名，签了名作品就可卖出高价。她眼睛湿润了，什么也看不清了。

"琳达，你看见我们的小黑猫了吗？"以往，曼巴索总在她面前称小猫是他们的孩子，今天不知道为什么他改口了。

"你看，我心里乱糟糟的，把小猫也忘记了。我去找找，说不准又躲在哪里睡觉去啦！"

"都走吧，这猫也懂人事。"曼巴索一人在那里自言自语。

"找到了，它在我床上睡懒觉。"她把小猫递给曼巴索，眼光迅速避开去。

"你回国，什么时候回来？"曼巴索想琳达身在曹营心在汉，哪还留得住人？

"我会尽快回来的。"琳达指的是西班牙，不是这个家，本来这个家就不属于她。此刻，她心里很明白，合法身份还没有批下来，回到中国咋出来？她只想回避一下这个家，回避一下曼巴索，正像曼巴索所说的，花了那么大的本钱跑出来，为什么又要回去，除非走了就不要回来。

"琳达，你看这样行不行，你尽管去找工作赚钱，这个家的大门仍然为你开着，如果你愿意的话，可以住在家里，去外边工作。"

"这样也好，我先去找找再说。"

第二天一早，曼巴索起床，看见外面下雨了，高兴得像孩子拍着双手对着琳达房间叫她："琳达，下雨了，你走不成了。"

琳达起床以后，一直关注着外边的天气，只见她站在自己的房间里，朝窗外看着，雨下得很大，难道人不留人天留人？

"你的衣服都在柜里，袜子放在抽屉里的，你血压高，千万不要忘记吃药。还有……"琳达真的要走了，她在尽最后一点心。

曼巴索坐在沙发上，看着琳达忙这忙那，到嘴边的话，始终没有说出口，他还是希望琳达留下。再想想她出国来为了啥，不就是为了赚点钱吗？这个家，从来没有指望要她做多少，许久以来，无论是心情还是起居，他都没有这样安适过，琳达的确给自己带来不少幸福。这种幸福只有他自己才知道，看不见、摸不着。

如果他说一声："琳达，你不要走，留下吧？"琳达不会走的，真的不会。

然而，一个在西方世界很有名气、事业有成的男人，他不会对一个女人屈尊就下的，即使他需要她、爱她，也不会低声下气去求的。

"你去哪儿？能找到工作吗？"曼巴索看着琳达提起简单的行李要出门。他站起来跟在她的后面。

"你认识老许，我去他工作的制衣厂，大家都是老乡，也许彼此能照顾一下。"

"回中国之前，还来吗？"曼巴索仍然没有说出要留下她的意思，而是给了琳达一条后路。

"会的，我向你保证一定来看你，请多多保重。"琳达随即提着箱子开门走向楼梯。

"等一下。"突然曼巴索转身进去，出来时手里拿着琳达的画像："你带上，也许需要的时候，会用上的。"

曼巴索不仅在西班牙画坛独领风骚，即使在国际上也是闻名的画家。他为琳达着想，她如果真有个难处，这画也能变卖一笔钱。

"谢谢你，你代我保存好了，有时间我还会来看你的。再说，带它走，也没有地方放。"琳达婉言拒绝了曼巴索的好心。她在曼巴索脸上亲吻一下，默默地流下眼泪，头也不回快速进了电梯。

第六章

一

打那以后，曼巴索衣食起居不再像琳达在时那么有规律了。早晨起来，到街对面酒吧喝杯咖啡，要块面包就算是凑合一顿，午餐、晚餐经常是有一顿没一顿的，想起来就吃些乳酪和火腿，再不然就吃些乱七八糟的干果。在他的厨房里，永远堆放着些油炸过的猪皮，冰箱里一股难闻的气味，发霉的食品堆了一大堆，又恢复了先前琳达不在这个家的样子。

"这些都坏了，丢掉吧？"劳坞兹和米格尔来看曼巴索，会给他带来点中国货行买来的食品。劳坞兹总会帮他清理一下冰箱，悄悄把一些腐烂不能再吃的东西给扔了。

"你一个人生活不容易，还是把琳达叫回来吧？"米格尔向来不多管闲事，他实在看不下去了。

204

"谢谢你们。多少年来都是我一个人生活，已经习惯了。再说，我也活不了几年，手上有点钱就花掉算了。"曼巴索唐突说出这句话。

"你想吃什么就买什么，不要亏待自己。"劳坞兹为曼巴索打抱不平，因为他毕竟有儿女和太太的，他们为什么不管，甩下他什么都不过问了？米格尔是最不愿意在别人面前提起钱什么的，他经常说劳坞兹多管闲事，管到别人家里去了。

……

一阵电话铃声把曼巴索从睡眠中惊醒，他急忙拿起电话："你好，你是？哎呀，琳达，你在哪里？什么？塞尔维亚？什么时候回马德里来？"

电话那头传来嘟嘟的响声，电话中断了。他一下颓废地坐在沙发上，一瞬间，生命就好像枯寂了一样。他认为自己老了，老得越来越留恋他人，而且是一个跟自己没有一点血缘关系的中国女人，他们之间没有发生过亲密关系，仅仅在同一个屋檐下生活了几个月。他想着想着又睡着了，梦把他带入一个绝妙的境地里，等他醒来并不是梦。

"我是胡莉亚，我来看看你好吗？"电话里突然传来一个娇滴滴的中国女人的声音。

"你是谁？"曼巴索觉得这个女人莫名其妙。

"你忘记了，我是米格尔的朋友胡莉亚。我们在……还一块吃过饭。"

"啊，我记起来了，在劳坞兹那里，你们中国人的节日。"一听说是米格尔的朋友，曼巴索就来劲了。

"我可以去看你吗？"电话那头的胡莉亚非常直截了当。

"当然可以，欢迎，欢迎！你既然是米格尔和劳坞兹的朋友，而且在一块吃过饭，当然就是朋友了。"曼巴索脾气虽然非常古怪，但还不至于对一个仅仅见过一次面的中国女人表现出怪异的态度。

他放下电话，似乎比先前精神好了些，当然不是为了一个陌生的女人。他年轻时，什么样的女人没有见过，尤其在艺术圈里，他身边的女人就像走马灯一样不断。但是，他绝对不是那种闻到女人味，就想上去占便宜的男人。应该说，他是一个有品位、有深度的男人，他知道自己要去做什么。

一个小时以后，门铃响起，他站起来开门。

站在他眼前的是一个三十来岁的少妇——胡莉亚，说她是少妇，看上去比她实际年龄要成熟得多。只见她留着齐耳的短发，眼睛眯眯的，就好像永远睡不醒一样。说实在的，这个女人无论从哪个角度去看，都不是那种让男人愿意多看一眼的女人，尤其她那双勾魂的眼神，女人看了不舒服，那男人也不会舒服到哪里去。当然，也会有男人喜欢这样的女人。

"你好！不记得我吗？"胡莉亚又是娇滴滴的声音，把手伸出来跟曼巴索握手。

"对不起！印象不太深。请进。"既然是米格尔的朋友，那也就是他的朋友，曼巴索让胡莉亚进屋关上门。他说的是实话，他记得在劳坞兹那里过年的晚上，那么多中国人，还有自己的同胞，自然记不起所有在场人。

"我听米格尔说，你是一个非常有名的大画家，想来欣赏一下你的画。"胡莉亚就像对待老朋友一样进入主题。

曼巴索听说要看他的画，自是高兴起来。就像歌星有人喜欢听他唱歌一样，像作家有读者喜欢看他的书一样，不会断然拒绝的。

但是，这一次，他看错人了。他向来对陌生人不设防，就像他相信自己那样去相信别人。

眼前的胡莉亚西语不错，曼巴索完全可以跟她正常沟通，这一下，他们之间的距离缩短了许多。什么事就差那么一点，当初琳达就是不会西语无法交流，本是没有距离，反倒把距离拉远了。眼前的女人本来有距离，只因为语言互通使得他们走近。

"哦！现在记起来了，那天晚上在介绍时，似乎听米格尔说，你在潢·卡洛斯一世大学西语班……"对一个不了解的女人，问她一下情况想必不太过分。因为在西方，一般情形下，是不会过多问对方隐私的。既然这个女人主动找上门来，多少知道一点她的底细也没有什么过错。

"不错，我是留学生，目前在进修西语，然后准备读国际贸易。"胡莉亚似乎很骄傲地答道。

曼巴索一听是留学生，心里就更放松了警惕。再说，不就是一个女人吗？一个外乡女人，她即使想做什么，又能怎样呢？

他带胡莉亚参观走廊、书房、画室，甚至自己的卧室，只要有画的房间，该看的画都看了，边看边对她作介绍。

"哇，好多画呀！要值多少钱啊？"胡莉亚一下感觉到自己失言，忙打住话。

"……"曼巴索听见了吗？他只是没有放在心里，但是绝对没有想到，他的不慎为日后埋下了后患。

胡莉亚在桌上拿起一个小古董爱不释手地摆弄着，那是一个非常精巧的首饰盒，地道的欧洲式样，也许是曼巴索太太搬出这个家时留下来的。

"如果你喜欢，就拿去做个纪念好了。"曼巴索一向非常慷慨，只是他太信任眼前这个女人了。

"那太谢谢你了。"胡莉亚还站在那里看这看那。曼巴索索性丢下她，说了声"对不起"，自己坐回客厅的沙发上。

"等下次来，给我画一张像好吗？"这个女人得寸进尺，开始打着曼巴索的主意。

"当然。"都说漂亮的女人最喜欢照镜子，哪个女人不喜欢画家给她画像？即使丑陋无比的女人，有时她们的特质也是一种美。这时，曼巴索才漫不经心打量了一下跟前的女人。他没有觉得这个女人丑到哪里去，因为在西方像她这样小小的眼睛、塌塌的鼻梁、高耸的颧骨，以及厚厚的嘴唇，正是典型的东方美人形象，而且认为嘴唇厚的女人很性感。

刹那间，两个大活人一下没有话，屋里寂静得有点出奇。

"那我走了，有时间再来看你。"胡莉亚站了起来，拿着曼巴索给她的礼物要走。他没有挽留这个女人，因为这个女人跟琳达截然不同，琳达在这个家待了几个月，连一根草都没有拿走。他原本想让琳达带走为她画的半身像，可琳达却没有拿走，连同她对曼巴索的情感都一道留了下来。

胡莉亚要走，曼巴索没有挽留她的意思，只是陪她走到门口淡淡道了声"再见",关上大门。胡莉亚下了电梯消失在楼梯间。

二

楼下电梯起降的声音,似乎又把琳达带到他的身边,他再度起身打开门,眼前却什么都没有。

……

"我很喜欢她,还要给她存很多的钱。但是,我就不明白,我给她做的饭她不吃。"有一次,曼巴索带着琳达到楼下中国餐馆去吃饭,他对餐馆老板这样说着。

"大姐,到底你是保姆?还是他是保姆?为什么他做饭给你吃?"餐馆老板有些吃惊地问琳达,琳达心里甜滋滋的,微笑着没有直接回答什么。

"让他去做,琳达,你不要帮他。"曼巴索坐在沙发上,对着厨房里喊叫起来。

此刻的琳达和阿古斯丁,正在厨房里做西班牙海鲜饭,忙活的琳达没有听见曼巴索在叫她,突然感觉到背上被什么东西狠狠打了一下,她一看,曼巴索站在她的身后,她什么都明白了。原来他又吃醋了,在吃阿古斯丁的醋?他的多情,再一次使琳达无辜受累,尽管她心里恼火,但对曼巴索用这种爱的方式来表现,就没有多计较了。

孤独的曼巴索,时常怀念琳达,他对她无理取闹,或许也是她要离开的原因之一。这时他非常孤寂,便记起琳达的许多长处，也不知道她现在过得怎么样？

"我走以后，你不准带其他女人到家里来，我还要回来的。"这是琳达曾多少次要离开这个家时，对曼巴索说过的话，他有些激动，并在心里发出会心的微笑。

"亲爱的琳达，你要是不回来，我当然不会拒绝美女。"

"……"琳达知道他嘴上仅仅说说而已，故意做起生气的样儿，不再理他去一边忙活了。

"小猫，小猫，你在哪里？"自从琳达走后，小猫似乎已被遗忘，曼巴索想起来的时候，才喂它点吃的，这小动物经常是饿肚子吃不饱。他开始在所有的房间寻找这个小精灵，它是琳达在的时候来到这个家的，可琳达一走，小猫也和它的主人疏远了。难道人走了，猫也走了不是？总之，从那天起，小猫再也没有出现在曼巴索眼前。他感觉到一定是琳达的离去，小猫也随之出走。人也好，动物也罢，如果在你身边，没有好好去珍惜，迟早会离去的。

清晨一早，他一个人去了楼下酒吧，酒吧女主人惯例给他一杯咖啡，一份甜点，他也像例行公事一样把它吃完，然后付上钱，开始他漫无目的的、乱七八糟的生活。他每天要去的地方，不是博物馆，就是画廊，再不然就是酒吧，身上那个小包始终没有离开过他，里面装着速写本子和长短不齐的碳笔，这是他一生的武器，生命不可分割的一部分。当他实在没地方去时，就去古董店买自己喜欢的小东西。自从上次古董店老板坑了他以后，琳达又不在他身边，去古董店也不像过去那样频繁了。

今天，他比平时回家得早，在回程中觉得怪怪的。哪天不是很晚才到家？今天为什么提前打道回府？心里总是像有点什么预感似的。

进大门后，他习惯地打开邮箱，只见里面有不少广告，还有几封信。其中一封他说不清是谁写来的，但看得出来，信封上的字迹是出自与自己母语没有关系的人。他把所有的广告丢进垃圾箱里，拿着信上了电梯，他不习惯一拿着信就顺手拆开，而喜欢到家里，用剪刀剪开边线，再慢慢去享受文字里的乐趣。尽管他平时大大咧咧、不拘小节，对朋友或者家人的片言只语却能用心去体会。

他撂下律师楼的那封信，拿起拆看那封字迹特别的信，里面只有简短几行字。

曼巴索你好：

　　天冷了，你要多穿衣服，出门小心。你心脏不好，一定要记住吃药。我目前在塞尔维亚工作，有时间回马德里一定来看你。你多保重！

琳达敬上

这是一封别人代写的信，他知道琳达不会用西班牙语写信。写信的时间是十天前，从塞尔维亚寄来的。

他急忙拿起电话，告诉琳达已经收到她的来信，电话那头传来"嘟嘟"没人接的声音，打那以后他和琳达便失去了联系。

三

一阵电话铃声，惊醒了他的思念："啊。原来是你！"曼巴索自忖一夜间失去琳达，一夜间身边又多了另一个女人，而且都是中国人。

说实在的，他一生没有断过女人，年轻时不要说了。年老了，身边的女人何时缺少过？他画的模特儿女郎，酒吧的老女人，到他家里打扫卫生的南美女人，能有几个让他动心的？即使对琳达的情感真诚，却没有性的追求。男人喜欢女人，女人喜欢男人，有情就有情，没有情送到嘴边也不想去碰。

可他对琳达就与其他女人不一样，他希望琳达永远在他身边，每天看着她，每天带她去看世间一般人没有去过的地方。回到家里，他坐在沙发上看电视，让她静静地坐在他身边，他们各自闲聊着彼此听不懂的语言，他喜欢每天早晨起来给她做早餐。除了洗熨烫衣服，他不喜欢她为这个家庭做一切，每当他看见琳达在做家务，他总是让她放下，说家里请了人，叫她不要管。

可中国女人，勤劳惯了，让她歇下来，那真要她的命。琳达哪儿闲得住？她总是想，自己被人请来工作的，不是来享福的。

可这个世界，人跟人不同。眼前走近他身边的那个少妇胡莉亚，有点迫不及待似的，总想多搜刮点他的手笔真迹，几乎是每次来都没有空手过。不过，胡莉亚毕竟是喝了点墨水的人，在西方男人面前也不敢太放肆。或许用点小计谋去偷梁换柱，从中国市场带些便宜银器小玩意，和曼巴索兑换绘画作品。是玩物丧志，还是他实在太寂寞了没有人和他说话，这次他果然失去了平常的判断力。

"给我画张像好吗？"胡莉亚终于提出要求，曼巴索也没有拒绝。

曼巴索从沙发上起来，挪着沉重的步履，朝着里间最大的画室走去，开始准备画架、画笔、纸张和丙烯颜料。

胡莉亚也很识相，拿起地上两个大小不一的铁皮桶，到卫生间换上干净水，放到曼巴索已经架好的画架前。

"那里有凳子，你坐下好了。"曼巴索眼神很快扫描正前方的中国女子，手上走笔非常利落而且快速……

胡莉亚静静地坐在凳子上回忆着，在某一次机遇中，曾经问米格尔："您的那位朋友是做什么的？我想认识他，可以介绍给我吗？"

"没问题。他是画家，不仅在西班牙很有名，而且在国际上也是知名人士。"米格尔十几岁就留学西班牙，接受西方教育，心地非常单纯，对人不会有什么戒心。只要能办到的总是有求必应，不会给对方难堪的。

"哦！那太好了！与他有交情以后，一定向他多要几张作品。"胡莉亚暗自庆幸：真没有想到，这么快就认识了这位大画家，而且能走近他，马上就可拥有他的真迹作品了。

曼巴索嘴上永远都叼着一根大烟斗，透过他那双深邃的眼睛，就完全可以把要画的对象印在纸上。他并没有去留意对面凳子上，一张有意朝他露出的笑脸。

"OK！"曼巴索放笔去了卫生间，没一会儿，里面传出哗啦哗啦的水声。他已经憋了大半个时辰，这下终于得到了排泄，顿感一身轻松。

"哇，这么快就好了！"胡莉亚还陶醉在梦里一样。曼巴索从卫生间走出来，收拾着画具。

"啊，请您等等，我的名字还没有写上去啦！"胡莉亚又重新拿起笔递给曼巴索。

"我已经在上面签了名字啦。"曼巴索说的是自己的名字。

"我怎么没看见自己的啦？"一般情形下，作者没有打算送画给你，是不会为对方落款的。这点她没有想到。

曼巴索也完全没有想到，眼前的女人竟然那么贪得无厌。因为，在他的一生中，他不知道为多少女人画过像。只要自己不主动提出送作品，对方是不会索取的。他就怕对方伸手要，这样会使双方都很尴尬，但为了不使他人丢面子，也许会重新画一幅小型的。这不是自私，这是艺术家视创作如生命的本性。就像文人爱书一个道理。

"对不起，我的画是不会随便送人的，即使我穷困潦倒。"

"那为什么呀？"胡莉亚亲密地靠近曼巴索，边问边用一种勾魂的眼神看着他。

"我的作品，比对我心爱的女人还要珍贵。"的确，曼巴索道出的是真情。

胡莉亚站在那里感到非常难堪，一时留下也不是，走也不是。她连忙去了厨房，端来两杯水，一杯递给了曼巴索，一杯自己喝了起来，算暂时缓解了刚才不自在的场面。

　　琳达从来没有开口要过画，几次都是曼巴索主动提起："我所有画都是你的，但是你不能拿走，因为你一拿走，人就不会重新回到我身边了。"可见，他是想用画来挽留琳达，但她却什么都没有带走，仅仅带走了他们共同完成，他还签了字的一把扇子。

　　有一次，曼巴索看好了米格尔的一幅画，提出来要用自己的画和米格尔交换，虽然米格尔也是画家，但他是业余的，有时被人欣赏也出高价售出，但他的名气远不如曼巴索，这次曼巴索提出交换画，当然十分得意。那两幅不具形的抽象画，至今还挂在米格尔家的沙龙里。

　　"我们交换，这还不行吗？"胡莉亚知道曼巴索最爱地道的民俗小玩意儿，从背包里拿出中国乡村传统银质饰物来，想必今天无论如何不能空手而归。

　　"这小女人还蛮厉害的。她已经拿走我不少签名的东西，究竟还要得到多少？"曼巴索心里想着，但没有说出来。当他拿着那些中国民间饰物，在手上玩得爱不释手，胡莉亚乘机又换得一幅佳作。

　　一天，米格尔和劳坞兹来看他，就在他们下电梯去酒吧喝一杯时，曼巴索对着四十几年的老朋友抱怨起来。劳坞兹在一旁没有完全听懂，只明白了一个大概。意思是胡莉亚太难对付，叫他要小心胡莉亚。顿时，劳坞兹心跳得很厉害，她知道胡莉亚一定在曼巴索那里拿走了不少画，不然曼巴索不会给自己结识了几十年的莫逆之交说上这些。

　　这时，劳坞兹把对胡莉亚的怨气统统发泄给米格尔："我说了不要轻易把胡莉亚介绍给你的知己，你偏不听。这下好了，曼巴索还真以为我们也是有目的地来交朋友。"

"我哪里会预测到每个人的用心？"米格尔耸了耸肩膀，做出一种无可奈何的表情。

四

琳达真的回到了中国，一待就是几个月。她原本打算让美国回来的姐姐帮忙申请出去，结果没有拿到签证，等到她想回西班牙已经无法入境，又不得不重新找人办理签证，并从中国写信给曼巴索，告诉他她很快就回马德里。曼巴索收到信看不懂，只好找到米格尔帮忙翻译。总之，米格尔成了他们之间沟通的可靠桥梁。

琳达果然回来了，劳坞兹劝她不要再去制衣厂，还是回曼巴索那里好了。她带着从中国买给曼巴索的礼品，和劳坞兹夫妇一块去了曼巴索的家。当门打开时，里面坐着胡莉亚，所有人都有点吃惊。不过，眼前的女人，他们早就认识，大家还是很礼貌地打着招呼。

"你好吗，马诺罗？回中国前，我在塞尔维亚多次打电话给你，家里都没有人接听。我姐姐突然从美国回来，让我签证去美国。还想着，难道我们的缘分就此终结了。"琳达直呼其名。曼巴索曾对她说过，在家叫他马诺罗，在外边才可以称呼曼巴索。

曼巴索当着屋里胡莉亚的面，给了他所喜欢的女人琳达一个热烈的吻，并紧紧地搂抱了好长时间。

"琳达，这次回马德里不走了吧？"曼巴索没有直接问琳达，问的是劳坞兹。

"你不希望她留下来吗？"劳坞兹试探性地询问对方。

"如果愿意，那我就不走了？"琳达看看曼巴索，又看看那个突然闯进这个家的胡莉亚，她莫名其妙对人家吃起醋来。其实，她并不是想占有这个家，反正就是不想让任何女人走近曼巴索，她认为他身边的女人都是冲着他的画来的。

"那好啊，把钥匙给你。"曼巴索非常兴奋地把手上的钥匙给了琳达，琳达没有犹豫地接过钥匙。

"你们演的是哪一出戏？"米格尔似懂非懂地看着眼前一场没有戴任何假面具的戏。

"这叫调虎离山计。"劳坞兹说完自个儿笑了起来，这一笑把在座的人搞得莫名其妙。

"我走了。"坐在那里一直没人搭理的胡莉亚，知趣地站起来准备告辞。而曼巴索却一失往日的绅士风度，竟然连礼节都没有，继续坐在沙发上问琳达在中国的情况。

"再见！"房间其余的人几乎是异口同声目送她离开，却没有一个人站起来开门。

琳达来到自己的房间，看见床上似乎被人动过，地上还有一双女人的鞋，这不是南美女人的，南美女人的个头儿比中国女人要大，那鞋码自然应该大。

"曼巴索，请你过来一下。"琳达边叫边来到众人面前，硬拉着他过去。

"怎么了，醋劲那么大？"劳坞兹对琳达开着玩笑。

"原来琳达也会吃醋。"米格尔故意用西班牙说了一句，似乎想把这一信息传递给老朋友曼巴索。

"这双鞋是谁的？"琳达果然醋劲上来，只见她提着一双鞋在质问曼巴索。

"不！不知道！"曼巴索有意回避琳达的话，他干脆从她手上抢过那双鞋，隔着窗户扔了出去，看得琳达眼珠都要蹦了出来。

"你真坏！真坏！"琳达气冲牛斗，一失过去的温柔，对着曼巴索喊叫着。但气谁呢？自己主动离开的，即使在这里，她跟眼前的主人也没有任何关系。那自己又有什么权利来过问主人的私生活，不过，他非常了解自己的主人，他不是见腥就想沾的那种男人。她太了解自己，长时间来这种感觉，曼巴索已经在她心目中占很大的位置，一种潜在的父女情、忘年之交，或是一种无性关系的爱恋，深深地蕴藏在心头。

里边发生了什么，外边的人不知道，其实，哪有不知道的理？

"曼巴索，我们的小黑猫呢？"琳达突然想起小猫来，开始满屋子找。

"我们的小黑猫？你走后，小猫也跟着走了。"曼巴索今天似乎很高兴，新朋友、老朋友都来了。此刻，他不再孤独。

琳达来到曼巴索的卧室里，房间一片狼藉，没有女人的家的确不是家。突然，她看见原来挂床头上曼巴索太太的一幅油画不见了，却被自己一幅很大的油画取缔了。那一刻，她感动得热泪都流了下来，没有想到走了那么长时间，曼巴索居然还那么看重自己。当她又来到客房，看见茶几上放着一幅东方女人的肖像，她心里很不是滋味。只见她拿起来细看，是一个熟悉的女人，就是刚刚离开的胡莉亚。她把肖像重新放回茶几上，心里想着她的小猫，如今她回来了，小猫却走了。这里的一切，不再是原来的样子，被另一个陌生的女人取而代之，这次她不该回来。

"我想还是回到塞尔维亚去做工？"琳达突然冒出一句大家意想不到的话来。不过，她这次回来的确没有打算要走。曼巴索听过没有吱声，但是明显看见他情绪一下低落下来。

"你怎么啦？不是说回来就不走了吗？"劳坞兹看着琳达一会儿又改变了主意，冲着她骂了句神经病。琳达进到曼巴索房间，临走时，想为他再收拾一下脏乱的衣柜，却被曼巴索拒绝了："谢谢你，我会照顾自己的。"

"那我们走吧？"琳达还是把话说出了口，已见她眼睛红红的，背起包，把刚才拿在手上的钥匙放回茶几上。

"你究竟怎么啦？不是说好留下来的吗？"劳坞兹吃惊地问琳达。在场的人也惊讶地看着她，把曼巴索搞得不知道如何是好，最终什么也没有说。

"……"琳达站在那里还是犹豫了一下。

"你还是拿着吧？"劳坞兹站起，拿起钥匙又递给琳达，她仍然不接受。

"一个女人在外面不容易……"米格尔也想说服琳达，但又不好过分去管别人的闲事。

"你多保重！"琳达对着曼巴索说了一声再见，头也不回就先下了楼梯。屋里所有人被她弄得有些别扭起来。

劳坞兹拥抱了一下曼巴索："不要难过，过几天也许她会回心转意的。"

她没有别的办法来安慰自己一向崇敬的老人。最后还是下楼进了电梯，曼巴索还站在门口，痴痴地目送着大家。

这是琳达最后一次见到曼巴索，哪想到竟然成了永诀。

……

尾　声

宽阔的东方墓场里密密层层地不知立了多少墓碑。一个穿着黑衣的东方女子站在一座新墓前，她如同一座雕塑那样一动不动，久久不愿离去。她回忆着过去与墓中主人公相处的点点滴滴，又后悔着最后一次抛下墓中人固执的决定。如果她不那么仓促地离开，花些时间和精力学习西班牙语，多了解些中西方文化的差异，那将不是现在的结果。假如那次她留下，贴心地照顾他，让他在起居上有规律地生活，很可能如今两人还温馨地伴守在一起，共同外出早餐、散步、看话剧、听音乐。至少老人会多活些日子。还有，他们共同喂着疼着的孩子——那只小黑猫。可是，现在晚了，一切都没有了！美好的时日如昙花一现，一去不复返，留下的是无限追思和凄凉。

"太太，时间到了，墓场要关门了！"不知道什么时候，守墓人来到琳达身边，不解眼前这个中国女子，碑记上并不是她的同胞，何有如此深的眷念。

　　"呃！真不好意思。这点钱您拿着，为躺在这里的人尽份心好吗？"琳达一时清醒过来，从包里拿出钱递给守墓人，希望他有时间多照顾一下，躺在这里永久长眠的朋友马努艾尔·曼巴索。

　　"谢谢你！"守墓人非常懂得在世的人对已故人的那份情。

　　琳达告辞东方墓场来到外面，许久没有等到的士开来，她一人沿着公路朝着来时的方向走去……

万物生命皆是上帝赐福，同一苍穹下应该平等。

——题记

人与猫的未了情

用拟人的笔法来写动物，让人类和动物世界交流沟通，以至达到完美和谐的境界。

一只普通的小动物，与人类比起来，似乎没有什么值得花费笔墨的。但是它一旦与人类建立起深厚的感情，那就不一样了。动物不仅有它的灵性，最主要的是它与人类有着同样善良的心，从某种角度去看，它们的秉性比人类的还要崇高无私。

一只叫姬姬的小黑猫，伴随三个女人走完了十三年漫长的生活路程，它给这个家庭带来多少欢乐和幸福。为了它，主人竟然多次放弃外出旅游。即使两代女主人已经去世，把它托交给另一位新女主人，它仍然享受了一如既往的宠爱。

第一章

一

这是一只小得可怜，眼睛刚睁开，还不会行走，只能在地下爬行的小黑猫。

马德里的一个炎夏，姬姬来到了这个世界，可没有几天又离开母亲和兄姐，来到了 Sonia 的家，开始了一种全新的生活。说是新生活，不外乎从一个普通的家庭换到一个养尊处优的环境里。虽然过去的家庭环境谈不上富有，但对它也是关怀备至。

Sonia 少年时代没有和父母住在一起，而是住在外婆家。外公、外婆都在西班牙财政部工作，二位老人性情不合，总是话不投机，脾气一上来谁也不让谁，家庭时常弥漫着火药味，时间长了，自然而然就促成他们的分离。早先，女儿还小，二老商量好等女儿——Sonia 的母亲成家后，他们再正式分居。为了女儿心灵上不受伤害，每逢节日假期，一家三口仍然欢聚一堂。如今，女儿的女儿已长大成人，外公不再像过去那样有机会就走进这个家，所以大家见面的机会越来越少，外婆、外公感情也就越来越疏远了。

外公要见外孙女，只好跑到女儿家，带她去大公园玩耍，后来外孙女 Sonia 稍大，离开父母和外婆做伴长住，外公就很少看见这一老一小。只是偶尔有事没事找上门来看看外孙女，外婆权当没有看见，容得一老一小相聚。她独自坐在凉台上，在温暖的阳光下看书。

　　"外婆，您帮我喂一下小猫，一会 Fernando 来找我出去，怕来不及回来。"Fernando 是 Sonia 的男朋友，在校住读的大学生。

　　一阵门铃响起，Sonia 以为是男朋友来了，慌忙中只穿了内衣就去开门，被外婆阻止。

　　"亲爱的，不要这样就出去开门。我来。"外婆放下书，走向门厅。

　　"那我先去洗个澡。"Sonia 拿着换洗的衣服进到卫生间。

　　一个星期天，外公知道这个时候 Sonia 在家，不然平时是没有借口找来的。突然看见沙发有团小黑球："亲爱的，这小猫哪来的？"

　　"外公您来了，快帮助我，小猫快要饿死了。"Sonia 在卫生间喊着。外婆拿起桌上已装好的小半瓶奶递给外公，立即又返回老地方看书去了。

　　"整天疯得不见人影，还有时间照顾猫咪？哪里来的？"外公坐在椅子上，怀里抱着小猫开始喂它牛奶。

　　"朋友家的猫妈妈生了六个小猫咪，它是最小的一只，怪可怜的，眼睛都还没有睁开，我就把它抱回来了。"Sonia 在卫生间对外公说话，只听到从里面传出哗哗的水声。

　　"喔，我的上帝！"外公一个大男人，手里就是抱个孩子也很别扭，更何况是个小动物。

　　"外婆，来帮我一下，这个小精灵不听我的话。"外公想打破沉默，呼唤着外面凉台上的老伴儿。

　　"……"哪想凉台上根本没有反应。

"亲爱的，不要淘气，来喝一点。"外公仍然没法把奶头放进小猫嘴里，那小猫一滑溜从外公身上掉在了地下，被摔得"喵喵"直叫。

"还是我来吧。"外婆还是忍不住走了进来。她抱起小猫，拿起奶瓶，那张小嘴果然大口大口开始吮奶。也许是母性的作用，难道动物也能闻到人类母亲特殊的气味？

"明天是我们的结婚纪念日，想请你去吃饭。"外公知道只有这个机会，外婆才肯接受他的邀请。

"还有 Sonia 和这小猫？"外婆抬头看着与自己生活了大半辈子的老伴儿，没有想到两人都鬓发苍白，还闹着脾气。

"都快一年了，我们没有在一起吃过饭，明天你就选个好地方。"外公拿起桌上的餐巾纸递给老伴，让她擦擦小猫嘴边的牛奶。

"……"外婆喂饱小猫，已见小东西慢慢睡着了。

"外公，刚才听见您明天请外婆……那我呢？"Sonia 不知什么时候出了卫生间，只见周身带着热气，头发还是湿湿的，脸蛋红红的，煞是好看。

"当然要请我们的 Sonia。不过，你送什么礼品给我？"外公故意逗着外孙女。

"再送给您一个小外孙女。"Sonia 接过外婆手上的小猫咪递给外公，外公把小猫咪放到嘴边亲了亲它圆圆的小黑脑袋。

"我要一个会说话的。我和你外婆马上就要退休了，在家闲着没事，这把老骨头还能帮你们看看孩子。"外公故意这样说，瞟了外婆一眼。

"外婆早就说过，退休后要外出旅行，才不给我带什么孩子。"其实，Sonia 是一个单身主义者，她才不会结婚。只是想哄两位老人开心而已，因为外婆和外公难得在一起。

"还是我的 Sonia 聪明。"外婆站起来，把眼前的温馨让给了这一老一小，又重新来到先前看书的凉台上。

"我的妈呀！一个都得不到，还要两个？"外公满不在乎，想气气自己的外孙女。

"外公，您不爱我了？"Sonia 知道，自从她和外婆住在一起，难得见到外公，就更不要说在一块吃饭了。

"那你爱不爱外公呢？"老人从没有过的孤寂感涌上心头。

"当然爱了！我就要去打工了，等有了钱给外公买好酒喝。"

"有你这句话，外公就满足了。"

"对了外公，这小猫还没有名字，您给起个吧？"Sonia 端来一杯水递给外公，回到卫生间清理。

突然门铃响了起来，这次应该是 Fernando 了。

"外婆，快开门。"Sonia 对着卫生间窗户喊了一声，刚好外婆就在外面窗户下。

"是谁呀？"外公放下小猫，正要站起。外婆已经开了门。

"外婆、外公好。"进来的正是 Sonia 的男朋友。西方家庭在一般情形下没有串门的习惯，必须事先约好。况且，男女关系不到相当成熟阶段不经家长认可，是不能上门的。

"请坐。"外婆关上门，这时她不好意思把客人扔下不管，便拿出水果和糖果招待。

"谢谢外婆。外公，这小猫……"年轻人长得很英俊，个头儿也高大，为人很有礼貌。

"Sonia 从朋友那抱回来的。"外婆剥了一粒糖果放进嘴里，看着眼前的一老一小。

"叫什么名字？"年轻人抚爱着小猫，问着两位老人。

"年轻人，给起个名字吧？"Sonia 让外公起，外公又叫 Sonia 的男朋友起。总之有个名字就好了。

"就叫 Chinita 好了。"年轻人似乎连想都没有想，就脱口而出。因为 Chinita 是中国女娃的意思。

"不行。我看，叫'姬姬'好了，跟 Chinita 的第一个音节'Chi'相同，而且，根据中国的习惯，通常把女孩子的名字叫成重音。"Sonia 来到外公身边，把小猫亲昵地抱在怀里，没人异议也就依了她。

"姬姬，多美的名字。"外婆接过外孙女怀里的姬姬亲了几下。西方人对小动物总是宠爱有加。

"喵——喵——"姬姬似乎理会大家是如何地宠爱它……

二

姬姬一天天在长大，由于它的爸爸是只波斯猫，妈妈是暹罗猫，所以，它不但毛很长很光滑，而且又黑又亮，漂亮极了，尾巴也比一般的猫要长得多，尤其是那双蜜色的眼睛，明亮的瞳仁似乎会说话一样。即使你是一个不喜欢小动物的人，每当看见这眼神，都会心动，不由自主地上前去抱抱它。

迪斯科里的音乐一声比一声高，里面烟雾缭绕，有人脸贴着脸，屁股贴着屁股狂浪地跳个不停。从外面朝里看，根本分不清谁是男人谁是女人，只见有人就着瓶口喝着啤酒，有人端着玻璃杯喝着威士忌，整夜疯狂不歇。

"亲爱的，不要再喝了。如果我没有记错的话，你喝了五瓶了？我们该回去了。"

Sonia 被男朋友一只手搂得紧紧的，他的另一只手拿着一瓶啤酒往嘴里倒。两人几乎扭成了一个人，Sonia 最后还是脱身把男朋友手上的酒瓶夺过来，放回酒吧台上，又重新回到男朋友身边。

"时间还早，明天又是星期天，我们再多玩一会儿。"

"还没有喂姬姬，这么晚了！"Sonia 边跳边记挂着自己的小黑猫。

"外婆不是在家吗？"年轻人把 Sonia 搂得更紧些。

"姬姬是我捡回来喂养的，自己应该有一份责任。再说，外婆早就睡去了。"

"看来，有一天你若嫁给我，也会把姬姬带到婆家的。"

"这有什么不好吗？再说，我也没有打算要结婚。"

"那我们就打光棍好了，你总不能老守着外婆过日子吧？父母亲也不会养着你这个老闺女呀？"

"我才不要他们养呢！过些日子我要去英国找工作。等我走了，你可要时常去看看外婆和姬姬。"

"我不上学了，跟你一块去英国打工。"

"你疯了，大学马上就要毕业了，再说，你母亲离不开你。不要跳了，我们还是走吧。"

西方男女青年，在家里和学校都是比较自主的，加之父母一般都尊重孩子们的选择，当然也有不少孩子按部就班读完大学的。

Sonia 的父亲是年少从中国到欧洲来留学的建筑师和电影美工师，母亲是独生女，自小养尊处优，是当时欧洲境遇较好的传统家庭，认为他们的女儿将来无须工作求生，仅让她学习些家务和培养些艺术情操，Sonia 的母亲所学的是芭蕾舞。家庭的艺术气氛养成了 Sonia 的自由放纵个性，而且，她自幼就是一个叛逆性非常强的女孩子，大学上了一年，就不再继续上了。父母怕她在社会上跟那些不三不四的年轻人学坏，父亲就干脆拉上她，跟在身边工作。

人们都说混血儿非常聪明美丽，诚然，Sonia 的确都拥有这些优点，什么事一看就会，可不持久，做任何事时间一长，就没了兴趣。不过她也怕父亲生气，偶尔还是跟着父亲做做助手，虽然收入可观，总觉得不太自由，还是喜欢去英国打工，过自由自在的生活。

母亲是西方自由度特强的女子，再加上她天性不爱多管闲事，对女儿的无理取闹，并没有动真格地去调教她，也许像许多西方家庭一样，万事顺其自然发展就好。就因为这样，造就了日后 Sonia 放任的性格。这是父母亲没有想到的，致使 Sonia 后来越走越远，直到英年离开了这个世界。

"我们打个电话问问外婆，也许姬姬依偎着外婆早已进入梦乡。"

"你等一下，我去打电话。"Sonia 离开男朋友，找到酒吧台的公用电话，从身上掏出 25 西币投进电话机，拨通了家里电话，响了许久没有人接电话。Sonia 挂上电话，拿回硬币又回到男朋友那里。

电话这边，姬姬听见电话铃声响起，欢乐地跑到电话机旁边，用两个小爪子拼命抓桌子，无论怎样它还是没有办法摸着电话。它又跑到外婆房间，看见外婆睡得很香，似乎又不忍心叫醒她，自个儿又转回电话机旁，一会儿又来到大门口，想看看有没有什么奇迹发现，它哪知道是小女主人打来的。

"没有人接电话。外婆睡着了？"

"也许。来，亲爱的，我们再待一会儿就回家。"

"你醉了？" Sonia 和男朋友走出酒吧，凌晨的马德里街上仍旧还有不少不归家的年轻人，汽车在霓虹灯下穿来穿去，他们来到大街上正想招呼车回家，突然看见不远处跑着一只大白猫，她想去看看，被男朋友阻止了。

"我没醉，你倒醉了。亲爱的，这满世界都是野猫，咋养得起？"这一点倒不假，一到晚上，西班牙各个城市大街小巷都有成群的野猫出来寻食。

Sonia 和男朋友打的士回到家时，已经是凌晨 2 点多了，刚来到大门口，Sonia 就把男朋友堵在外面不让进，年轻人在 Sonia 脸上亲吻以后，又随即乘原车很快消失在夜幕下。

Sonia 打开门，突然听见："你好，Sonia。我已经等你好久，外婆早睡了。"姬姬竟然对她开口说起话来，她激动得眼睛噙满了泪水，抱起姬姬吻着："亲爱的，真对不起。"

她来到外婆房间，为老人掖了掖被子，掩上门开始为姬姬准备吃的，只见姬姬碗里已经放着它喜欢吃的小饼干，外婆已经喂了姬姬晚餐了。

Sonia 进了卫生间洗刷一番，回到自己房间脱衣就寝，姬姬等着小女主人关了灯也就依偎在 Sonia 脚边睡去。

三

周六晚上，Sonia 回到父母家中，把她要去英国打工的事告诉他们。

"去英国？这样也好，等有新的电影制作再回来。"Sonia 父亲知道女儿的脾气。

"我总不能老在你眼前讨个工作吧？再说那点钱咋够用？就这样受罪地活着，还不如让生命浓缩些，过得更有意义。"Sonia 的人生观与一般年轻人截然不同，她认为活 100 岁也是活，活 30 岁也是活，生命浓缩有质量总比苟活残喘要好。

"我不是尽量在帮助你吗？"父亲一直在呵护女儿，可女儿根本不当回事。

"我可不愿那么循规蹈矩的生活。"

"那你要怎么样？那么多人不都是这样活着吗？"父亲开始有点控制不住自己的情绪。

"外出多加小心，需要钱就来个电话。那姬姬咋办？"母亲没有阻止父女二人的拌嘴。

"我愿意怎样活就怎样活，反正我有我自己的生活方式。钱，我不需要你们的钱。"这点父母是知道的，女儿未成年之前，外婆、外公曾在银行里为外孙女存入一笔钱，但他们并不知道几位数。女儿满 18 岁时，银行的存款她可以自由支配。

"这个家没有嫌弃你，大门永远为你敞开，你在外面过腻了，或是没法再继续生存，就回来。"父亲没有打算要说服女儿留下来。

"我自己的命运自己安排。姬姬有外婆照顾，你们不用管了。"Sonia 说完，站起来就去开门。

"晚餐吃了再走吗？"母亲目送着女儿，人却进了厨房。她知道自己没有办法改变女儿的决定。

大门"砰"的一声关上，Sonia 的父母心都凉透了。

Sonia 回到外婆这里，看见外婆正在吃晚饭，姬姬待在老人身边，老人边吃边拿起一块火腿喂着它。Sonia 丢下手里的包，手都不洗，抓起桌子上的火腿就往嘴里塞。

"怎么，没有和父母一块晚餐？"外婆站起，去厨房打开冰箱又重新拿出些火腿和乳酪回到座位上。

"姬姬，你真幸福，永远不会离开外婆，是不是？"Sonia 自言自语。

"那你要离开外婆吗？喵、喵……"姬姬懂事地张着大眼望着小女主人。

"这样说起来，你要离开马德里？"外婆十分惊讶地看着外孙女。

"外婆，过几天我就要到英国打工去。姬姬拜托你了，Fernando 有时间也会来关照你和姬姬的。"她拿起火腿喂姬姬。

"那，你父母同意了吗？"外婆知道外孙女倔强的个性，祖孙俩尽管在一起生活了那么多年，外婆仍然没有法子劝阻她去英国。

"谁也不要管，我自己管自己。"Sonia 站起来走到冰箱前，打开又拿些吃的喝的出来，还有水果饭后甜点什么的。

"……"外婆无语，停止了晚餐。

"姬姬，在家里要听外婆的话，不要外出。"Sonia 回到桌上，姬姬已经不在了，只听见它怪叫了几声。

"难道你没有看出来吗，姬姬不想让你离开家，离开外婆呀？"

"姬姬，你在哪里？"Sonia 跑到房间，看见姬姬待在床上她的衣服上，两只眼睛死死盯着从门外进来的 Sonia。

一阵电话铃声打破了人与动物间的温情："Fernando，什么，我们今晚不出去？"

"对不起，今晚突然有个约会，明天再见好吗？"电话那边传来 Fernando 的声音。

Sonia 没有说什么挂断了电话，抱起姬姬去了客厅。外婆一人在收拾桌子上的残局，她觉得自己无趣，又回到外婆身边帮助她一起收拾。

姬姬和 Sonia 坐在客厅沙发上看电视，姬姬就像孩子一样依赖着她。突然它抬头望着 Sonia，宛如询问一样等 Sonia 回答："你要去哪里，离开外婆和我？为什么要离开家呢？"小动物哪懂得人类复杂的感情。

"亲爱的，你真懂得我要走吗？"

"当然。从你的眼神和情绪里看得出来。"

"你和外婆在家，不要惹她老人家生气，我走了以后会想念你们的。"Sonia 没有明确告诉姬姬她要去哪里，就是告诉它，它也不知道伦敦在什么地方。

"你为什么要离开家？一个女孩子在外面总是不太好。"外婆还是不放心。

"亲爱的，我要是你就好了，活在这个世界也就没有那么多烦恼。"Sonia 没有直接回答外婆的话，而像朋友一样对眼前的小精灵诉说心中的苦衷。

"你告诉我，也许我能帮上一点忙。"姬姬果真像人一样安慰着小女主人。

"亲爱的，人类的事你哪懂？"Sonia 有些伤感起来，她怕外婆看见，没有哭出声。

姬姬看看 Sonia，又看看外婆，"喵——喵——"连着叫唤了几声，表示理解小女主人的心思了。

"早点睡吧，我明天还要上班。"外婆离开 Sonia 和姬姬，回到自己房间。

"晚安！"Sonia 抱起姬姬也进了自己的卧室。

……

四

Sonia 去了英国不久之后，外婆已到了退休年龄，基本上不再上班了，前些时候，手上还有些工作需要移交，仅仅上午去单位处理工作，下午索性不去了。午间在家里吃饭，不想做饭时，一人去楼下酒吧吃点东西。午觉起来，下午和朋友一块外出，就在附近喝喝咖啡、聊聊天，倒自由自在。

　　不过，有时候外婆无聊就去女儿家看看，或是留下来吃过饭很快就走了。自从姬姬来到这个家，Sonia 和老人放弃了许多旅行的机会，确保总有人在家里照看它。Sonia 不在家，外婆就干脆放弃了旅游。因为老人不忍心把姬姬丢在家里，也不愿托外人照看。外婆即使外出一天，心里也老是牵挂着姬姬，觉得把它留在家里，怪孤单可怜的。

　　半年过去了，姬姬和外婆相依为命，每当外婆出门，把它要吃的饼干盒和水盆放在厨房的地上，它饿了就吃饼干，渴了就喝水，该去方便自己也知道。姬姬的厕所是一个放满猫沙的长方塑料盘，它在那里用过后，自己用小爪把沙子盖上，家里一点异味都没有。它吃饱喝足，就悄悄来到 Sonia 房间里，闻闻这闻闻那，不知道小女主人究竟去了哪里？有时，干脆爬到床上或者蹲在 Sonia 的衣服上面不离开，因为衣服上有 Sonia 的气息，它闻了就好像和它的小女主人在一块。看见姬姬那种神情真令人心疼。

　　"姬姬，你在哪里？"外婆从外面回到家里，一进门总是先看见姬姬站在门口等着她回来，然后跟在身边"喵——喵——"直叫，其实也不是饿，就是想跟外婆亲近。外婆懂得它的心，扔下公文包，弯下腰抱抱它，亲亲它，姬姬一甩尾巴玩耍去了，外婆又是一番爱怜，从冰箱里拿出它最喜欢吃的鸡肝。姬姬非常懂事，用背在外婆两腿上不断摩擦，意思是感谢外婆，每当这个时候，即使它不饿也会领受一下外婆的关爱。Sonia 不在家，姬姬每晚都和外婆同床就寝，早晨起来第一件事，就是去卫生间的沙盘里方便，坐在沙发上等着外婆起床，然后他们共进早餐。

这一天傍晚，外婆似乎比平常回家早些时辰，进门没有看见姬姬，边叫边找它，找到 Sonia 房间，只见它孤单地趴在 Sonia 衣服上面，外婆来到姬姬身边，看见它眼泪流了出来。"亲爱的，明天开始我就不上班了，在家里陪你好吗？"外婆一时被感动，自己也哭了起来，人类和动物的感情世界也是相通的。

一阵电话铃响，姬姬敏捷快速地脱离外婆怀抱，跑到电话机旁边，拼命用它的小爪抓。外婆抱起它拿起电话。

"外婆，我是 Sonia。你好吗？姬姬呢？"电话那头传来 Sonia 急促的声音。

"亲爱的，你在哪里？一切还好？"外婆以为外孙女回到马德里了，她知道 Sonia 总是神出鬼没，一会儿在英国，一会儿又出现在马德里，说不准又去了其他国家。

"外婆，我在英国呀！姬姬还好吗？你们想我了吗？"

"当然啦！亲爱的，你什么时间回马德里？姬姬每天总会卧在你的房间里不出来，更想不到的是它每次都躺在你的衣物上，我们都很想念你！"

"外婆，姬姬，我也好想你们啊！叫姬姬听电话好吗？"

"好，让我们的姬姬听电话。"外婆把电话筒放在它的耳边，它痒痒地扭了扭头，随即明白地"喵——喵——"叫了几声。

"外婆，过几天就是姬姬的生日，您替我买点好吃的喂它。听爸爸和妈妈说，您退休在家里，要多保重身体，再过些日子我回到马德里，您就又可以去旅行了。对了，Fernando 来过了吗？刚才我打电话告诉他，让他今晚来看看你们。"

"我知道，他已经打过电话，一会儿就来，你就放心好了。亲爱的，你也要照顾好自己。"外婆放下姬姬和电话，系上围裙进厨房去准备晚餐。

突然，厨房里"扑通"一声，刚开始把姬姬吓得躲藏起来，它竖起耳朵听了一下，没听见动静随后来到厨房，看见外婆倒在地上。它就一股劲在外婆身上拼命抓，拼命叫，一会儿跑到电话机旁，看样子是想打电话，眼泪从它脸颊流了下来，真不知道如何是好。这小机灵一定是想帮助外婆，却无能为力。

不一会儿，电话门铃果然响起来，姬姬赶忙跑到大门口，拼命叫喊，那凄惨的喊声，几乎是孩子一样的大哭。

西方的房屋建筑，早在多少年以前，就安装了闭路启动开关，有人来时，主人在上面按下机关不用下楼去，就可以开下面的大门。眼下正值下班时间，大门是关着的，Fernando 也没有办法上楼来。

所以，姬姬更没有办法完成人类完成的任务，它开始猛抓自家大门，希望楼上邻居路过，听见这不正常的抓门声。

"救命啊！"邻居似乎听见门里在喊叫，但觉得那不是人的声音，细听仍然是小猫抓门的声音。邻居心里疑惑并奇怪进了电梯来到楼下，正准备去找门房，又看见大门路灯下站着 Sonia 的男朋友，邻居开门让他进来。门房手上有每家住户的钥匙，以备他用或避免哪家发生不测。

Sonia 的男朋友进来，门房拿出钥匙，他们一块上了电梯。

刚来到外婆家门口，就听见姬姬在叫，房门打开，姬姬把大家带到厨房一看，全明白了。Fernando 抱起外婆放在客厅沙发上，门房拿起电话拨通急救中心，救护车很快就来，把外婆拉走了，Fernando 跟车去了医院。门房重新关好大门，姬姬被撇下单独在家。

动物和人类有着密切的心灵沟通，它们非常懂得人类感情的需要和付出，所以，往往在特殊情形下，大多是动物急救了人类，才使得主人尽快脱离危险。姬姬的举动，已经证明了动物和人类不仅可以和平共处，而且可以互助。

五

夏天很快就要到了，自从外婆中风住进医院，Sonia 的男朋友时常来家照料姬姬，临近考试，Fernando 就没有那么多时间来了。

Sonia 的母亲往返在两个家庭之间，承担喂养姬姬的工作，更多的时间留守在医院陪外婆。外婆已经不会说话，但她听得明白，有时嘴巴老是一张一合的，女儿知道老人家想对她说什么，不外乎在关心 Sonia 和小猫。每当这个时候，女儿拉着外婆的手，抚爱地安慰着，让她不要担心，姬姬和 Sonia 都好好的。

外公见机会来了，总是不间断地出现在老伴儿眼前："这下，你不撵我走了吧？来，我喂你点水。"毕竟夫妻一场，外婆话说不出来，只能静静看着对方，心里似乎在说我们都老了，随即从眼角淌下一串老泪来。

周末，Sonia 的父亲没有外出拍电影或者休息时，他们夫妻总是一同出现在医院，用轮椅推着外婆在院落里晒太阳。这一天，外婆的嘴比平常张合多了些，有时张着就不合拢，女儿女婿不知道老人要表达什么，但女儿似乎更懂得母亲，在她耳朵跟前小声提起姬姬，外婆的脸上才露出了些许表情。

"母亲，下次我们把姬姬带来。"女儿嘴上这样说，心里却不知道如何把那小东西搞到手，又如何带到医院来。医院是不允许小动物出现在病人眼前的，可为了外婆，女儿还是不顾自己的疑虑暂时安慰着外婆。

外婆似乎放下心来，一会儿又张嘴想说什么，她无论怎样努力，还是没有办法和女儿女婿对话。

"您是不是想说 Sonia？她给您来信了，等一下，我念给您老人家听。"女婿拿出信开始念，老人家听着并不断看着女儿女婿，心中满意地慢慢睡着了。

女儿女婿把外婆推进病房，在护士的帮助下安顿好老人，他们离开医院，开车直接去了外婆家，姬姬还等着他们呐。

……

晚上，Sonia 的父母坐在沙发上看电视，父亲对母亲说道："下个月，我要去美国拍电影，我希望你能一块去。"

"我还是不去吧？如果我走了，外婆就没有人照应，把姬姬丢在家也不放心。"尽管 Sonia 的母亲，外表看上去比较冷静，但女儿走后的半年时间里，无时不牵挂着自己的女儿，女儿不在，只好把感情寄托在姬姬身上，因为姬姬是女儿收养的。

"母亲有护士照看，我们不用担心。姬姬嘛，我们带到自己家里，多给点钱让门房帮照看一下。"Sonia 的父亲还想劝妻子一起去美国。

"你是去工作，不是旅游。再说 Sonia 也许该回家了，等她回来姬姬有人看时，我再去也不迟。"Sonia 母亲把女儿拿出来当挡箭牌，不过，他们的女儿的确要回马德里，她已经知道外婆住进了医院，说不准就在这几天。

"等 Sonia 回来，征得她的同意，把姬姬领到我们家好了。Sonia 一个人住在外婆家，吃饭也不方便，再说，我走后你们彼此有个照应。"丈夫体谅妻子，也尊重她的意见，所以也不再勉强。很多时候，外出其他国家拍电影，妻子只要说不想去就算了。

"你还不知道，我们那怪女儿的德行和脾气，住哪吃哪随她去好了。"女儿和父母的性情总是格格不入，她从来不会主动去亲近父母。

就好像眼前的小猫，尽管它非常依恋人类，但是它的生活非常独立。比方说，它需要你的时候，会主动上来和你亲近玩耍一番；不需要你的时候，它独自躺在沙发上或者床上，无论你怎样走近它，它都不会和你亲热。生物学家指出，猫是家畜中保持野性最高和最自由的动物，不像狗那样可以被驯服，人们可以看到马戏班中可以驯服非常凶猛的狮、虎等野兽的人，但从来没见过驯猫者。

时间不早了，夫妻俩议论着女儿和姬姬，上床很快睡去。

第二章

一

其实，每个人生活的空间都很大，但是往往满足不了欲望，所以舍近求远去寻找一份生存的地方。当初，Sonia 到英国去工作，并不是在马德里找不到工作，有时，面对社会和家庭，人都有一种叛逆心态。飘零一段时间，最终又回来。西方的假期刚开始，Sonia 果然从伦敦回到了马德里。

就在她进门的时候，姬姬已经知道她回家来了，早已等候在大门里。可她顾不了那么多，紧接着往医院里跑。她没有想到半年以前，走时外婆还是好好的，可眼前的外婆却患上了严重的老年痴呆症。

"外婆，我是 Sonia。要早知道这样，我就不去英国了。"Sonia 哭成了泪人。由于 Sonia 自小和外婆生活在一起，祖孙俩之间有特殊的情感，外婆见到 Sonia 非常激动，但说不出话来。

Sonia 帮助护士把外婆推到庭院呼吸一下新鲜空气，等安置好外婆回到病房，她立即回家照顾姬姬。

"喵——喵——"姬姬叫着来到 Sonia 跟前，她抱起它："姬姬，外婆住医院了，再也不能照顾我们。这些日子你还好吗？"

"外婆怎么样了？"姬姬依偎在 Sonia 身边。

"我明天带你去医院看外婆，好吗？"Sonia 以为姬姬不会拒绝她的要求。

小东西非常懂事又连叫几声，示意它听明白了。Sonia 把姬姬放在地上，开始收拾这个离开半年的家。之后，去超市买吃的用的东西，还特意为姬姬买了它最喜欢吃的鸡肝。

Sonia 从英国回来，再没有说要回去，她知道父亲去了美国，劝母亲去玩玩，说家里有她在，不要担心外婆和姬姬，可母亲还是没有去美国找父亲。

有一天，母亲问女儿是否要搬回家住，Sonia 没有接受母亲的心意。母亲知道，她们母女间感情是越走越远，彼此间的融洽程度远不如女儿和姬姬之间的关系。

这一天又是星期天，Sonia 母亲早早来到外婆家，拿来几天前特意买回来的小笼子，准备把姬姬放进去带到医院给外婆看看，以此满足老人家的心愿。

"姬姬，我们去看外婆。"Sonia 百般哄着它，想抱起之后放进笼里，Sonia 母亲帮助打开笼子门。

谁知姬姬看见那个笼子，死活就是不进去，并拼命用爪子抓 Sonia 母女俩，其实它没有恶意，仅仅是本能地保护自己，只听见它嘴里还喊着："放开我，我不要离开家。"小动物也许怕人类伤害它，或者更怕被抛弃。

"算了，不要再勉强它，我们走吧。"Sonia 母亲只得把手上的笼子放在了桌子底下。

"亲爱的，你不愿意就说一声，干吗那么生气。看你把我的手抓得血淋淋的。"

母亲急忙从卫生间拿出酒精为女儿消毒。姬姬就像孩子做错事一样，悄悄地躲了起来，直到母女离家也没有露面。

……

"我打算再去找份工作，外婆那个家也需要人照应，姬姬还是由我照看。有时间我会回来看看您的。"母女二人从医院出来，她们没有直接回家，进了酒吧。

"外婆的病只有维持现状，别的没有办法挽回，不过，你能在马德里找一份工作是最好的。"

Sonia 没有去找工作，整天和一些男女朋友玩，几乎每晚很晚才回家。她看上去没有过去那么精神，而总是哈欠接连不断。她会一整个上午都在家里睡觉，姬姬始终在她身边，有时还会叫醒她，意思告诉她该吃饭了，也希望跟它玩玩。

当初，她之所以不愿意和母亲住在一起，就是觉得不方便。父母不在她身边，她也很少去看望母亲，得其所哉。不过，她每周至少要去医院看外婆两次，其余的时间，她自由得宛如小鸟一样到处飞翔。

一个周末的上午，母亲打电话来，让她晚上回家吃饭，她躺在床上懒洋洋地不想接电话。姬姬从窗台上跳下来，跑到她身边叫个不听，她总算接了母亲的电话回家去了。

哪想，她一进门，母亲看见她脸色不对，就问她："你的脸色那么难看，人也瘦了一圈，是不是工作太累了？"

"不会的。也许没有睡好觉。"Sonia 支吾着，没有说实话。

母女俩收拾好桌子，又随便聊了些无关痛痒的话题，Sonia 告辞母亲离去。她先回到自己的住所，想把姬姬安顿好再外出。可姬姬缠着她不让出门，那副乖巧的样儿，谁也不忍心离它而去。

"姬姬，我出去一会儿就回来，你在家好好玩。"

姬姬似乎在说:"我真不愿意看见你目前的样子,外婆还不知道呢。你母亲来我一定会告诉她的,你和以前不一样了。"

"我的宝贝,你咋知道那么多?如果这样我也不要你了。"

这下姬姬有点为难,它和 Sonia 的感情是没得说的,真的要出卖主人,于心不忍啊。尽管这样,姬姬仍然不放她出去。不然,她今晚又是一个不眠的夜晚。

Sonia 没有办法,就只好依了姬姬。一个小动物,哪能知道主人以及人类在想什么呢?即使在眼前发生不该发生的事,它又哪能知道和懂得?

二

Sonia 时常也到其他国家旅游,玩耍也好,打工也好,当她想回家而没有路费时,只要她给家里父母来封信或挂个电话,父母从没有拒绝过她,总是按时把钱汇到她所在国家指定的银行卡里。

Sonia 这次回来,手上已经没有多少钱,她不好意思张口问母亲要。突然,有一天午餐以后,她记得外婆和外公留在银行账户里的钱,那是属于她自己的。但里面的余款也不多了,但还可救点急。

"亲爱的,我们又有钱了,姬姬,你想吃什么,我去买?"小动物能吃什么,除了饼干,最奢侈的就是鸡肝了。

"Sonia,鸡肝我不想吃了,钱你自己留着花吧。"姬姬以为节约钱,可以帮助小主人。用来买鸡肝的钱有几许?

"姬姬真乖。不过你放心,牛奶和面包都会有的。我们下午去看外婆，好吗？"

Sonia 抱起姬姬，亲热地吻着它的脸颊。她忘记姬姬是不会跟她出去的。

"喵——喵——"姬姬仍然快乐地叫着，Sonia 一松手它就跑走自个儿玩去了。

Sonia 坐在窗台下沙发上开始作画。她一直没有放弃绘画，这是父亲给她的遗传基因，更何况她的绘画作品还蛮不错的，至今家里挂的不少作品都是出自她的手。其中有一幅她画以前家里的老保姆，是一张慈祥和蔼神情的油画作品。

姬姬跑了过来，扬头望着 Sonia，只见它用小爪不停地抓画笔，一会儿又爬到窗台和沙发上或者干脆钻到 Sonia 怀里撒娇起来。

"姬姬，一边玩去，我马上就画完了。"只见 Sonia 在它身上亲了一下，随后放它到地上。"喵——喵——"姬姬是抗议还是真想见外婆，它用身子蹭 Sonia 的脚。

"好了，好了，我知道了，一会儿带你去看外婆。不过，让护士小姐看见了，把你扔到垃圾桶里，我可管不了那么多了。"

姬姬在一旁摇摇头，又甩甩尾巴，似乎相信了 Sonia 的话，不再纠缠她，独自去到外婆的房间，床上有一件外婆的衣服，小机灵趴在衣服上不下来，很快就睡去。

傍晚时分，Sonia 去了医院，自从上次姬姬拒绝去医院看望外婆，Sonia 就不再想带它去了，再说医院也不允许。她在医院大门口买了一束外婆最喜欢的康乃馨，来到外婆的病房，看见外公也在那里："你好，外公。"

"我打了多少次电话，你总不在家。晚上不要玩得太迟了，早点回去。"

"外公，有什么事吗？"

"没啥事，外公请你吃饭。"老人的心总是孤独的，见到外孙女为之付出的爱，似乎只有通过吃饭的机会诉诉衷肠。

"外公，刚回来不是请我吃过了。"

"……"外公和 Sonai 同时把视线移向床上。外婆眼睛睁着。

"外婆，这是您最喜爱的花。姬姬问候您呐。"她说着，把花放在外婆鼻子上让她闻了闻，随即把花插进床旁边茶几上的花瓶里。

她坐在外婆身边拉起老人家的手，用自己的手抚摩着并对外婆自言自语着："外婆，我也许还要去英国做工，我把姬姬放在父母家里，那小东西太可爱了。"外婆似懂非懂，一双眼睛木呆呆看着外孙女。

"外公，你陪外婆多待会儿，我先走了。"

"这……"外公本想再提起吃饭的事，看见外孙女心里好像有事，就不再勉强。

Sonia 起身离开医院，一人闲荡不知道该去哪里。自从回马德里看见外婆这个样子，真不知道该怎么办是好？留下，还是去伦敦？她从地铁出来，没有直接回家，而是去了另一个地方，一个年轻人跳"蹦吧"的场所。瞬间，她的脚下慢腾腾走来一只小猫，身上是黑色灰色肮脏得早已分不清本色，她心里想着自己也像这只无家可归的动物。

"只要我手上有一份工作，你就不会没有事做，你为什么就不能安分守己地去做？"父亲的话又传到 Sonia 耳朵里，她自己都不相信自己会对父亲那样的态度。

"您那样活得太累，成天到处奔走，可划得来？我宁肯少活几年，也不愿意像你们这样活着。" Sonia 逆反心理对父母的劝阻是越来越听不进了，在西方家庭是没有办法让儿女屈从父母意愿的，若管得太严了，他们离家一走了事。

"你要自由，也不能违背道德和法律，看你整天无所事事，跟堕落有什么两样？"父亲想尽量说服女儿，可女儿哪听得进去？

"我的生活你管不着，我有权利左右自己的意志和身体，堕落不堕落不要你们负责。"哪想到女儿竟然敢如此顶撞父母。父亲的尊严一落千丈。

"啪"的一声，父亲一个巴掌给女儿捆了过去。Sonia 根本没有想到父亲竟然会打她，这可是从来没有过的事，她捂着疼痛的脸跑出家门。这就是 Sonia 一直不想回家和父母住到一块的原因，父母对她也无可奈何。

Sonia 进了"蹦吧"，里面又是乌烟瘴气，扩音器里放着最大音量的迪斯科音乐，她完全不能自拔，随着乐感疯狂地跳了起来……

一年以后，Sonia 果真再也没有回来。在一个可怕的夜晚，几个男女朋友开车把她从葡萄牙送回马德里，第二天上午父母才得知女儿住进了医院的抢救中心，医院又不允许父母进入病室探望，他们只有在外面坐着等候，直到下午才看见医生表情严肃地走出抢救室，并告诉他们：Sonia 抢救无效，心脏停止跳动而亡。

突然传来的噩耗，像一声晴天霹雳，父亲泪流满面几乎晕倒，母亲则麻木得欲哭无泪。姬姬整天不吃不睡，卧在 Sonia 衣服上面不下来。Sonia 父母清理完女儿遗物，叫 Sonia 生前的好友前来带走，然后带上姬姬，离开了外婆和 Sonia 共同生活过的房子。人死了是不会复生的，姬姬更不会知道小主人去了一个遥远的地方。不久，Sonia 的朋友们果真把她的骨灰送往葡萄牙，永远葬在了大西洋里。

三

马德里的冬天，尽管寒风习习，但每天仍然是阳光灿烂，让人感到温暖舒服。周日午时，Sonia 的父母照常来到养老院，推着小车上的外婆，去庭院里晒太阳。

这天，外婆不像往常，看见女儿女婿到来非常高兴，反而因为未见外孙女心中十分不安。他们没有把 Sonia 的死告诉老人家，而是拿来 Sonia 画的姬姬画像给老人看，只见老人对着姬姬的画像目不转睛地看了片刻，仍不能弥补她对外孙女的思念。久不见 Sonia 来她跟前，外婆心里琢磨着："Sonia 去哪里了，这么久都没有来？"

"孩子贪玩，一时忘记外婆，不过她很快就会回来的。"外婆看见女婿手上拿着 Sonia 的来信，就信以为真，自然就不会起什么疑心了。

女儿女婿事先已经考虑到老人会问起 Sonia 来，好长时间，Sonia 都没有到医院来看外婆了。女儿连忙从包里拿出一封从英国寄来的信，这是 Sonia 的父母有意安排的。Sonia 的父亲模仿女儿手迹，把信写好寄给伦敦的朋友，再由朋友把信寄回马德里。她拆开信封把信笺抽出念了起来。

外婆您好：

　　我还是去了英国，目前我在伦敦一家高级宾馆里做工，除了上班，我每天都过得很开心。对不起，离开马德里我没有去看你，只是把姬姬送回父母家去了。外婆，等到圣诞节我回来，给你带来一份礼物……

　　　　　　　　　　　　　　　　　　爱你的外孙女 Sonia 敬上

　　女儿念着信，一直在控制自己不要哭出声来，女婿在轮椅背后早已是泪流满面。外婆听完外孙女的信，心情总算平静下来。

　　有时，善良的谎言也是一个美好的安慰，Sonia 的父母一直骗着老人，直到她离开这个世界，都还以为外孙女仍然在英国工作。

　　过去，尽管 Sonia 与父母有隔阂，但是每年的圣诞节，她无论在哪里，离家有多远，她都会赶回家与家人过节。手上宽裕还会给父母和外婆买点小礼物，这点孝心父母是满意的。

　　"该就餐了。"护士走到这一家人面前，接过轮椅把老人推回病房。

　　"妈妈，我们该走了。下星期再来看您。"女儿把姬姬的画像递给丈夫。

　　"要不要把它放在您的床头柜上？多少给您做个伴儿？"女婿试探问着老人，心想她看见姬姬就像看见 Sonia 一样。

　　"……"外婆没有直接回话，但看得出来老人需要这份感情，她只是轻轻地点了下头，把视线移在床头柜上，示意把姬姬的画像放在上面。

　　……

　　自从姬姬来到 Sonia 的父母家后，得到了无微不至的照顾，时间已久，它有时似乎忘记了 Sonia。完全把感情移到 Sonia 的父母身上，这也难怪，动物回报主人、回报人类是自然形成的。

　　不过，奇怪的是，多少年以后，Sonia 曾穿过的一件睡衣一直放在父母床旁边一张凳子上，每当 Sonia 的父母不在家时，姬姬就会躺在睡衣上面，因为上面有小主人残留下的身体气味。

　　它只要一听见电梯响，就知道 Sonia 的父母回家来了，小精灵马上会跑到门后等候主人开门进来。只见它摇头摆尾，蹭着主人脚前脚后撒娇。

　　"这睡衣上还有余温，我们没有进门时，姬姬一定在这待过。"Sonia 的母亲在顺手放衣服时，摸到女儿睡衣上面的余温。

　　"这件睡衣不用，就藏起来吧？"Sonia 的父亲不知是故意还是无意说了声。

　　"让它放在那里好了。"Sonia 的母亲倒是有心回了一句。

　　"我把它挂在卫生间里吧？"Sonia 的父亲边说也就把女儿的睡衣挂进了卫生间门后的墙上。

"随你好了。对不起，我很累，今晚你做一下饭。"Sonia
的母亲睡在客厅的沙发上。

"我对你说过多少次了，让你去医院检查一下，你老是不
听。你又不是孩子，总不能强求你去医院吧？"Sonia 的父亲
笨手笨脚地开始做饭。

近段时间，Sonia 的母亲身体总感不适，可她又不愿意去
医院看医生。Sonia 的父亲是一个民主自由的人，妻子不愿意
的事情，他是从来不会去勉强的。就是女儿早先的自由行为，
或多或少受了他的影响。

"饭做好了，起来吃一点儿？"Sonia 的父亲在厨房里喊道，
可没有回答的声音，他知道妻子睡着了。但是他仍然来到妻子
身边，妻子醒来看着他，还是礼貌地站了起来，回到桌子上，
陪伴丈夫一块就餐。

"你这次外出拍电影，要去多少时间？我想不陪你去了，
姬姬丢在家里，总是不放心。"Sonia 的母亲吃了一点面包就不
吃了。她看着丈夫不错的胃口，把桌上的饭菜全吃进了肚里。

"不去也好。只是想到经常让你孤单一人在家，心里过意
不去。我们是否可以让门房老太婆照看一下姬姬，每月给她点
钱，这样我们就不用操心了。"丈夫还是想劝说妻子。

"好是好，总不想去麻烦别人。"Sonia 的母亲对女儿的去
世，表面看上去很麻木，似乎又非常冷静，她只是不愿意把心
里的痛苦告诉别人。此时，她想借助对姬姬的相守，以此寄托
对女儿的思念之情。也就是这样，天长日久的压抑积累下了病
痛，直到她患上肝病，转为癌症折磨着她，表面上，她没有为

女儿的死掉过一滴眼泪。

……

四

自 Sonia 去世以后，差不多有十年丈夫没有去国外拍片，一般都在家里守着妻子，两人有时去看看电影，去大公园散步。偶尔在西班牙境内拍片时，总在周末开车回家陪陪妻子。妻子大多数时间待在家看书，有姬姬做伴，有时和女友一块出去逛逛商店打发一下时间。

周六，Sonia 的父母从超市回来，提着大包小包吃的，其中包括姬姬百吃不厌的鸡肝。在回家的路上，Sonia 的母亲走不动了："我很累，歇一会儿就回去。你先回去吧，不然姬姬又要闹翻天了。"

"那怎么行？要歇我陪你歇会儿再走，反正也没有非常紧急的事要急着赶回去。你不要那么固执，去医院检查一下也就放心了。"丈夫已经无数次劝说妻子去医院做检查，可妻子总说自己没事，谁也说服不了她。

当他们回到家，看见满屋一片狼藉，那卧房凳子上的衣服，不知道咋的，全在地下，也不见姬姬在哪里，眼前发生的一切显然不像小偷来过，因为锁和大门安然无恙。

"姬姬，你在哪里？"女主人第一个反应就是想尽快找到与己相依为伴的小动物。似乎它就是女儿的化身。

"喵——喵——"姬姬回应主人但没有出来，Sonia 的母亲在床底找到了它，抱起姬姬眼泪止不住地流了出来。

　　Sonia 的母亲明白，这个小东西为什么把所有的衣物全抛在房间里，它是在找女儿那件睡衣。小动物的灵性和感情再次触动了 Sonia 的母亲，她有些后悔当初不该对女儿太冷酷，因为这种冷酷最终只会变得残酷。

　　"姬姬，我知道你在找什么，这就给你拿来。" Sonia 的母亲来到卫生间，把门后女儿的睡衣取下，放在女儿曾睡过的床上，同时把姬姬放在女儿睡衣旁边，为这事 Sonia 的母亲悲伤了好几天。

　　"这小精灵太通人性，它不知道 Sonia 已经不在人世，早先，只是闻着她的气味，也就满足了。哪想到我把她的睡衣换了个地方，它就满屋找。"现在，他完全理解妻子为什么不跟他外出度假了。

　　这一天，Sonia 的母亲终于支撑不住，被送进医院，经过切片化验确诊肝癌已到晚期，医生不敢把这一结果当面告诉 Sonia 的母亲，而是把 Sonia 的父亲叫到一边，没有想到 Sonia 的父亲说道："我妻子承受力很强，她对死亡不会惧怕，没有关系，您就当面说好了。"

　　医生只好告诉他们："你患的是癌症，最多只能熬上几个月，现在必须住院治疗。"

　　"亲爱的，我们就听医生的，让医院安排好了。我回去取点日用品马上就赶到医院，你一定要配合医生。"丈夫给了妻子脸上一个亲吻，准备把她交给医生离去。

　　"不，今天不行，我还得回家料理一下，况且我还得看我们的姬姬一眼！"她知道自己已病入膏肓，若在医院住下，怕是再也没有机会见到女儿留给她照管的姬姬。

夫妇俩双双回家。妻子病情日渐转重，虽然请中西良医到家治疗也毫无起色。丈夫在家寸步不离进行照料，除非必须外出买菜买药才不得不离开家。

没过多日，Sonia 的母亲实在撑不住了，一晚，不得不打电话叫救护车把她送进医院。Sonia 的父亲一直日夜陪在身旁，仅仅晚间抽空回家看望姬姬，并把食品和水摆好又匆匆赶回医院守夜。

多年以前，Sonia 的外公已离开了人世，家里自是没有多余的人替他代劳一下。不过，Sonia 的父亲也是一个极其顽固的人，即使有人顶替换他休息一下，他也不会接受他人来陪伴垂危的妻子。

每次楼下电梯一响，姬姬便离开床，已经早早等在门口，Sonia 的父亲一进来，它就"喵——喵——"直叫。它不知道家里发生了什么事，已经好多天没有看见女主人回家了。

"姬姬，妈咪生病了，我每天要去医院照顾她。你自己在家不要淘气，想妈咪了吗？"

自从上次姬姬在家翻找 Sonia 的睡衣之后，这个家的床上一直没有空缺过女儿和妻子的衣服，Sonia 的父亲进门来第一件事就是摸摸床上的衣服，每当这时，都会感到衣服是热乎乎的，他眼睛也湿润了。

"喵——喵——"姬姬算听懂了。

……

在医院的单间病房里，Sonia 的父亲整天紧紧握着妻子的

天　赐

254

手，仿佛想让他的心跳声传递给她。他已经感受到妻子微弱的呼吸，眼前的妻子已是骨瘦如柴，即使有很多话想对妻子说，此刻，他知道再说什么都是多余的，他深知每个人的生命终归有一天会走到尽头，同时为妻子勇敢面对生死却没有一丝胆怯而敬佩。

"姬姬怎么样了？"Sonia 的母亲问丈夫。

"这小东西太懂感情，我没有回去以前，它老是躺在你们的衣服上，一听见我上楼就马上到门口接我，比 Sonia 还要懂事啊！"

"你不要说了。"Sonia 的母亲伤心得不想再提起女儿。

"对不起，亲爱的……"Sonia 的父亲明白自己不该在妻子面前埋怨女儿，只好把话打住了。

……

"我走后，你要照顾好姬姬，还有家中的植物。请把我的骨灰撒在地中海，你也不要……不要亏待自己……假若有一天遇到一个心肠善良的女人，不要……不要为了我……孤独守着，我希望你为了我要好好活下去，我知道你永远会记得我……"妻子在临终前嘱咐着，无力再继续说下去，慢慢地闭上眼睛，没有流一滴泪。

"……"Sonia 的父亲知道妻子很快就要去天国，夫妻 40 年来的风风雨雨就要拉下帷幔，自是悲痛不已。他不想让妻子看见自己流泪，死死捏着妻子的手，给了她最后一个吻，看着妻子平静地离开了这个世界。

西方殡葬馆，逝者的遗体存放时间一般在 24 小时。当天傍晚，不少中国和西班牙的朋友纷纷前来为逝去的人送葬，第二天上午将火化。

"今晚，我们来陪伴你，一起送走……"死者生前的好朋友 Rosa 夫妇提出要求。

"谢谢你们。把这最后的时间留给我吧！" Sonia 的父亲已伤心得不能自拔。

前来送行的人只好离开他和已故的朋友，默默离开了那座生命的终点站。

这是 Sonia 死后的第七个年头，她的母亲也离开了这个世界。直到后来，姬姬又有了第三任女主人，她们又相处了两年多的时间，姬姬在 13 岁那年春天也离开了人世。

……

第三章

一

人生无常，哪想到历经了几十个春秋，已是不惑之年的秀茹，居然喜得"一女"，她的女儿是一只小黑猫。她与宠物相处几年，丝丝情愫彼此相牵，长久厮守，那只小黑猫已成为秀茹生命中的一部分。

"姬姬是我家小猫。"秀茹逢人就夸自家"女儿"。姬姬的确长得很乖，有一身柔软光洁的黑毛，尾巴特别长，圆圆的脸，尖尖的下巴，还有一双人见人爱的蜜色大眼睛。

"看你那样亲热姬姬，我总算放心了。"秀茹的先生的担心不是没有道理，他就怕新娶进来的女主人接受不了姬姬。

姬姬今年刚满 13 岁，人们常说：猫的年龄 1 岁相当人的 7 岁，这样算起来，它已是高龄了。不过，它仍然是那么婀娜多姿，整天如袅袅轻烟不断飘逸在房内。

每当秀茹在沙发阅读时，姬姬总是悄然来到身边，嗲兮兮地依偎着，时而睁开那双深邃透明的大眼睛瞟上女主人几眼，时而"喵喵"地叫几声。

"姬姬，吃饭咯。"秀茹夫妻就餐前，总要呼唤着它的名字，它听到却不应声，也不立即来到主人的身边，隔一会儿，它才姗姗跳上桌，让你知道它的高贵和傲慢。

一日三餐，秀茹在厨房忙碌，姬姬静静地躺在沙发上等候着，眼睛不打转地看着女主人，猜想端上桌的是什么佳肴。有时，它发现是自己所喜欢的食物，毫不客气，连招呼都不打，便独自先尝起来。如果不是它所喜爱的，便一溜烟下了桌自顾玩耍去了。

别看这小精灵默默无语，它可懂得生活规律，什么时间吃点心，什么时间喝水，什么时间吃正餐，什么时间外出散步，什么时间睡眠，什么时间吃零食，它都一清二楚。

"喵——喵——"，姬姬时常来到秀茹身边轻轻地叫着，把她带到放零食的橱柜旁，乖乖地等着女主人拿出它最爱吃的炸、烤食品，还有奶乳酪、蛋糕、饼干等，它最热衷的还是鱼、虾和鸡肝。

"亲爱的，把门打开一点，姬姬要出去散步。"先生告诉秀茹。

每天傍晚时分，姬姬都要到外面走廊去散步，这已成了它生活的习惯。每当外出时，它把书房里的秀茹唤出来，走在前面引着去开门，或用它的小爪在门上抓得吱吱响。门开了，它不立即外出，回过头来跟秀茹亲热一番，不停地在地下打滚，好像在对主人表示一种谢意，之后秀茹当然会给它一些温柔的抚爱。

"我跟它开个玩笑，今晚不允许它回家。"秀茹把大门关上，憋着气通过门缝朝外看。这小精灵非常聪明，它看见女主人关上门，就不轻易离开楼道，两只眼睛死死看着自家的门，再不就用一只爪子拼命抓门以表示它的抗议；如果女主人没有关门，它就会放心去玩耍。

姬姬离开秀茹的视线时间久了，秀茹不知它在家还是没有回来？总之时常把它关在门外，它得其所哉。有时，也不知它野到哪儿贪玩去了？但不会走得很远。

于是，主人叫着它的名字"姬姬！姬姬"或吹着口哨，它要么立刻从外面跑来，要么从房内走到你的身边，静静地瞅着主人。她那乖觉的神情，与人相通的灵性真让人感动，让人情不自禁地又去抚爱一番。

秀茹偶尔因看电视拖延了它的晚餐时间，它耐心地坐在秀茹身边，痴情地望着她，直等她看完电视。当秀茹把它要吃的备好，它仅细品一点，便去了卧室，坐在秀茹的床头，等她上床安睡后，它再去饱餐。每当夜里，秀茹熟睡梦中，姬姬都会依偎在她的身旁，安逸地侧身躺着，把头靠在她的手腕里，她醒来看见它那副安谧的乖样儿，心里非常甜蜜，真不想惊动它，失去这份温馨。

本来猫捉老鼠是天性，可秀茹家的猫长了十几年，还从未见过一只老鼠，加之它"胆小如鼠"，就更不要说它捉过老鼠了，恐怕老鼠送到它嘴边也不敢咬。

"呼——呼——"姬姬虎视眈眈地望着窗户外面的雀鸟，它不让任何异类靠近自己。

它喜欢在窗台上享受阳光，看见窗外有只大鸟在引吭高歌，它吓得畏缩地躲在一边。等外面没有动静时，它会叫秀茹把窗户打开，它便从这个窗口溜到那个窗口，好不自在。

"姬姬，你又怎么啦？"每当这个时候，秀茹就知道它又看到了什么。

姬姬感到寂寞时，自寻开心的事也不少，最爱玩的是滚线团，要不就在房中狂欢般地跑来跑去，把家里的地毯弄得乱七八糟。

"你这个淘气的小东西。"秀茹紧紧地把姬姬抱在怀里，直到它受不了狂叫起来，突然逃开女主人。秀茹的爱心并没有完全得到姬姬的回报，但对男主人就不一样了。每当男主人坐上沙发，姬姬会很快来到他的身边，温顺地依偎在男主人的怀里，"呼呼"发出恬适的呼吸声来，这温馨的画面真令人感动。

这个小精灵，把秀茹夫妻惹得如痴如醉，叫你把心全部掏给了它。

尽管秀茹夫妻对它无比关爱，可它也有烦恼痛苦的时候："快过来听，姬姬在梦里低声哭泣，它难道有什么心事？"

秀茹的先生果真丢下手上的画笔，来到姬姬身边。"也许是没有伴儿。"

春天刚张开笑脸，楼下花园里早早就听见雄性猫在低一声高一声叫喊，似乎在呼唤它同族异类的爱情。姬姬对爱情是羞涩胆怯的，但有时也难以压抑自己不停地往窗外窥视，每每看见它的同类，又吓得躲藏起来。

姬姬时常让人牵肠挂肚的是它的依赖性太强，使得主人不敢离开姬姬外出旅游。寄托给他人吧，又放不下心来，真不知如何是好。

二

RETIRO 大公园内，秀茹已经跑了一个来回，中断了二十年体育锻炼的秀茹，前不久又开始恢复了锻炼。

当秀茹气喘吁吁冲进那条灌木夹道的死胡同时，只好折回。但眼前发生的一切让她情不自禁地停住了脚步。

在浓密的树荫下，欢蹦乱窜着一大群毛色各异的猫，只见一位年岁已高、衣着整洁的老太太，正把手中的食物放在地下的报纸上，猫群吃得津津有味。

"哇，哪来那么多小猫？"秀茹用右手点着，一、二、三……哎呀！数来数去，怎么也数不清。地上的小猫在老太太脚下窜来窜去，眼花缭乱的，再也数不下去。

眼前无家可归的猫群，终年风餐露宿旷野，照理不像家猫那般温顺，可看上去它们虽不失野性，又似家猫那样的驯服。

地上放着四五个猫食空罐头盒，老太太从提包里又拿出一听，打开用手抓出食物，唤孩子似的叫着"Pichi"，于是一只可爱的蓝眼小灰猫，立刻从远处跑了过来。潜伏四周草丛、灌木中的猫群，看见老太太优待 PICHI，也匆匆围上"喵喵"地唱着。并不断用它们的背脊在老太太小腿上蹭过来蹭过去，表示谢意。

"Ximi 在哪里？"

Ximi 从树丛间跑来，踮起后爪，站起用前爪扑食，那调皮的样儿真令人怜爱。

谁知，老太太在 Pichi、Ximi 享受的猫食里，早已掺拌了避孕药，用以防止这群小动物无限制地繁衍。多么细心的老人啊！

"我退休十多年了，一次在公园里游玩，看见这群小精灵的。"闲聊中，秀茹得知老人寂寞之余，她把每月退休金省下一部分，来喂养这群无家可归的小动物。

"你收养的小猫一共有多少只？"秀茹干脆拿起食物开始帮助老人，又见她蹲下身来，用手摸着跑来跑去的猫。

"一共有四十二只猫，我对它们的习性已经了如指掌，并为每只小猫起了名字。"

"都是野生的吗？"

"它们不全是野生的，也有被遗弃的。"善良的老人十几年来对众多小生命的怜悯和施舍从未间断。

起初，老太太济助的没有这么多，天长日久它们与这位老太太似乎心有灵犀，唤来了更多的流浪猫。

"它们就像一群孩子，渴望有所依靠，从四面八方而来，自然越聚越多，形成了我们眼前所见的猫族大家庭。"

秀茹有些惊讶："您每天要付出那么多时间和心血，真难得！"

老太太与猫之间由此建立的情感，再也割舍不下，是她生命的一部分。

这是一个风雨交加的夜晚，老太太记得曾在白天看到一棵树上有新生的猫崽儿。她一人肩扛铝合金梯子，带着塑料布来到公园，亲自爬上树，为猫的"家"搭起了遮雨棚。没想到，偶遇一个夜归路人，第二天将这个消息传了出去，老太太的爱心得以家喻户晓。

为了这群小精灵，老太太作出了许多牺牲。

"您每日要照看它们，那外出旅行咋办？"

"有位德国老太太，主动提出要和我轮换照顾，这样我就可以脱身外出度假了。"

每当这个时候，在公园里散步的人，都会看见一辆奔驰车开到猫群集中的地方，德国老太太为它们送来了食物。

久而久之，两位老太太的奉献精神被新闻媒体曝光并对她们作专题采访，在社会上引起强烈的反响。

"Muchacho."

"Chica."

"Chico."

老人呼叫着，又从提包里拿出一些鸡肝，分发给她的"孩子们"，并特别关照着那些体弱的猫。

眼前的情景，使秀茹记起一个法国名作家所写的感人故事。

在巴黎蒙玛特区的一间小阁楼中，住着一位年迈的老太太，孑然一身的她，养有一只碧眼黑猫，多年来她俩相依为命。一年圣诞佳节即将来临，黑猫寿终正寝，老太太悲怆地用心爱的头巾把它包裹着，悄悄将之埋葬……

圣诞夜，好心的邻居们和往年一样，照例拿了些应时食品上阁楼探望，到了老太太门口敲之不应，正在踌躇中，似乎闻到一股煤气味，立刻预感有所不测，慌忙叫人把门撬开，只见老太太安详卧床已无气息，继而发现几案上的遗言：

我年迈孤寂独居和"小黑"为伴，如今它安然去了，没有它，我也无心留恋世间……

动物与人类虽无语言交流，但彼此之间灵性有所相通。尤其是家畜这类小动物，它们对主人的喜乐悲哀有着特别敏捷的感受，简直不可思议！

三

秋风带着秀茹的脚步，漫步在回家的路上，她突然看见一只狸猫懒洋洋地从荒草丛中跑出来，后面紧跟着三只小黑猫，那副无精打采的样儿似乎多日没吃东西。毋庸置疑，它们定是一家"人"。

"哎呀，好可怜的小东西！"秀茹下意识地蹲了下去抱起小猫，想以此给它一点关爱。怀里的小猫"喵喵"地叫个不停，猫妈妈眼睁睁地看着它的孩子被人抱走，似乎若无其事。

这是一只刚满月的小猫，背上的胎毛毫无光泽，半睁半闭着一双干涩眬吊着的小眼，看上去长得就像一只大老鼠，丑陋极了。此刻，小猫身上的一股泥腥味扑鼻而来，秀茹迟疑着是不是把它带回家去？

看得出来，小猫自从来到这个世界，就和它的母亲一样，过着风吹雨打的流浪日子。荒郊，过往行人不会在意它们，哪会给它们饲食？猫妈妈连自己的温饱都成问题，又如何能关爱孩子们呢？

"走吧，我们回家去。"心软的秀茹决定把它收养了。

人性是捉摸不透的，当接受小猫的意念已定，秀茹的母性本能地迸发出来，怀里的小猫不再是先前的怪样。秀茹轻轻地抚摸着它纤柔的脊背，立即听到"呼呼呼"，这是猫类感到温馨所发出的声音。

进得家门，秀茹叫着先生和姬姬："有客人来了！"

秀茹带着小猫在卫生间忙着给它洗澡，用毛巾给它擦干。以此期望它开始全新的生活，和姬姬做个伴儿。

姬姬就像看见怪物一样，双眼死死地盯着这个不速之客，起先怒目横眉，继而张嘴龇牙，"呼呼！"发出野兽般的吼声。

"天啦！怎么会这样？"眼前的场面简直让秀茹看傻了！

姬姬向来温文尔雅，十几年来，它似大家闺秀，从不喧躁。平时外边稍有响动，都会惊诧不安。在窗台上见到大一点的喜鹊，都会吓得退缩下来。可现今面临同类小猫崽儿，何以一反常态？让人大惑不解。

秀茹给小猫起名"咪咪"，从此它便成了这个家庭的一员。

接下来的日子，咪咪欢蹦乱跳，小精灵般地在楼上楼下戏耍，只需教它一次，就知道在哪里吃喝拉撒。

眼见它一天天长大，毛顺光滑，眼也不再斜吊，并且身体也较以前丰满。身上柔和的毛发出一股原始气味来，再没有那泥腥的味道，转眼的工夫成了一个可爱的小天使。

"咪咪。"每当秀茹叫着它的名字，它便又蹦又跳围在主人身边，"喵喵喵"地讨欢。

更可爱的是，每晚它候着秀茹上楼就寝，她却独自留在楼下安睡。第二天一早，它悄然来到她的卧室，上床与秀茹逗欢取乐，那副顽皮的样儿真让人情不自禁地拥抱着它，爱不忍释……

可咪咪的到来，给秀茹这个家带来了几多欢乐几多愁。自从它进得这个家，姬姬便躲藏起来，极少看到它的影子。即便要吃要喝也不肯出来，就像做错了事的孩子，藏在难以找到的地方，等到没动静时，它才悄悄地跑出来吃喝拉撒。

"姬姬，你怎么啦？妈咪给你带来了朋友，你为什么不高兴？"当然，它再也不像以往那样，给秀茹贴心的爱意。

姬姬那副可怜的模样，让人不忍心再去折磨它。秀茹的心又动了，想把咪咪送回原来捡到的地方，或许送给一个喜欢它的新主人。

同时，秀茹也期待着姬姬有一天能容纳咪咪，希望它们相处一段时间后，会融洽和睦起来。

秀茹还天真地奢望着，姬姬会带着咪咪玩耍，就像一对母子一样形影不离。哪想到纤秀的姬姬竟会敌视咪咪，就在咪咪进家那天起，秀茹和她的先生再也看不到它的驯服，以及它的温柔。秀茹想试着接近它，可它总是凶神恶煞，就如一只愤怒的雌老虎。

"这可怎么办？留也不是，弃也不是。"当初，秀茹生怕姬姬不容陌生猫崽儿的到来，会对它加以伤害，事实不是这样。姬姬每当与咪咪对峙时，总是那样狐假虎威一番，但从不袭击它。咪咪则落落大方，根本没有把眼前的姬姬这个庞然大物放在眼里。姬姬本想借地盘优势，给这个外来客一个下马威，殊不知这个比它整整小10岁的小东西，是"初生牛犊不怕虎"，丝毫唬不了它。

"我们要尽快想个办法，这样下去可苦了姬姬。"秀茹的先生思忖着该如何是好。

……

四

姬姬在家养尊处优，过着舒适的生活。谁知道，今天它突然离开了这个家庭，去了一个没有人晓得的地方。

"姬姬，你在哪里？"一大早，秀茹起床没有看到姬姬在身边，也没有在卧室里，她急忙跑到最底楼去找不在，然后又到楼下找也不在，最后看见它在沙盘里，却没有一点回应。

秀茹以为它在方便，就没有再去理会它。她因为急着外出办事，根本没注意它今天的反常。

秀茹从邮局回来，放下手上的邮件去了工作室，只见姬姬半卧在地毯上，她叫着它的名字并抱入怀里，顿感它四肢无力，就像瘫痪了一样，再看它的眼睛，瞪得滚圆，嘴张得大大的，似乎喘不过气来。

"姬姬，你坚持一下，我们去医院。"秀茹随即锁上门，抱着它就往医院跑。

此时的天空没有一丝云彩，尽管阳光灿烂，但冷空气仍然不断地迎面扑来。

秀茹将姬姬紧紧地抱在怀里，用身上的棉袄挡着呼啸的寒风。嘴里不断地呼唤着："姬姬，姬姬！我们去看医生。"

来到镇上一家兽医诊所，医生把姬姬放在一张床上，开始给它量体温："39摄氏度。需要留下抢救。"

秀茹看着医生把它放进了小笼里，见姬姬一点反抗都没有，要在平时它才不肯任人摆布呢。

医生留下姬姬观察，秀茹只好先回去。哪想到，这一走，她和姬姬竟然成了永诀。

下午，小镇医院已经把姬姬转到临近一家大型的动物医院。秀茹和先生再见到它时，它已长眠在一个纸盒里。

"需要我们安葬吗？"医生说。

"谢谢，我们自己安置好了。"秀茹的先生谢绝了医生的好意。他们开车把姬姬接回了家。

"姬姬一身都是水，哪来的水？"秀茹心疼地问道。这时秀茹和先生把姬姬接回家，打开纸盒，看见姬姬被好几层塑料袋裹得紧紧的，腿上还有输液的白胶囊，身上是水淋淋的，难道是医生为它洗了澡？

其实那是脱水出现的症状。他们把壁炉生起来，把它放在生前最喜欢蹲坐的壁炉旁的小沙发上，以往，每当看到秀茹走近，它一定会乖乖地跑开让位给她。

"姬姬，身上一会儿就干了，不会再冷。"姬姬静静地躺在沙发上，享受着炉膛里的温暖，秀茹不断地用布轻微地擦着它一身乌亮的柔毛，它好像睡着了一样，是那么安谧宁静。

说起来，姬姬的生命已经是长寿了，它今年13岁多，猫1岁相当于人寿7岁，那就是说它已有91岁了，可说是寿终正寝。可它给秀茹和这个家带来了多少快乐，尤其是她的先生，姬姬整整陪伴他十多年啊！

姬姬带来的欢乐情趣，怎能用时间来计算？姬姬的身影不断地晃动在秀茹的脑子里，晚上时，她把姬姬要吃的食物准备好，放在长期固定的地方，它不是急着去贪食，而是把秀茹夫妻送上卧室，等着他们熄灯后，才独自下楼去吃晚餐，然后，再重新回到床上，待在他们脚头陪伴着静静地睡去。

"起床了。"第二天早晨，姬姬看见他们醒来，便高兴地跳下床去，在沙发上拼命地抓，意思是该起床了。

有时，它也会鬼精灵似的耍耍脾气，生怕不在意它，在沙发上拼命地抓，只要秀茹走过去，轻轻地抚爱它一下就乖乖玩去。

更令人疼爱的是，姬姬每天都要跑到秀茹夫妻的工作室里，在他们面前亲热地叫着，然后它把秀茹带上楼去，走到楼梯的一半，再回过头来看着女主人有没有跟上，当秀茹随它进了卧室，只见它一跃爬上床翻滚着，那般可爱真让你……

小动物是非常通灵性的，对人类的爱与憎有特殊感受，有时秀茹夫妻说话大声一些，姬姬还以为在吵架，跑过来在他们面前，瞪着一双蜜色带绿的大眼睛，似乎对他们说："不要吵，不要吵！"多可爱的小动物啊！

"真的，有时爱它爱得发疯，真不知道如何把爱全部倾注在它身上，最后只有把它紧紧搂在怀里，把它捉弄得喵喵直叫。"这是秀茹常对先生说的话。

记否？秀茹在半年前，曾写过《姬姬》《忌妒》两篇文章，全是描述她家姬姬的。也许有人会认为，一个小猫与人怎会保持如此深厚的感情？是的，它虽然是异类，可她只是想告诉大家，任何动物都拥有你意想不到的灵性，它们与人类始终保持着密切关系。

"姬姬，你真像睡着了一样。"秀茹的先生伤心地用手摸着姬姬的脊背。

一个多小时过去了，火渐渐熄灭化为灰烬，姬姬身上开始变得温暖，乌黑的毛也舒展开了，摸起来还是那么光滑。

"这是我用了多年最爱的丝巾，为姬姬陪葬，让它感到我的温暖和气息！"秀茹上楼去拿出平时戴的丝巾递给先生。哪想秀茹的先生也不约而同拿出了自己的丝巾。

只见秀茹夫妻给姬姬包上丝巾，然后在它的身上又盖了另一条丝巾，把它放在一个自制的精美盒子里，秀茹把写好的悼词轻轻地放在它身上，悼词是这样写的：

多少年来，我们朝夕相处，你给我们带来了许多欢乐、许多欣慰！如今，你已到达了极乐世界，不再需要我们照顾和抚爱了，成天和树上的小松鼠、天上飞翔的小麻雀玩耍，但爸比和妈咪的心和爱永远陪伴着你……

天色已黑，秀茹和先生真不忍心把姬姬留给孤独的夜，他们守着它，在家中度过最后一个晚上，并把房门继续打开一条缝，期待着它随时能来到他们的身边。

第二天早晨太阳出来了，天气特别暖和，难道这就是姬姬走的好日子，秀茹手里拿着一把小铲，就在他们后花园一棵丁香树下，为它找好永久安息的地方。

此刻，秀茹夫妻的心随姬姬去了，他们的爱也被它带走了。它为人类留下了一首感伤的诗句。

五

"我们不能再轻易领养小动物了，不然会让人伤心的。"一想起小动物或者看见什么画面来，秀茹的先生总是油然而生一种无限失落的感觉。

姬姬离开这个家一年多了，每当他们来到后花园看见那棵丁香树就会想起姬姬，秀茹夫妻已经不再有喂养任何小动物的打算，可命运往往会跟人开玩笑。

这不，一天外出办事，秀茹傍晚才回到家，只见门前放着一个纸箱，里面睡着三只胖乎乎的小猫，一只黑猫，一只花猫，一只狸猫，出生时间大约只有几天，眼睛都还没有睁开，那样儿可爱极了。

"十月怀胎，自个儿生的，自个儿养的都靠不住，哪来心思领养别人家的'小孩'？"尽管秀茹嘴里埋怨着，是谁把它扔在家门口的，其实，她的心早已为之所动，还是情不自禁地把它们抱起进了家门。

秀茹的先生看见几个活宝，又触景生情，至今他还没有走出姬姬逝去的阴影。只听他嘴上唠叨着："养个小动物，如同领养一个孩子，要去尽一份心和责任。大活人一个，哪有不出门的？外出旅游更是不便，如果弃之不管，也是太不忍心了。"

他嘴里的话还没有落地，一只右眼模糊脏兮兮的小花猫已被他抱在怀里，只见他尽心为它清洗，看到那份真情，秀茹想说服他把几个"孩子"收养下来，其实，她也知道很难说服他。围绕这几个"孩子"，他们左右为难真不知怎么办是好。

长久以来，每天早晨开客厅卷帘门时，就会看见一只老花猫，从阳台玻璃门前的擦脚毯上慌张地跑出花园，看它那笨重的样儿，就知道已身怀六甲，没准这几只小猫就是它的，哪想到它当了母亲，瞬间就把孩子给丢了。

秀茹怀里抱着小猫，坐在花园里，被暖洋洋的太阳吻着。她轮流喂它们牛奶，听着"喵喵"的叫声，那份温馨让人好安逸啊！

"小乖乖，吃饱了，下去玩吧！"秀茹把喂好的小猫一一放在花园的庭院里，只见它们笨拙的身子在草地上一步一步朝前挪着或爬着。

其实，秀茹是故意来到花园里的，她知道小猫的母亲就在附近，希望老猫闻到自家孩子身上的气味，跑出来抢走。

"Papi，你快来看呀！小黑猫不见了。"秀茹的预料果然没有错。

就在秀茹起身进屋再重新回到花园的那一瞬间，小黑猫已经不见了。她在花园里到处找，却不见它的踪迹……正在发愁时，忽然见到灌木丛中一双逼人的眼睛看着她，并且小黑猫就在老猫的怀里。

看到它们母子团聚，秀茹一阵惊喜，连忙把手上另外两只小猫，放在老猫不远的地方，跑回屋里观察着外面的动静。她希望老猫也把另外两只小猫带走。直到天黑，老猫也没有出现在花园里。

夜幕垂帘，秀茹只好把两只小猫抱回屋里，它们一夜几乎没有离开过她的身边，小动物尽情享受着人类给予它们的爱护和温暖。

第二天，秀茹的先生特意去找了一趟兽医，见到医生他说："我们家收养了两只小猫，是否可以托付你们打听一下，如果有人领养，就分别送出去。"

医院说："你们先养几天，等 SEMANA SANTA 节日过完再送出去。"先生从小镇上买回小猫吃的奶粉、饼干，以及用的量杯、奶瓶等，在家里办起了"托儿所"。

要知道，具有灵性的小东西，一经抚养便会产生感情，再想放弃它们终究舍不得。

适值正午，是马德里光照最好的时辰，秀茹带上两只小猫在花园里玩耍，她已经感觉到了，老猫悄悄来到铁丝网的外面，两只眼睛看着院里的孩子。她放下两只小猫，故意走开给老猫一个机会，看它是否会领走自己的孩子。果真，一小会儿两只小猫被衔走了。

"Papi，小猫被老猫领走了。"秀茹终于如释重负对着屋里喊着。

"那太好了，这是最完美的。"秀茹的先生答道。

秀茹知道老猫和它的孩子就在前面小广场的树丛或者哪家屋檐下，并没有远去，她还是担心："母子团聚固然是好，老猫哪来那么多吃的，有充足奶水去喂养它的孩子吗？"

秀茹每天晚上把饼干放在花园里，第二天早晨起来的第一件事，就是看看盘子里饼干还在不在，果然不出所料，老猫不仅来过，并吃完了饼干，秀茹感到欣慰极了，老猫吃饱小猫就不会挨饿了。就这样，秀茹家收养了四只没有寄宿的"孩子"。

从那以后，秀茹和先生再没有领养过小动物。如今，几只猫已经长大，有的做了爸爸妈妈，偶尔还见到他们在花园里或者附近溜达，只是它们早已忘记了他们。

猫在家畜中是最自由、最具有独立性的，它不会迁就主人的意思。它住在你家，认为这个家是它所占据的地盘，能和主人和睦相处，不是因为它依附主人，而是让主人住在它的地盘当中。在前面已经提到过，我们在马戏团里可以看到驯虎、驯狮、耍猴，但见不到驯猫的节目。很多文人和艺术家喜欢养猫，就是因为它崇尚自由和独立的个性。

六

姬姬长眠的丁香树旁，一株枇杷树上挂满了花絮，却被严冬扫荡得萎缩了。秀茹在阳光下，清除着冬天留下的杂草、枯叶，庭院顿时显得清朗起来。

"春天来了，把花种在姬姬旁边，让它不会感到寂寞。"

秀茹的先生几天前就这么说。

　　这是一个风和日丽的下午，秀茹从书房来到庭院，拿上小铲刨土坑把花种埋在了姬姬身边，再过些日子种子就会发芽，开花结果。

　　"看来我这把老骨头也该和姬姬做伴儿啦。"自从姬姬去了以后，秀茹的先生心情一直好不起来，在电视上或者看见外面的野猫，他就会想到姬姬而伤感落泪。

　　"姬姬才不要你做伴儿啦。快出来晒晒太阳，春天真好！"秀茹从客厅里拿出两个垫子回到庭院，把垫子放在椅子上。

　　"诗兴又来了，写给谁的？春天？还是我？"秀茹的先生坐在椅子上，看着妻子手里的纸和笔。

　　"现在不告诉你，一会儿就知道了。"已见秀茹开始进入创作状态。

　　自从女儿和前妻，还有姬姬离开这个世界，秀茹给这个家庭带来和谐欢乐，尤其是姬姬从没有远去，就在这庭院里。秀茹的先生望着妻子对文学创作的执着，以及对他所失去的一切懂得去珍惜，他从心底深深感激。

　　"怎么样，写好了吗？快念来听一下。"

　　"好吧，你把眼睛闭上，听起来更有意境。"秀茹对先生卖起关子来。

　　"好，听听我们的诗人写的好诗。"秀茹的先生说着，果然把眼睛闭了起来。

丁香树下

春天早已张开翅膀，
却不见百花绽放，
难道是
对你的追悼
已收敛起青春的芬芳？

姬姬，
再也见不到你的撒娇，
听不到你喵喵地叫；
但你并没有远去，
丁香树下留有你的余温，
就在我们庭院里。

再过不久，
便是你的祭日，
借助丁香花开，
倾吐我们对你的
思念情怀！

此刻，秀茹双眼已被泪水淹没，她的先生甚至哽咽起来……

2月18日，也就是姬姬死后不久，秀茹的朋友Luna从巴塞罗那来家里，她为朋友失去心爱的宠物写下了一篇祭文。

敬送给友人以抚慰他们新近失落的心，并表示我同样的感受。我多么爱那可爱的小精灵，我也曾有过两只可爱的小宠物，它们令我悲痛伤心地远去，去到那么遥远不可捉摸的地方。

一个小生灵的挽歌

乖巧的小生灵，
高贵的小精灵，
请你骄傲地聆听着，
人间如此深情地为你
挽歌唱咏。

姬姬，你去了，
永远地去了！
带着天堂的遐想，
在梦中静静地睡去。
在一个万籁俱寂的夜晚，
月光遍地，
你依偎在主人床头，
聆听着熟悉的鼾声，
怀着无限的眷恋而去。
消失了，

那对闪动、晶莹、
绿宝石的光芒，
永远闭上了，
那双美丽、
善解人意的大眼睛。

你荣耀且知足地，
度过了漫长的年华，
——十三度春秋，
恰似，
走过人间一个世纪。
你的离去，
为疼爱你的我们，
留下了空虚与寂寥，
留下一长串
悠久的伤痛与惦念。
难以置信的
是我不久前的造访，
竟是与你最后的诀别。

一声欣喜温柔的叫唤，
你那样轻盈地迈步门边，
我情不自禁弯腰爱抚你那
一身柔软乌亮的皮毛，

你是那样乖巧机灵，
适时投向我可爱的顾盼一瞥，
你会迎着人们怜爱的目光，
小鸟依人般婀娜多姿。
当人们亲昵地与你逗弄，
你却调皮地左扭右闪地躲避。
然而，
当我痴迷沉浸在阅读中，
或聚精会神与人交谈时，
会不经意地发现
你正端坐面前，
认真地对人端详、聆听。

阳光下的你
又是多么温馨惬意，
尽情享受，万般慵懒……
你那么多的美妙与风趣姿态，
如今已成为
令人永远缅怀的静谧画面。

不！
姬姬没有去，
它绝不会就这样
悄悄地抛下我们了无踪迹，

它的灵魂

已升华到另一个境界，

静静地注视着我们，

在那永恒的极乐之地。

记得，它常踯躅在窗栏

对着夜空凝望，

银河、月亮、星星，

充满着无限憧憬和向往。

也许看到了

一个更神奇的世界，

那里有着曾经给予你

无限温暖与呵护的亲情，

那里有着殷切的渴望，

正充满慈爱把你迎接。

啊！幸福的小精灵，

你竟然异地而居，

选择了永久和遥远，

在那广袤的天地之间！

创造万物之神，

您有那么宽宏的胸襟，

您缔造了无数生灵，

在历经了漫长世间的洗礼后，

终于又回到您的身边——
美丽的伊甸园。

姬姬，
轻轻地去吧！
到你喜欢的地方。
在世间，
你已享受尽了
一个生灵所有的一切。
在你生活的天地里，
如此美化了世界，
并把周围照亮。
你创造乐趣、给予温馨，
点燃了一颗颗枯燥的心。
虽然你淡漠本性，
但对人，充满了忠义和眷念，
你温暖抚慰着、陶冶净化着
一颗颗情态各异、若有所失的心。
你给世界留下难忘的真情，
也留下——无奈的伤悲。
亲爱的姬姬，
让我再次轻抚你柔软乌亮的毛
再欣赏一下你轻盈的体态
和那可爱的顾盼一瞥！

死神赦免

晨雾覆盖着天际，那条蛇行似的柏油马路在山间蜿蜒着，终年一如既往，驮着南来北往的大小车辆。在隐约可见的山峦间一辆又一辆载着天然气包的公共汽车，左右颠簸摇晃，老牛似的喘着粗气，蜗牛般地爬行在川滇公路上。

阿豫站在车厢的过道上，木然望着窗外一团团浓雾飘然远去，房舍、田野、稀疏的树木远远被抛进了大气层。行走在公路两旁的农夫，挑着新鲜的蔬菜，匆忙赶向附近的早市。

车沿江而上，缓缓朝着终点站驶去。悠然向东流去的长江与天穹紧紧相吻，天空开始露出一丝笑脸，朦胧的港湾里漂浮着顺江而下数以万计的枕木，看上去恰似一座天然的浮桥。

突然，一股寒流从窗外扑面而来，车速缓减，车厢中的男男女女，憋着被拥挤的怨气，肉饼般被压成一团，彼此闻着对方的呼吸声。右车轮下便是斜坡，再下去就是长江，此刻，如果车翻身滚下去，那满满一车人的性命就会在一刹那间被江水淹没。

其实，生与死仅仅隔着一条线那样近。阿豫上初中那年，学校整天在学工、学农,拉着学生去野外军训。记得在一个秋天,学校组织一个连300多名学生,背着行囊,过河渡水,徒步沿江而上朝着一个叫弥驼的方向走去。当300多号人来到一座四周环绕的悬崖上时,走在前面的阿豫被后边跟上来的女同学陈启鸣吓了一跳,只见对方手拿一只青蛙放在她的脸上,阿豫最怕皮肤生疣,她为了躲避不小心踩着脚下斜坡上的青苔,突然滑倒并一屁股坐了下去,两只脚掌已经伸出悬崖外。这一幕让正在前进的全体学生停下脚步,被眼前瞬间发生的惊险场面吓呆,似乎一切都凝固了。就在这千钧一发的紧要关头,阿豫顺着青苔就要滑下悬崖时,身体倾斜到左边滞涩的泥土上,最终阻挡了她的身体往下滑。阿豫从斜坡上急忙站起来,看了看大半个山腰的老师和同学们,她自己倒吸了一口冷气,所有人都为她捏了把汗。幸亏有泥土才使阿豫活了下来,不然,那次拉练滑下悬崖,她即使不死也会落下终身残疾。打那以后,阿豫似乎对死亡产生了恐惧,对泥土有了更深的感情。阿豫刚从地上爬起,整个人还处在惊恐中,戴眼镜的女班主任却恶狠狠地对她骂道:"你找死,也不看看时候!"显然,班主任怕承担责任。

阿豫一时还没有从惊吓中完全回过神来,面对着一肚子的委屈,情不自禁地回敬道:"人都死过一次了,你竟然还骂我,你的心难道不是肉长的?"老师没有想到眼前这小女生会反驳她,眼镜片被太阳光遮着只是干气没辙。

整个连的学生亲眼看着阿豫从死神那里回到大家身边,此刻,每个人的心总算松了一口气,队伍继续前进。

阿豫是搭知青末班车才回到城里的，等她匆忙安家有了孩子，已经是大龄青年了。眼前满满一车人，果真这个时候出了差错，那也是命中要注定这样了。

"孩子生出来，我们不会带的。"阿豫耳边响起未出生的孩子的奶奶对外人说过的话。

"你的父母不愿意带我们的孩子，我父母也不愿意，你说怎么办？"阿豫问丈夫，丈夫也答不出一个所以然。

"只好我辛苦些，每天早晚跑。"阿豫心疼地望着丈夫，丈夫近半年来起早贪黑骑自行车往返十多里路，风吹雨淋，人明显黑瘦了不少。

阿豫心想，人，为什么要结婚？结了婚就要生孩子？这是谁留下的规矩？人类的繁衍非得女人来完成？可眼下还没有出生的孩子，难道与自己一样苦命。她又想着自己从小到大没有得到父母的照料和管教，稀里糊涂也就长大了。

"自己的孩子自己养，不用别人。"如果一个未成年人的生命按照 18 岁来计算，阿豫有三分之二的生命从来没有人管过，不照样活了下来吗？

车终于驶进了麻柳弯加气站，上下车的人又是一窝蜂似的涌动，有的捺不住，干脆挤下车爬上前面早已灌足燃气并已启动的车辆。

阿豫挺着沉重的肚子，踌躇一会儿最终还是下车去，想借此加气的时间换换空气，直到车要启动，她才小心谨慎地用双手护着腹中的胎儿上了车。这时，阿豫心里掐算着时日，还需要一个月才到预产期。顷刻间，车下蠕动而上的人挤了上来，她突然有一种莫名的不适感。

几分钟以后，车在摇晃中戛然一声刹车停了下来，阿豫才意识到自己该下车了。

阿豫朝着厂区上坡的水泥路走去，远处传来最后一道长长的号声，工厂大门口穿梭着上白班和睡眼惺忪下夜班的男女工。阿豫径直进了大门，呈现在眼前的依旧是那噗噗冒着蒸气的树脂车间，浓浓的树脂和氨水气味直往鼻孔里钻，往喉咙里灌。

可曾记得？《中华人民共和国劳动法》有明文规定：不得安排女职工在怀孕期间从事国家规定的第三级体力劳动强度的劳动和孕期禁忌从事的活动。对怀孕七个月以上的女职工，不得安排其延长工作时间和夜班劳动。

阿豫多次上书车间，要求白班制工作，谁知反映上去杳无音信，一切努力都无济于事。阿豫不再奢望，照常挺着摇摇欲坠的肚子去三倒班，整天闻着臭气熏天、混杂的化学气味。她夜间作业，累了只好斜卧在那五尺多长的竹条椅上，躺在上面又硬又冷。尤其在冬天，寒气一股劲袭上身子骨，她不得不拥抱着那曾万人次用过、破旧不堪、满积污垢、油腻腻发黄的草绿大衣。此时，阿豫总是噩梦缠绵，难以入眠。她真担心有一天把孩子生在这臭气熏天的氨水车间里，让那无辜的孩子遭受这人间的残忍和冷酷。

不知何时，阿豫从昏昏欲睡中惊醒，睁开双眼看着自己躺在单身宿舍里，不再担心孩子会生在冰凉的制冷车间里。她突然感到肚子有些隐隐坠胀，即刻着衣下床蹲便小解。突然，下体哗哗一阵响，盂中漂浮着薄薄一层油腻。惶急不安的阿豫，果真应验了白天车上被人拥挤由此会催生早产。黄昏时她曾对女伴提到此事，半夜如果发作无人知晓，如何是好？

"孩子，你等等，一定要等到天亮才能出来。"阿豫没有想到这一切来得那么突然。夜半一更，去哪里打电话给丈夫，她想熬到天亮再说。

桌上的小闹钟滴答、滴答地呼唤着黎明，时针指向凌晨两点钟，阿豫赶紧上床重新躺好。她已经感觉到身不由己，反反复复地起床蹲盂。即将做母亲的人，她什么都不懂，竟然连羊衣破了也看不懂，只是猜想着那洒入盂中的难道就是羊水，难怪上面浮着似油非油的东西。

"孩子，你千万不要着急，天亮就好了。"阿豫再也无心躺下，索性起来收拾穿戴，准备再坚持一会儿，到东方发白再去医院。她哪想到腹部坠胀感胜似先前，胎儿在肚内动个不停，把阿豫的肚子蹬得鼓胀起来。

孩子在体内仿佛在对她说："妈妈，让我出来，让我出来呀。"

阿豫终于等不及了，匆忙下楼来敲四妹的房门："四妹，快起来。我好像要生了。"

"来了。"四妹慌忙打开门，跑去叫醒厂里的汽车司机。

"慢点。"季司机把阿豫扶上车，四妹跟着爬了上去。

他们坐在驾驶室，没有一个人讲话，大家似乎非常默契，车一股劲儿拼命朝着市区开去。

阿豫工作的地方离市区有 25 千米。车灯劈开了黑夜，黎明时分到达了医院，医学院山顶那座灌木丛中的妇产科住院部，不再拥有先前那片宁静。

产床上，阿豫呆望着白色的天花板，忍受着阵阵钻心的炙热疼痛，思忖着腹中的胎儿何时能尽快脱离母体，平安降临于世。

医生哪里去了？身边仅是两张年轻女子的面孔，难道自己的生命就此委托给这些正在实习的黄毛丫头，她们是否晓得阿豫的预产期还未到？早已破了羊水，胎儿被憋在肚里，时间久了难保孩子的性命。她们还在犹豫什么？阿豫着急不已，不知如何是好，只好呆呆地躺在那张白色的产床上。

钟声敲过了十几个时辰，窗外充足的光线已从夕阳中悄悄退却，天空灰暗下来。此刻，阿豫的心被揪得紧紧的，呼吸几乎就要终止，生命也像到了尽头。

一个上点岁数的女医生终于来到阿豫身边："憋着气，配合我。"只见女医生使出浑身解数为阿豫扩张着体力，阿豫却双手死死扣紧头顶上的床架。

"早已看见了，就是出不来。"医生看见什么啦？想必是胎儿的头颅，无论阿豫怎样使劲，终归都是徒劳，产床上涌出体外的不是胎儿，而是肮脏的粪便。

阿豫鼻孔里插着氧气管，人却瘫痪如泥，再也无能为力使胎儿自然生产。她真惧怕时间过久，使胎儿窒息而死。肉体的疼痛已让她顾及不了那么多，只听见她大喊大叫："医生，我要剖宫产，不要再管我。"

医生耐心地安慰着阿豫："忍耐些，你能生出来。"阿豫略略感觉到医生和护士相互配合着帮她运气。末了，毫不争气的阿豫，终归还是无济于事。已见她一摊烂泥软在产床上。

夜幕早已降临，住院部已灯火通明，产床上稍有知觉的阿豫，历经了人生从未有过的痛苦煎熬，临近生与死的分界线。那一刻，她已经没有生的欲望，也无面临死亡的胆怯，全凭医生和护士们的摆布。

阿豫睁开疲惫的双眼，产床前放满了氧气瓶、催产剂、针管、婴儿产钳。医生开始为她打了强心剂、催产针，输入葡萄糖。整个妇产科开始了高度紧张的抢救工作。

走廊里，医生正把一张判决生与死的病危通知书，递给一个青年男子："请在这里签字，是抢救婴儿还是产妇？"

阿豫的丈夫颤抖着双手，哀求医生道："还是先保着大人。当然孩子……"孩子的父亲签完字随后瘫软在楼道。

"我们会尽力的。"医生明白眼前的男子想说什么，接过已签名的病危通知书进了急救室。

"前不久，这里有一对夫妇，老婆也是难产，医生拿来病危通知书让男的签字，你猜怎么着？那男人竟然签字说要孩子。没有母亲哪里来孩子，你们说这样的男人还要他干什么用？"医院过道里，其他病人的家属在议论着。

"是啊，连医生都说，这个男人神经不正常，当然先保大人了。"

晚上10：05，急救室里，一声孱弱无声息的撕裂，婴儿姗姗来迟，彻底脱离母体。

阿豫躺在产床上，觉得奇怪的是为什么听不见婴儿呱呱坠地的哭声。此刻，她早已虚脱缺氧，鼻孔被氧气管堵塞住，心里却充满了渴望，挣扎着仰起头来寻找。

"躺下不要动，孩子是活的。"只见医生倒抓着一双赤条条、紫红发青的婴儿腿腕，在孩子屁股上轻轻拍了两下，哇的一声啼哭划破了产房中的静穆。

"孩子是活的……"孩子的哭声仿佛一声惊雷，顿时把阿豫从死神手中拉了回来，她只是已经瘫得说不出话来。是男是女对她来说并不重要，重要的是孩子还活着。

走廊里，阿豫的丈夫如释重负一下瘫坐在地上，用两手死死抱着头。

"是男孩，五斤四两。"医生报出孩子的平安。阿豫终于石头落地。她空旷的躯壳，疲惫的身心，从死亡的边缘被拉了回来。她流下一大串眼泪。

……

"孩子在哪里？"早产一个月的儿子，你为何迫不及待地降临人间？一出世便要受这人世的苦难？阿豫心里难受得哭了出来。

"不要急，孩子已送进了保暖箱了，把这酒酿鸡蛋先吃下。"家人围在阿豫周围团团转。阿豫一口气把四个荷包蛋吃进肚里。

"这孩子命真大，竟然闷在娘胎里二十多个小时才出来。"孩子的奶奶对病室亲属说道。

"一般女人的盆腔骨在5.6厘米以上方可顺产，可你的只有5.4厘米，难怪这么吃力。这下好了，大人孩子都平安，我们也松了口气。"医生把阿豫难产的原因告诉了她。

阿豫身体发育不足常规的标准，堵塞着胎儿的头部，时间耽误过久，胎儿很有可能窒死腹中。医生何不实行剖腹手术，却固执要让她自然生产，孩子和大人万一遇到不测，由谁来负责？这谜一般无法解答的疑问，存留阿豫脑际多少年至今无法解答。

一般女孩子在十二三岁就见红来潮，可阿豫 17 岁才迟迟来月经，那时她根本不知道月经是什么东西。

"多大年龄了，怎么不见来月经？" 16 岁那年，阿豫流离失所来到青海高原，在三姨妈家做牛做马，竟然被自己的亲生姨妈当面侮辱了一番。

"什么叫月经？难道所有的女孩子都要来月经吗？"阿豫不懂只好在心里猜想。从没有人告诉过她月经是怎么回事，她不好意思去问别人。她在女厕所时常看到女人从内裤里拿出血纸扔掉，然后把一沓厚厚发黄的草纸再放进胯下，那场面真叫人恶心。她曾发誓下辈子绝对不再做女人，什么月经不月经的，自己最好不要来。做个女人是那么肮脏，又有那么多的麻烦。

"没来月经，一定有了身孕，不然……"姨妈恶狠狠甩下几句，拿起包进城上班去了。

阿豫还是搞不懂月经跟生育有什么关系。她开始注意起自己身体来，胸部没有像其他女孩子一样发育隆起。有一天，她突发奇想，也是为了证实自己与别的女孩子没有两样，竟然荒唐地把一叠卫生纸放进了内裤里。可几天过去了，内裤仍旧干净没见到一点红，她再也搞不懂自己究竟是不是女人，那年她已经 16 岁了。再后来她恨死了自己的姨妈，非要去医院让医生做个检查，还她一个清白……

眼前已为人妇为人母的阿豫，对医生所讲的身体常规标准，尽管从一些书里知道了些，但对女人的生理条件仍然一无所知，懵懂不知阴阳生理为哪般。

分娩已过三天三夜，阿豫的隐私部位早已被剃得童山濯濯，缝了八针的伤口疼痛难受，已经无法小解，更不要说下床如厕了。她每天只有凭借人工浇注温开水，条件反射诱导尿液，才免去医生要安置导尿管的治疗方案。这份苦差事却累坏了初为人父的丈夫。每当夜深人静，病房中不断传来均匀的酣睡声，丈夫总是最后一个躺下，又总是第一个迎着黎明起床。

儿子出生好多天了，还躺在保暖箱里，阿豫一直没有看见过。阿豫的心，被渴望和痛苦分分秒秒地折磨着，她这时才体会到唯有做了母亲才会有这种感触。有一天，午睡之后，护士抱着婴儿缓缓走来，阿豫迫不及待将儿子拥抱于怀。只见儿子还在熟睡中，头颅被产钳牵引出现条形状，天顶上尚透彻可见红色的血瘢，阿豫看见心里难受死了。又见儿子黄色的皮肤干枯得布满皱纹，看上去像个小老头。

"天啦！这哪是我的儿子，上帝怎么赐给我这么一个丑陋无比的孩子？"尽管父母没有理由嫌弃自己孩子的美和丑，但阿豫仍然难以相信眼前的事实。再看看孩子两条紧锁的长长眼线，眉梁上面挑着浓浓的剑眉，毫无疑问这是一对大眼睛，多少预示着儿子未来的英俊。阿豫喜忧参半还在端详，护士却来到身边把孩子抱走了。

"产妇可以出院了，孩子还得留下观察。这是给孩子出生的纪念。"医生把一枚银白色圆形类似硬币的东西交给阿豫，只见上面刻着孩子的出生记录。

再过十天就是除夕，这一年是猪年。阿豫的儿子在腊月二十出生，那儿子应该属狗的。可多少年，父母一直把孩子当猪年出生来养着。

眼前，阿豫最要紧的是回家。她穿着大衣，头上捂紧一顶防寒帽，准备回到家里静养。离开医院时，她看见儿子屁股上生出许多褥疮，谢绝了医生留院观察的决定，要求把孩子抱回家。儿子的大姑每天为孩子洗涤精心护理，没想到小家伙一天一个模样，皮肤光滑白里透红起来。儿子浓眉大眼，微张着厚厚的两片嘴唇。阿豫心中的喜悦不由悄悄爬上眉梢，吃了蜜糖般的甜美。

阿豫结束了一场生死搏斗，把那份母爱倾注在儿子身上。

阿豫和孩子回到家里的第七天，大姑刚给儿子洗完澡，包好儿子的身体，端着一大盆洗澡水出去了。突然，阿豫怀中的孩子周身发抖，脸色发青哭不出声来。

"姐姐，快来看呀，孩子是怎么啦？"阿豫吓得哭了。

"不好！这孩子在抽风，难道是七天风？"大姑从外面倒水回屋，还来不及多想，一看就知道眼前发生了什么事。她毕竟已是三个孩子的母亲。

"这怎么办？"阿豫什么都不懂，一时不知如何是好。

"不要着急，我想这样会起到作用的。"大姑用右手大拇指死死按住孩子的人中，阿豫都看傻了。

"哇！哇！"一声大哭，孩子终于缓过劲来，两姑嫂才松了口气。

阿豫对儿子大姑说："真吓死人了。如果你今天不在跟前，我真不知道如何是好。"

"是啊，孩子命大，不会出事的。"

"这孩子来世不久，就已经死过两次了。"阿豫又想起在医院，医生要求丈夫在病危通知书上签名保大人还是保孩子。这是事后她听家人说才知道的。

"不要胡说，哪个孩子从小到大不遇到点什么事？常言说，人生就像田坎一样三截拦。"大姑说的话自有道理。

打那以后，全家人把孩子当成猪年出生的，因为猪是最幸福的。所以，直到阿豫离家以后许多年，孩子一直生活在既当父亲又做母亲的丈夫的娇惯下。因为缺少母爱，孩子幼小的心灵染上了不少坏习惯。

……

出国四年了，阿豫终于回来。哪想到儿子已经变了，小小年纪不好好读书，整天闲逛在学校大门外。阿豫来到孩子就读的学校门口，一家家挨着上门赔礼道歉，直到还清儿子欠下小卖部所有的赊账，她才拖着疲惫的身子回到那个已经陌生的家。

圣诞夜那个晚上，阿豫做完弥撒很迟才离开教堂，她和丈夫拿着圣诞礼物来到儿子的学校，却没有见到儿子的身影。当他们等到儿子回到学校，把礼物送给他时，儿子却无情地拒绝了父母的一片心意，他重重地把礼物摔在了地上。那一刻，阿豫的心都碎了。她原本想到,借助上帝的恩赐来挽救儿子,可眼前的儿子已经不再是几年前的儿子了。没有神灵的土壤,罪恶的人性,剥蚀了儿子幼小的心灵。

"十几年来,你究竟为我做了什么?"阿豫看着儿子陌生变形的面孔,听着儿子无情的吼叫声,对于当年她的离家出走,即使有再充分的理由,她在儿子跟前一时也无话可说。

"只要你努力去学习,我们不惜一切代价造就你。"眼前,阿豫要做的就是帮助儿子重新站起来。

"我没有办法静下心来去读书,请你不要再浪费钱财了。"阿豫和丈夫一次又一次为儿子交了学费,儿子却一次次逃学。

18岁那年,儿子要参军。阿豫和丈夫想,在社会上学坏,倒不如把他送到军队去锻炼。经过几番周折,终于把儿子送进了部队,一家人的心总算落地,如同送走瘟神一样轻松。

"你为什么要与我父亲离婚?既然没有爱情,当初为什么要结婚?"儿子在部队的第二年,阿豫回国第一站就去了北国的部队农场,她错误地不该把离婚的事过早告诉儿子,可她话一出口,再也没有挽回的余地。

"你父亲不愿意到国外去。我又不愿意回来。"阿豫无法面对儿子的质问。她自己也不明白一个女人和一个男人,一经被婚约捆绑,有了孩子,后来就有了剪不断理还乱的烦恼。眼前只得用这个理由来搪塞儿子。

阿豫就要离开儿子的部队,农场领导批准了儿子的假期陪伴她回家。这样也好,母子一路上有足够的时间去交流。哪想在路上,儿子缠死缠活跟她闹,引来不少旁观者的目光。就在他们抵达哈尔滨火车站等候上车的时间，阿豫拨通了地中海的国际长途电话。电话那边说，她受牵连被西方法院指控，兼有伪造假文件的罪名。那是几个朋友给她带来的麻烦，法院要开庭审理。阿豫想，人刚刚回国，眼下又要飞走。再看看儿子当了兵，并不是当年想象的那样，以为儿子到了部队锻炼后，总会有所改变。她一时气愤上头，手还握着电话筒，人就昏倒在车站。

"不要着急。人暂时回不来，给法院打声招呼，开庭的事再缓一缓。"阿豫被儿子和好心人抬到贵宾候车室，喝了水休息一会儿醒了过来，想着刚才电话里的话，她多少放下了心。她看了看眼前可怜的儿子，只见他跪在自己面前，不由自主想起儿子小时的乖觉来，她又似乎原谅了儿子。哎，可怜天下父母心啊！

……

有一次，阿豫好不容易拨通国际长途电话给儿子，电话接通后，儿子第一句就说："给我钱，我要走关系回连队，这里不是人待的地方。"她亲眼在农场看见仅有19岁的儿子每天和其他战友背上百公斤的粮食，艰难地朝仓库里倒，儿子总是逞强不服输。那一刻做母亲的真是心疼不已。阿豫看见儿子在部队喂猪养狗时的专注，才真正看懂儿子也有着善良的一面。

"可以通过自己的努力，为什么不走正道？"打进入社会，阿豫还真没有用金钱去走过什么后门。她知道社会的恶俗，无时不在影响着儿子的身心，那年幼的孩子没有能力来识别真伪，她没有答应儿子的要求。从那以后，儿子是变本加厉对母亲恨起来，母与子的代沟也是越来越深。

"妈妈，你知道不知道？我已经尽力了……你为什么就不替儿子想想？难道你就忍心让儿子一直在这里待下去？"电话那头，儿子愤怒到了极点，啪的一声把电话挂断了。

阿豫放下电话，心被绞割一样疼痛，她恨自己无能，帮助不了儿子，却更难以阻挡住世俗的恶习。

"已经回到了连队？什么时候？"阿豫迷茫不知儿子是通过什么渠道走了后门。后来才从儿子父亲嘴里得到消息，19岁的儿子，竟然把战友检举部队领导盗卖公粮的信给了上面的领导，而这个部队领导还曾经帮助过他们。她听了以后，气得把牙齿咬得咯咯直响，全身发起抖来。她没有想到，儿子竟到了这般地步，做出这样的事来。

"那孩子在没有办法的情形下，才走最后这步棋的。谁让我们摊上这个世道，儿子有他的应变方式，总要保护自己吧？"

"你说什么？为了保全自己，就出卖他人吗？"阿豫简直没有想到儿子的父亲竟然也能说出这样的话来！这是十几年来他们夫妻一场，她第一次读懂丈夫，原本还寄托着一向做好人的丈夫，到最后竟然连这点希望都没有了，她对现实彻底绝望。

"西方待遇是比中国好，可毕竟跟我没有一点关系。出国？我不会离开自己国家的。"儿子理直气壮再一次拒绝了阿豫。做母亲的又能说什么？

"退伍以后打算做什么呢？"阿豫嘴上说不管儿子，任他去了，但仍然三天两头打电话给儿子。

"寄笔钱回来通融一下，让我爸爸开后门去。"儿子还没有进社会，已经把社会上那一套全掌握了。

"你想当警察，可以通过公务员考试，你明明知道我不会接受走后门这种方式，为什么难为我？"阿豫最明白儿子的心事，他打小就崇拜军人，一心要当警察。母亲想让儿子通过正常的渠道去实现自己的目标。

"你真是榆木疙瘩开不了窍。这样不行，那样也不行。就当我没有你这个当妈的。"

阿豫握着手上电话，久久放不下，心里又难受好长一段时间。她真没有办法让儿子理解她的苦心，更没有手段去满足儿子的要求。有时，她想果真是儿子不对？还是社会给孩子带来的不良恶习？

儿子 20 岁那年离开部队回到地方上。他眼睁睁看着身边的战友拉关系找到了一份好工作，他初步被安排到他父亲工作的单位。可他不接受这一事实，阿豫又不在家，儿子整天与父亲吵闹，最后把仇恨归结在她身上。儿子一次又一次得不到满足，对她的仇恨已经上升到了极点。

"给我钱，我要做生意。"少不更事的儿子在无奈中又作了另外的打算。阿豫无法接受儿子放任自流的生活形态，自是不愿意掏钱让他去打水漂。再后来，还没有来得及等待安置工作，儿子领走了退伍费，又让母亲为他申请出国。

"你真的要出国？"阿豫在电话里听见儿子要出国，心情非常激动。认为孩子在社会上经历多了，早晚会成熟懂事。其实，阿豫自己都无法应付复杂的社会和人际关系，又怎能让儿子去面对？不管怎样，儿子终于想明白要出国，她豁出命来去帮助儿子。半年以后，母子俩第二次团聚在地中海。

"还是先去读书，考驾驶执照。吃住家里，每月给你零花钱。"目前阿豫已经有了条件，想让儿子有出息，她对儿子寄托了很大的希望，为儿子交了学费，可发现儿子并没有去学语言。

"我要去打工赚钱，自己养活自己。"儿子并没有领母亲的情。

"你还小，赚钱的日子还在后边。只要你好好读书，我们会全心去帮助你的。"母亲想说服儿子。可儿子哪听得进去。

"我不想靠谁。没钱的日子我受够了。"儿子出来不到一个月，找到工作搬出家。阿豫的心又是空荡荡的。

"在国外赚钱也不是那么容易。还要受得了气，到时你才知道什么叫艰难。"儿子走时，阿豫甩下的话。

阿豫的计划彻底失败，她再也没有别的办法能挽回儿子的心。儿子外出打工，几乎很少回家来，着实让她不好受。

"孩子大了，不要过多娇惯，给他一片自由的天空。"阿豫的先生尽管不赞同对儿子溺爱，只要妻子去看儿子，他总是开车往返40多公里，送去吃的用的。

"阿姨，你对儿子太好了。其实他不像你所担心的那样，我们大家相处挺好的，你儿子在外为人处事都不错，人也特别讲义气。"与儿子一块工作的同事，已经不止一次告诉阿豫。

"可他为什么老是与父母作对啦？"阿豫真得不懂儿子的心。

　　"你儿子性格内向，看见别人和自己受了委屈或遇到不合理的事，总是放在心上。天长日久没地方发泄，往往会在最亲近的家人身上出气。"儿子的愚蠢和无奈，父母自然是出气筒。

　　阿豫听了儿子同事的话，知道儿子在外吃了不少苦，受了不少气。苦，儿子是不怕的。人最怕自己没有错，得不到公正的待遇，有时还受到不明不白的委屈。她想尽量说服倔强的儿子，还是安心下来去上学，可这一切都没用。

　　阿豫只好在儿子偶尔回家时，拿出儿子喜欢吃的饭菜，百般把儿子照顾好，可儿子根本不领情。

　　"你少来这小恩小惠。我需要的不是这些。"儿子心里想什么，阿豫非常明白，只是装着不懂。不然，俩娘一吵起来没完没了，儿子摔门就走了。阿豫看见儿子能回来，已经非常满足了。

　　"你既然喜欢做生意，居留要合法吧，车不会开行吗？不懂语言如何做生意？"没多久，阿豫为儿子交上几百欧元学驾驶，他三天打鱼两天晒网，到最后白交了钱，他压根就不再学驾驶了。气得阿豫捶胸跺脚，没有一点办法根治这不争气的儿子。

　　"居留证不要换了。你也不要再为我花冤枉钱了，我压根就没有打算长待下去，这里是人待的地方吗？"儿子在一次又一次被老板欺骗之后，他的忍受已到了极限。

　　"这次机会，无论怎样都不要丢掉。再大的委屈，也要等居留证换出来呀！"这下是阿豫无奈了。儿子不想身份合法化，给自己留一条后路，你说这当妈的又能咋着？儿子先前拿的是欧共体家庭居留证，如果不更换便作废了。

"你要送你就送好了，那几千欧元我出不起。再说我根本就没有打算待在这里。"这才是儿子要说的心里话。他只是利用老板无情的一面来制服母亲。

"既然这样，那你当初为什么要出国？"起初，阿豫心里还在埋怨那个结识多年的老板，他明明答应帮儿子的，可在利益冲突时却改变了为人的信条。眼前，儿子已铁了心要回国，做母亲的真是一点办法都没有。

……

打儿子出国，与阿豫团聚，这个家就没有平静过。家里充满了火药味，一点就会燃烧起来。

阿豫和先生都在晚上10点前后吃晚餐，他们刚从厨房里出来，坐在客厅边看电视边聊天。近段时间来，两人谈话主题总是离不开儿子，儿子成了阿豫的一块心病，没有医生能医治。唯一能医治她病的就是儿子，这点夫妻俩是最清楚的。

"我看这样下去，你这条小命会栽在儿子身上。管不了就不要再管了，再说他也大了，儿大不由娘啊！"

"……"

"这人来到这个世界走一趟是福气。上帝能让每个人去自由选择，需要物质、金钱、生命各取所需该多好。"阿豫不止一次与先生讨论这个话题。

"我就知道你怕死。生死都是自然规律，没有新陈代谢人类可想是什么模样？什么事看开点，好好活着才是真。"阿豫的先生是一个自然主义者，他最不怕的就是死。

"他回家来了，不要开门。"阿豫已经预感儿子到了家门口，她对先生说着。

"笃！笃！"阿豫的话刚落地，门外响起一阵阵敲门声。

"这样不行，不开门能解决问题吗？"先生起身开门去了。

儿子进门一屁股坐在母亲左边的沙发上，一股酒气在屋子里弥漫开来，屋里的气氛顿时紧张起来，没有人敢张口说第一句话。因为阿豫看着儿子眼里充满着仇恨，她怕如果控制不住自己，儿子就会借题发挥，发生难以想象的后果。

"我活得那么痛苦，也不让你们好过。"儿子终于控制不住自己的情绪，掏出身上的一把刀，就像恶狼一样朝母亲扑了过去，整个身体压在母亲身体上，并且用刀死死按在母亲的脖子上。

阿豫没有想到儿子丧心病狂，竟然迈出违反伦理道义的一步。她表现得非常平静，从没有过的安详，她目视着儿子今晚究竟要干什么。不过，阿豫更清楚儿子没有那个胆量，他只是想吓唬一下自己罢了。

"请不要这样对待你的母亲。"先生怕事情越搞越糟，在一旁耐心劝说。

"你们害得我有家不能回，反正我也不想活了，你们也别想活得好。"做儿女的都希望自己的父母活得幸福，可阿豫的儿子一直在嫉妒母亲的生活，所以他所做的一切，就是想报复母亲。

"快打912！"阿豫嘴上这样说要叫警察，其实只想吓吓儿子。万一警察出现家门口，那儿子就彻底完了，她还没有打算做那么绝情。

"你们叫好了，西方没有死刑。"儿子心虚却在为自己壮胆。

"这个家的大门随时为你开着，是你一次又一次拒绝父母，离父母越走越远，没有把这个家看成自己的家。你母亲为你已经超出她所能做的了，可你还要逼她，天理不容啊！"这些年来，先生目睹了阿豫不惜一切为儿子尽心尽力，破费在儿子身上的钱财、精力、时间，真可谓是全心付出。唯一没有满足儿子的是，母亲始终不能让步把钱白送给他去赌博。因为赌博的事，阿豫与儿子争执，每次都是以儿子摔门而去告终。

"我要回国去，不想在这里了，这里的生活不是人过的。"儿子仍然压在母亲身上没有下来，手里的刀按在母亲的脖子上，气势没有刚才的穷凶极恶了。儿子一双充满血丝的眼睛豹子般瞪着她，她却没有回避由自己生命造就的这双眼睛。

阿豫回想起儿子6岁那年，阿豫从南方回到家里调养身体，把自己关在房间整整大半个月，灵感来时就动笔写点文字。有一天早晨，儿子要去上学就在出门时对他父亲说："爸爸，去请个假不要上班了，在家照顾妈妈。"阿豫躺在床上，望着乖巧的儿子，心中充满了幸福。就为了这个家，为了儿子她总是不服输，一心想着有一天出人头地。

在一个傍晚时分，阿豫突然听见外面有铁锹铲地的声音，出去开门一看，厨房里的儿子正光着脚丫子，手拿撮箕撮起满地的水往水槽里倒。原来，早晨停水忘记关上水龙头，下午来水阿豫在屋里什么都没有听见。此时，厨房已满是积水。

"好儿子，你怎么不告诉妈妈？"那一刻，阿豫看着眼前懂事的儿子一下长大了，她感动得热泪盈眶。

"妈妈，我不想打搅你，想让你多睡一会儿。这点小事我能做。"儿子已经把地面上的水舀干净了。

"谢谢你，我的儿子。"儿子被阿豫抱在怀里。

多年以后，阿豫带着疲惫的身心，彻底放弃了南方飘零的日子，回到这个温暖的家，开始了另一番事业。好强的她希望生活有一片灿烂的天空，给予家庭和孩子更多的庇护，但现实又总是那样不如意。

"妈妈，你不要难受。等我赚了好多钱，我们再节约点，还有爸爸共同来帮助你站起来。"阿豫搂着 10 岁的儿子，眼泪长流落在儿子的头上。

当时，阿豫把家里仅有的钱全拿出来，组建了一支模特参赛队伍，等最后拿到不合理的名次时，家中已经没有买菜的钱。晚上，一家人望着半锅煮好的白米稀饭黯然伤神。

"妈妈，我这里还有两毛钱，下楼去买包榨菜。只要我们一家人在一起，暂时苦点没什么关系。"那个晚上，一家人就着榨菜吃得很开心。

阿豫眼前又浮现出儿子下楼去买豆瓣酱，等孩子爬上九楼，碗里的豆瓣酱已被他用手沾着吃了不少。孩子的好处那一瞬间全从脑海里翻腾出来，阿豫的双眼早已被泪水浸满，但是她没有让眼泪流出来。她不希望儿子看见自己感情的外露，只是不明白，一个好好的孩子，进入社会以后竟然变得像恶魔一样不曾相识。同时，也为自己离家没有呵护好孩子而痛心。残酷的生活可以剥夺一个人的幸福，但不可以剥夺一个人的心志。

"你回去找份工作好好生活，再过两年母亲那份退休费补贴你，在那里生活只要幸福快乐就好了。"今晚，阿豫始终没有对儿子发火，又一次重复着早些时候对儿子说过的话。

"父亲不要我了，那个家我回不去了。"突然，儿子精神彻底崩溃，放声大哭起来，但是并没有从母亲身上下来。

"你父亲那边我来做工作，他不会这样绝情的。"阿豫离婚以后，多少年来，为了儿子，在他们之间发生过无数次矛盾纠葛。但她还是了解儿子的父亲，尽管他为儿子也伤透了心，但在感情上是非常爱儿子的。

"那打电话。"儿子一下子兴奋起来，一大串数字从他嘴里背了出来。阿豫的先生似乎想尽快把爱妻解脱出来，他早已拿起电话拨通了国际接线……这臭小子并没有醉，他只想借酒醉回家闹事。此刻，国内刚入三更。

"这个家随时为你开着门，不想在国外生活，就回来吧。"电话那头传来一个清晰的声音。父亲已经知道大西洋这边发生了什么事，给了眼前不利的局面一个缓冲，儿子由此下了台阶，吃了定心丸。他已自知理亏，从母亲身上下来。

"起初是父母不对，不该把我们的意识强加于你。可后来一切的一切都是你自己选择的呀！我没有错，如果有错，那就是当年不该冒那么大的风险生下你。"

"当初，你就不该生下我，让我吃了这么多的苦。今后，我自己的路自己走，自己的生活自己过，用不着你们来管。"儿子头也不回地出门走了，门"砰"的一声被关上。

"我知道自己以后该做什么不该做什么。"阿豫如释重负从沙发上坐正，对着出门的儿子说。其实，每一个做母亲的都是口是心非，嘴上说不管孩子，心里却从来没有放弃过所做的一切。

"事情总算了结。刚才我注意了一下放在你脖子上的刀，不是有刀刃的一面，而是背面。"阿豫的先生在母子二人争执中，一直冷静不让事态扩大造成后果。阿豫也知道儿子只是想吓吓自己。

早知如此，何必当初？二十几年前那个死神赦免的夜晚，在母子中间任意取舍一个生与死，那么今天就不会发生这样背弃亲情的事。阿豫想到这里，心真的又死了一次。

……

"他来到这个世界，就是来讨父母债的。"有人曾经不止一次对儿子的姑妈这样说。难怪阿豫夫妇在孩子身上呕心沥血，却始终得不到孩子的理解。也有人说，大难不死，必有后福。阿豫自己死了几次，也看着孩子死了几次，儿子如今好歹长大成人，却没有看见福在哪里。

难道这一次，阿豫的心真的死了吗？其实，她险些接近过几次自然死亡，又多少次想过自杀。22年前那个夜晚，死神果真选择了她，那时她并不知道死亡的痛苦。可今天若要她去结束自己，自是没有理由去这样做的。